L'ÉTREINTE DU MAL

Du même auteur

Au cœur du mal (2008)

Dans la même collection

L'Odeur de la nuit	Andrea Camilleri
La Peur de Montalbano	Andrea Camilleri
La Première Enquête de Montalbano	Andrea Camilleri
La Patience de l'araignée	Andrea Camilleri
La Lune de papier	Andrea Camilleri
Un été ardent	Andrea Camilleri
Rupture de contrat	Harlan Coben
Balle de match	Harlan Coben
Faux rebond	Harlan Coben
Du sang sur le green	Harlan Coben
Temps mort	Harlan Coben
Mauvaise Base	Harlan Coben
Sourire en coin	Nicci French
Les Morsures du doute	Nicci French
Aide-moi...	Nicci French
Charlie n'est pas rentrée	Nicci French
Le Rituel de l'ombre	Eric Giacometti et Jacques Ravenne
Conjuration Casanova	Eric Giacometti et Jacques Ravenne
Le Frère de sang	Eric Giacometti et Jacques Ravenne
La Croix des assassins	Eric Giacometti et Jacques Ravenne
Les Morsures de l'ombre	Karine Giébel
Chiens de sang	Karine Giébel
L'Ordre du Dragon	James Rollins
La Bible de Darwin	James Rollins
Lediacre et les intouchables	Didier Sénécal
Les deux amis	Didier Sénécal
Les voitures vides	Didier Sénécal
Les petites filles et les petits garçons	Didier Sénécal
Le Magicien	Jean-Marc Souvira

CHELSEA CAIN

L'ÉTREINTE DU MAL

Traduit de l'américain par Jean-Pierre Roblain

Fleuve Noir

Titre original :
Sweetheart

ISBN 978-2-265-08536-7

1

C'était l'été à Portland, Forest Park resplendissait. On distinguait à peine le ciel couleur de cendre derrière le dais de trembles, de sapins du Canada, de cèdres et d'érables qui filtrait la lumière et lui donnait des reflets vert pâle. Une brise légère chatouillait les feuilles. Des volubilis et du lierre grimpaient le long des troncs couverts de mousse et étouffaient les buissons de ronces et les fougères, formant un fouillis de plantes grimpantes qui s'élevait à un mètre de hauteur de chaque côté du chemin noir de monde. Le ruisseau fredonnait et bouillonnait, les oiseaux gazouillaient. L'endroit était très joli, très bucolique, très Walden[1], n'eût été le cadavre.

La femme était morte depuis un moment. Elle avait le cuir chevelu arraché et, sur son crâne à nu, seule subsistait une touffe de cheveux roux emmêlés. Des animaux lui avaient dévoré le visage, livrant ses yeux et son cerveau aux forces de la putréfaction. Son nez avait disparu, découvrant l'indentation de l'os. Ses orbites n'étaient que deux trous pleins d'une substance graisseuse semblable à du savon. Son cou et ses oreilles n'étaient que plaies et boursouflures ; des lambeaux de chair arrachée encadraient son horrible visage de cadavre, bouche ouverte, tel un squelette d'Halloween.

1. Roman autobiographique de David Thoreau (1817-1862) dans lequel il vante les mérites de la vie au contact de la nature. *(N.d.T.)*

— Tu es toujours là?

Archie s'intéressa de nouveau au portable collé contre son oreille.

— Ouais.

— Tu veux que je m'occupe du dîner?

Il jeta un coup d'œil au cadavre de la femme, son esprit déjà tout entier à l'enquête. Peut-être une overdose, ou un meurtre. À moins qu'elle ne soit tombée du train d'atterrissage d'un 747. Il avait vu une histoire de ce genre dans un épisode de *Law and Order*[1].

— Non, je me débrouillerai.

Il perçut l'inquiétude familière dans la voix de Debbie. Il allait mieux, il avait réduit les antalgiques et repris un peu de poids. Mais Debbie et lui savaient pertinemment que tout cela était encore très fragile. Pour l'essentiel, il faisait semblant. Semblant de vivre, de respirer, de travailler. Il faisait semblant de croire qu'il allait guérir. Cela paraissait aider ceux qu'il aimait, c'était déjà quelque chose. Il pouvait au moins faire cet effort pour eux.

— N'oublie pas de manger un peu, dit Debbie dans un soupir.

— Je grignoterai un truc avec Henry, répondit-il avant de refermer son portable et de le glisser dans la poche de sa veste.

Ses doigts effleurèrent la boîte à pilules et la caressèrent un instant. Cela faisait plus de deux ans et demi que son cauchemar avait pris fin, mais il n'avait repris le collier que depuis quelques mois, assez longtemps pour arrêter son deuxième tueur en série. Il songeait à commander des cartes de visite : *TRAQUEUR DE TUEURS EN SÉRIE*. Peut-être en relief. Il avait mal à la tête et eut le réflexe d'ouvrir la boîte, mais il se ravisa et sortit la main de sa poche avant de se la passer dans les cheveux. Non, pas encore.

Il s'accroupit à côté de Lorenzo Robbins, assis sur ses

1. Célèbre série télévisée diffusée en France sous le titre : *New York police judiciaire* ou *New York District. (N.d.T.)*

talons à quelques centimètres du corps, ses dreadlocks cachées sous la capuche de sa combinaison en Tyvek. Les galets lisses dans le lit du ruisseau luisaient de mousse.

— Votre femme ?

Archie sortit un petit calepin et un stylo de son autre poche. Le flash d'un photographe se déclencha derrière eux.

— Mon ex-femme.

— Vous vous voyez toujours ?

Archie dessina la silhouette de la femme sur son carnet et indiqua l'emplacement des arbres et du ruisseau.

— Nous vivons ensemble.

— Ah !

Le flash se déclencha de nouveau et Archie se frotta les yeux.

— C'est une longue histoire.

Robbins se servit d'une pince pour soulever le cuir chevelu et regarder dessous. Des dizaines de fourmis noires surgirent du crâne et s'engouffrèrent dans la cavité nasale pour disparaître dans les tissus en décomposition.

— Des chiens sont passés par ici.

— Errants ? demanda Archie en se retournant pour scruter l'épaisse forêt qui les entourait.

Forest Park, le plus vaste parc naturel en centre-ville de tout le pays, couvrait plus de deux mille hectares. Certaines parties étaient désertes, d'autres très fréquentées. Le corps avait été découvert dans la partie inférieure qui voyait défiler un flot ininterrompu de joggers, de randonneurs et de vététistes. On apercevait même plusieurs maisons à flanc de coteau.

— Plutôt domestiques, répondit Robbins en se retournant et en pointant un pouce ganté de latex vers les habitations. Le corps était caché en contrebas, derrière les buissons, on ne pouvait pas le voir du chemin. Les gens passent en courant sans tenir leur chien en laisse. Médor gambade, descend par ici, et arrache un morceau de joue. (Il baissa les yeux vers le corps et haussa les épaules.) Le maître croit qu'il a trouvé un oiseau mort, ou je ne sais quoi, et il le laisse fouiner encore un peu avant de poursuivre son chemin.

— Vous êtes en train de me dire qu'elle a été bouffée par des clebs ?

— Au fil du temps, sur quelques semaines, oui.

— Sympa, lâcha Archie en secouant la tête.

Robbins fronça un sourcil et leva les yeux en direction du sentier.

— Curieux que personne n'ait rien senti.

— Il y a eu une fuite d'égout. L'une des maisons en haut.

Le sourcil se fronça un peu plus.

— Pendant quinze jours ?

Archie traça le chemin sur son calepin. Il passait au moins dix à quinze mètres au-dessus d'eux. Puis il s'incurvait et remontait à flanc de coteau pour s'enfoncer plus profond dans les bois.

— Les gens cherchent une explication logique.

— Vous pensez que c'était une prostituée ?

— À cause des chaussures ?

Elle en avait encore une au pied, un escarpin en mica. L'autre avait été retrouvée à quelques mètres de là, nichée dans la mousse, sous une fougère.

— Peut-être. Ou alors une gamine de treize ans particulièrement coquette. Difficile à dire.

Archie regarda la bouche grimaçante, les dents bien alignées, d'un blanc éclatant au milieu de la bouillie de chair sanguinolente.

— Elle a de belles dents.

— Oui, acquiesça Robbins, elle a de belles dents.

*
* *

Archie regarda Henry Sobol, son ami et partenaire, tenter de descendre lentement le talus. Malgré la chaleur, il portait T-shirt noir, jean noir et blouson de cuir noir. Les yeux rivés au sol, les lèvres pincées par la concentration, il balançait les bras pour garder l'équilibre. Ses bras écartés et son crâne rasé lui donnaient l'air d'un Hercule de foire. Il descendait en crabe, s'efforçant de placer ses pas dans ceux d'Archie, mais ses grands pieds faisaient rouler des cailloux et décrochaient des mottes de terre qui dévalaient le talus. Au-dessus d'eux, sur le sentier, tout le monde s'était arrêté pour observer la scène, l'air inquiet. Un SDF cherchant un endroit où s'installer avait découvert le corps et appelé la police depuis une petite boutique à l'extérieur du parc, puis il avait conduit le premier flic arrivé sur les lieux jusqu'au site. Là, celui-ci n'avait pas tardé à perdre l'équilibre dans la terre meuble et avait dévalé le talus sur le dos, manquant se casser la jambe et perturbant la scène de crime au point qu'il faudrait attendre les résultats de l'autopsie pour savoir s'il s'agissait d'un homicide.

Une fois en bas, Henry lança un clin d'œil en direction d'Archie et se retourna pour saluer joyeusement la foule massée sur le sentier. Les flics se remirent au travail pour sécuriser la scène de crime et tenir à distance les promeneurs et les joggers de plus en plus nombreux.

Henry lissa soigneusement sa moustache poivre et sel entre le pouce et l'index puis se pencha pour examiner le corps. Il ne put réprimer une moue de dégoût avant de demander, d'un ton très professionnel :

— Qu'est-ce qui l'a tuée ?

Robbins plaça l'une des mains boursouflées et marbrées du cadavre dans un scellé et le ferma avec un lien en plastique. Il procéda avec délicatesse, comme si la victime venait de s'endormir et qu'il ne voulait pas la réveiller. Elle avait les doigts repliés, gonflés et meurtris, les ongles noirs. Mais on reconnaissait encore une main, même s'il serait sans doute impossible d'y relever des empreintes. L'autre, à demi enfouie dans la terre et la mousse, grouillait de vermine.

— Cherchez sur Internet, lança le légiste.

— Elle est morte ici ? s'enquit Henry.

— Difficile à dire tant qu'on ne sait pas ce qui l'a tuée. Vous vous cirez la tête, ou elle brille ainsi naturellement ? ajouta Robbins en levant les yeux vers Henry.

Archie sourit. Henry s'était moqué de Robbins lors du

tournoi de softball[1] de la police, au printemps. Et depuis, ils se charriaient sans arrêt.

— Je me contentais de poser une question, répondit Henry.

— Attendez l'autopsie, marmonna le légiste avant de sortir un autre scellé, de l'ouvrir en le faisant claquer, et de soulever délicatement l'autre main pour la glisser à l'intérieur. Les scarabées s'égaillèrent et Henry eut un léger mouvement de recul.

Archie nota quelque chose dans son calepin. Douze ans plus tôt, dans ce même parc, ils s'étaient penchés pour la première fois au-dessus du cadavre d'une autre jeune fille. Une victime qui les avait lancés sur la piste de l'Artiste. Ils ignoraient alors qu'ils y consacreraient leur carrière. Et que lui, Archie, deviendrait une de ses victimes.

Une voix les interpella du haut du talus.

Henry leva les yeux vers le sentier et aperçut Claire Masland qui leur faisait signe de monter la rejoindre. Il mit les mains sur les hanches et bougonna :

— Elle se moque de nous.

Claire leur fit signe de nouveau, avec de grands mouvements de bras.

— Je grimpe le premier, annonça Archie, avant d'ajouter à l'attention d'Henry : comme ça, si tu tombes, tu ne nous entraîneras pas tous les deux.

*
* *

— Que se passe-il? demanda Archie à Claire en arrivant sur le sentier.

Claire était petite et anguleuse, les cheveux coupés très court. Elle portait un T-shirt rayé et un jean. Son badge doré pendait à sa ceinture, à côté d'un téléphone, d'un pistolet dans son holster en cuir et d'une paire de lunettes de

1. Sorte de base-ball qui se joue avec une grosse balle molle. *(N.d.T.)*

soleil. D'un signe de tête elle désigna un flic en uniforme couvert de boue.

— Voici l'agent Bennett, le premier arrivé sur les lieux.

Bennett était un grand type au visage poupin affublé d'un léger double menton qui tremblait nerveusement contre son cou maigrichon. Il rentrait la tête dans les épaules d'un air triste.

— Je suis désolé, désolé, ne cessait-il de répéter.

— Montrez-leur, lui ordonna Claire.

Il poussa un sinistre soupir et se retourna. Il avait dégringolé tête la première et son uniforme était maculé de boue. De petits bouts d'herbe collaient encore à sa chemise. Henry et Archie se penchèrent en avant pour mieux voir. Sur l'omoplate du flic, parmi les graines de fougère, les particules de mousse et la terre, ils relevèrent un indice, indiscutable.

— On dirait un cheveu humain, lança Henry.

— Lorsque vous êtes tombé, commença Archie, est-ce que..., est-ce que vous êtes entré en contact avec le corps ?

Bennett se raidit.

— Mon Dieu, non, monsieur, je vous le jure.

— Il a dû ramasser ça en glissant, supposa Henry.

Archie sortit une fine torche électrique de sa poche et en promena le faisceau sur la longueur du cheveu roux, puis il la tint afin qu'Henry puisse regarder. Un minuscule morceau de chair était attaché à la racine du cheveu.

— Il y a un bout de peau dessus, déclara Archie.

— Enlevez-moi ça, enlevez-moi ça, implora Bennett en agitant la tête et en roulant des yeux ronds.

— Du calme, lâcha Henry, du calme.

Claire, qui mesurait trente bons centimètres de moins que le flic, se hissa sur la pointe des pieds, cueillit le cheveu, et le glissa dans un scellé.

Archie appela un gars du labo.

— Emballez-moi tous ses vêtements, chaussettes, tout.

— Mais, qu'est-ce que je vais porter ? geignit Bennett en s'éloignant en la compagnie du technicien.

Claire se tourna vers Archie et Henry. Le sentier large d'un mètre sur lequel ils se trouvaient avait été tracé, non sans mal, à flanc de coteau. On en avait interdit l'accès pour éviter aux mémés d'avoir à revenir sur leurs pas, de parcourir deux kilomètres supplémentaires dans la forêt en courant le risque de manquer leur rendez-vous à l'institut de beauté. Un labrador couleur chocolat gambadait sur le talus tandis que son maître, short cargo, chaussures de randonnée et lunettes miroir marchait, indifférent à ce qui se passait au fond du vallon.

— Alors ?

— Blessure à la tête, rétorqua Archie.

— Ouais, confirma Henry.

— Peut-être qu'elle est tombée, proposa Claire, comme dans T.J. Hooker[1], et que sa tête a heurté un rocher.

— À moins que le rocher n'ait heurté sa tête, rétorqua Henry.

— Ou que Médor soit venu fourrer son museau dans notre cadavre et que le cheveu soit tombé de sa langue lorsqu'il est remonté sur le sentier, renchérit Archie.

Claire et Henry le dévisagèrent.

— Médor ? demanda Henry.

— C'est dégueulasse, conclut Claire.

1. Série télévisée des années 1980. *(N.d.T.)*

2

Susan Ward avait mal à l'estomac. Peut-être les nerfs. Peut-être la chaleur. Peut-être l'air saturé de fumée de cigarette du bar.

— Un autre verre ? proposa Quentin Parker.

Il tenait la rubrique crimes et délits du *Herald* depuis la nuit des temps. Susan n'aurait pas su dire s'il avait toujours été alcoolique, ou si ce vice avait quelque chose à voir avec son activité. Il insista :

— Un truc avec un petit parasol ?

Lui buvait du Wild Turkey. Sec. La serveuse lui en avait servi un avant même qu'il fût assis. Susan ignora la plaisanterie et sortit une cigarette du paquet qu'elle avait posé sur la table.

— Je vais me contenter de fumer, annonça-t-elle en parcourant le bar des yeux.

C'était Parker qui avait suggéré l'endroit. En centre-ville, pas très loin du journal. Susan n'en avait jamais entendu parler, mais le vieux journaliste semblait connaître tout le monde. Il connaissait beaucoup de gens dans beaucoup de bars.

Celui-ci était petit, si bien que Susan pouvait garder un œil sur la porte pour voir arriver l'homme qu'ils étaient censés rencontrer. Parker avait tout organisé. En général elle écrivait des chroniques, mais, cette fois, il s'agissait d'un crime, et qui disait crime, disait Parker. Ça faisait deux mois qu'elle tentait d'obtenir ce rendez-vous. Parker, lui, n'avait eu besoin que d'un seul coup de téléphone. C'était comme ça depuis le début. Elle s'apprêtait, toute seule, à détruire la carrière d'un homme politique estimé de tous. Au *Herald*, la quasi-totalité des journalistes avait voté pour lui. Susan aussi. À présent, si cela avait été possible, elle aurait repris son vote.

— J'aurais pu venir seule.

— Il ne te connaît pas, et puis j'aime bien rendre service.

Il plaisantait bien sûr. Générosité n'était pas le mot qui venait à l'esprit quand on pensait à Quentin Parker. Agressif? Oui. Sexiste? Oui. Une foutue plume? Oui. Un ivrogne? Sans aucun doute.

Presque tout le monde le considérait comme un enfoiré mais, pour quelque mystérieuse raison, dès le premier jour il l'avais prise sous son aile. Elle ignorait pourquoi. Peut-être qu'il appréciait son côté Miss-je-sais-tout. Ou ses tenues excentriques. Ou la couleur des cheveux qu'elle avait à l'époque. Quoi qu'il en soit, elle se serait fait couper en morceaux pour lui. Et elle était à peu près sûre qu'il en aurait fait autant pour elle, à condition de ne pas être retenu par un verre, ou un scoop brûlant.

Elle parcourut le bar des yeux une fois de plus. Parker l'avait bien choisi. Ils ne risquaient guère d'être repérés et reconnus ensemble. La décoration était vaguement marine : la barre d'un vieux bateau au mur, une ancre au-dessus du comptoir. Le barman semblait avoir dans les cent dix ans, et la serveuse à peine moins. En guise de nourriture, on ne servait que du pop-corn dont l'odeur empestait. Mais l'endroit était sombre et frais, ce qu'on n'aurait pu dire de l'extérieur. Susan tira sur son débardeur noir. *Je hais la connerie* s'étalait en écriture cursive sur la poitrine, et les lettres avaient tendance à lui coller à la peau à cause de la transpiration.

La porte du bar s'ouvrit et un rectangle de lumière aveuglante s'engouffra dans la pénombre, dessinant de jolies volutes cancérigènes dans l'atmosphère saturée de fumée.

Susan sentit son estomac se nouer. Un homme d'une cinquantaine d'années vêtu d'un costume et tripotant un smart phone Black Berry fit son entrée. Il était massif, mais bien moins que Parker, et portait des lunettes rectangulaires qui paraissaient trop fashion pour lui. Susan se tourna vers son collègue.

— Planque tes objets précieux, lui souffla ce dernier en prenant une pleine poignée de pop-corn.

— Tu es certain que c'est lui ? demanda la jeune femme en tirant de nouveau sur son débardeur.

Parker pouffa, un rire bref, presque comme un sifflement d'asthmatique, puis il enfourna son pop-corn et commença à mâcher.

— Trente ans à la rubrique crimes, t'apprends à connaître pas mal d'avocats, répondit-il, la bouche pleine.

— Par ici, lança-t-il en agitant une main graisseuse vers l'homme de loi.

De près celui-ci paraissait dix ans de plus. Il salua Parker d'un signe de tête avant de regarder Susan. Elle lut *Prada* en grosses lettres dorées sur les branches de ses lunettes.

— C'est elle ? demanda-t-il.

— Notre Brenda Starr[1], répliqua Parker sans cesser de mastiquer.

Il sourit et ses petites dents jaunes brillèrent dans la pénombre.

— La façon dont cette gamine s'attaque à votre gamin me fait chaud au cœur.

— Mon gamin est un sénateur américain en fonction.

— Plus pour longtemps, lança Parker en continuant de sourire et en prenant une autre poignée de pop-corn.

Susan tira une longue bouffée sur sa cigarette et s'assura que le petit enregistreur numérique dissimulé sur ses genoux était bien allumé. Le sentir ronronner sous ses doigts la

1. Journaliste-reporter, héroïne d'une bande dessinée créée en 1940 à Chicago par Dale Merrick. *(N.d.T.)*

calma aussitôt. Un jeune homme affublé d'une casquette de base-ball rouge pénétra dans le bar et alla s'asseoir seul.

L'avocat essuya le voile de sueur qui perlait à son front.

— Comme ça le *Herald* va publier l'histoire ?

— Le sénateur Castle désire faire un commentaire ? demanda Parker en levant la main et en faisant tomber une poignée de pop-corn dans sa bouche grande ouverte.

— Il dément tout.

Susan éclata de rire.

L'avocat remonta ses lunettes *Prada* sur son nez.

— Estimez-vous heureux d'obtenir une déclaration, lâcha-t-il en rougissant.

Susan se promit sur-le-champ de faire tomber John Castle et tous les salauds qui l'avaient protégé au fil des années. Les gens idolâtraient le sénateur pour son œuvre au service de l'État, mais après jeudi, ils le verraient sous son vrai jour : un violeur, un manipulateur, un maître chanteur et un imposteur. Elle écrasa sa cigarette dans le cendrier noir posé sur la table.

— Il dément tout, répéta-t-elle. Il a sauté la baby-sitter de ses gosses et a tout fait pour étouffer l'affaire, y compris acheter le silence de la victime.

Elle sortit une autre cigarette du paquet et l'alluma avec un briquet en plastique. Elle ne fumait que lorsqu'elle se sentait nerveuse, mais cela, l'avocat l'ignorait.

— J'ai travaillé deux mois sur cette histoire. J'ai enregistré le témoignage de Molly Palmer. J'ai interviewé ses amies de l'époque. Leurs déclarations corroborent la version de Molly. Je détiens les relevés bancaires qui montrent les sommes que votre cabinet a versées sur son compte.

— Miss Palmer était stagiaire chez nous, rétorqua l'avocat en tendant les mains d'un air innocent.

Susan tira une longue bouffée sur sa cigarette, inclina la tête en arrière et souffla la fumée en prenant tout son temps. Elle savait qu'elle le tenait.

— Elle n'est restée qu'un été. Vous avez continué à la payer pendant cinq ans. Cinq ans.

Un tic nerveux agita la bouche de l'avocat.

— Il y a peut-être eu une erreur de comptabilité.

Elle aurait aimé effacer son sourire satisfait d'un coup de coude en plein visage. Pourquoi diable avait-il pris la peine de se déplacer? Il aurait pu démentir par téléphone.

— Arrêtez vos conneries!

Il se leva et toisa Susan de la tête aux pieds. Vu son look, elle avait l'habitude d'être ainsi détaillée, mais venant de ce type, cela la rendit furieuse.

— Vous avez quel âge? Vingt-cinq ans? Et vous vous imaginez que les gens de cet État vont laisser une gamine aux cheveux bleus nourrissant je ne sais quelles arrière-pensées politiques ruiner la carrière d'un sénateur qui en est à son cinquième mandat?

Il approcha son visage de celui de Susan, si près qu'elle sentit l'odeur de son après-rasage.

— Même si vous publiez l'histoire, ça tombera à l'eau. Et puis vous ne la sortirez pas. Parce que si le *Herald* l'envisageait, je vous attaquerais. Et vous aussi, ajouta-t-il en pointant un doigt vengeur en direction de Parker. Le sénateur dément toutes vos allégations. À part cela, il n'a aucun autre commentaire.

Sur ce il tourna les talons et se dirigea vers la porte.

— J'ai vingt-huit ans et mes cheveux sont bleu des mers du Sud, lui lança Susan.

— Je crois que ça s'est bien passé, commenta Parker en portant son verre de whisky à ses lèvres.

— Ouais, ils tremblent dans leurs bottes.

— Tu peux me faire confiance.

Il récupéra un cure-dent qui traînait sur la table et entreprit de fourrager dans sa bouche pour extraire un bout de pop-corn coincé entre deux molaires.

Susan ne l'avait jamais autant aimé. Il la regarda et lui adressa un clin d'œil.

— Ils font dans leur froc.

Susan crut voir ses joues rougir de fierté. À moins que ce ne fût l'effet du whisky.

3

Ses clés à la main, Archie attendait devant chez lui. Pendant les dix-huit mois où ils avaient été séparés, jamais Debbie ne lui avait réclamé la clé de leur maison, et jamais il n'avait proposé de la lui rendre. Elle était tout le temps restée sur son trousseau, lui rappelant constamment ce qu'il avait perdu. Quand sa femme lui avait demandé de partir, il avait été déboussolé. Il n'était sorti de l'hôpital que depuis deux mois et n'était pas encore libéré des affres de la convalescence. Il ne lui en voulait pas. Il l'avait forcée à prendre cette décision. C'était plus facile pour elle d'être seule.

Il sortit la boîte à pilules de sa poche, l'ouvrit et prit trois comprimés ovales. Il les garda un moment dans sa main avant de les mettre dans sa bouche, de savourer leur amertume familière et de les avaler. Puis il mit la clé dans la serrure et poussa la lourde porte d'entrée. La maison était un ranch de plain pied datant des années 1950 restauré par les anciens propriétaires. Debbie attendait Sara quand ils l'avaient achetée. Le prix était bien au-delà des possibilités de son salaire, mais Debbie venait d'être engagée comme styliste chez Nike et ils avaient craqué.

Debbie avait laissé une lampe allumée qui projetait un chaud halo de lumière dans l'entrée sombre. Archie ôta ses chaussures couvertes de boue et alla déposer ses clés sur la console à côté de la lampe. Une photo de Debbie et lui avec les enfants trônait dans un cadre en argent. Il semblait heureux sur ce cliché, mais n'aurait su dire où, ni quand, elle avait été prise.

Il sentit la présence de Debbie derrière lui avant qu'elle ne l'enlace.

— Bonjour.

Elle appuya sa joue contre son dos et le tint serré contre elle.

— C'était dur ?

— J'ai vu pire.

Ses paroles restèrent un moment en suspens, puis il se retourna et la prit dans ses bras. Ses cheveux châtains coupés court étaient ébouriffés et elle portait un débardeur noir sur un caleçon rouge en coton. Il sentit son corps tonique et fort contre lui, ce corps qu'il connaissait aussi bien que le sien.

— Les enfants vont bien ?

Elle s'approcha et déposa un baiser léger sur son cou, juste sous son menton.

— Ils dorment depuis des heures.

Il posa une main sur la joue de Debbie et contempla son visage doux et avenant, ses pommettes saillantes, son nez fin, ses taches de rousseur. Et soudain, une chevelure blonde surgit, un parfum de lilas… Gretchen était là. Omniprésente aux frontières de sa conscience.

Il se crispa et sentit le corps de Debbie se tendre sous ses mains.

— C'est elle ?

Il se racla la gorge et chassa l'image de son esprit. Sa main retomba, abandonnant la joue de Debbie.

— J'ai besoin de dormir.

Il aurait voulu sortir les comprimés de sa poche, en prendre un, rien qu'un de plus, mais il ne voulait pas le faire devant sa femme, cela lui aurait fait trop mal.

— C'est si dur de ne plus la voir ?

Il se demandait parfois ce que Debbie savait de sa relation avec Gretchen. Elle n'ignorait pas que Gretchen le hantait.

Elle aurait même pu dire qu'elle l'obsédait. Mais, d'après lui, Debbie ne soupçonnait pas jusqu'où il était allé.

— Nous avions décidé de ne plus en parler, lui murmura-t-il.

Debbie le fit pivoter pour le mettre face au miroir accroché au mur au-dessus de la console.

— Regarde, dit-elle en glissant les mains sous la chemise d'Archie et en la remontant.

Il hésita puis finit par regarder leur image : son ex-femme appuyée contre lui, la tête nichée contre son épaule, ses yeux noirs brillants, et lui, le visage creusé de rides se découpant à demi dans l'ombre projetée par la lampe, son long nez et sa bouche tordue, son épaisse tignasse et ses yeux tristes..., chaque détail rappelant physiquement l'un de ses ancêtres, Irlandais, Croate, Juif. Il s'autorisa une petite moue ironique. Mon Dieu, même son génotype était tragique.

Elle glissa une main sur son ventre et frôla la longue cicatrice qui barrait son diaphragme, là où Gretchen lui avait enlevé la rate. C'était la plus épaisse, une horrible balafre d'une quinzaine de centimètres. On distinguait encore les boursouflures blanches laissées par les agrafes, qui lui donnaient un aspect digne de la créature de Frankenstein. Les tissus cicatriciels étaient calleux, si bien qu'il sentait à peine les doigts qui le caressaient. Elle effleura ensuite les petits stigmates qui parsemaient sa poitrine. Ceux-ci étaient plus fins, le scalpel avait entaillé la chair plus pour passer le temps que pour infliger une douleur. On aurait dit des brins d'herbe argentés alignés comme les traits d'une règle. Debbie frôla ensuite la protubérance qui marquait l'endroit, sous les côtes, où Gretchen avait planté le scalpel.

— Nous avions passé un accord, dit Archie. Sa vie, la perpétuité, contre l'emplacement des corps. Elle a tenu sa part du marché. C'est moi qui n'ai pas su gérer. Elle refuse de parler à qui que ce soit d'autre. Debbie, pense aux deux cents personnes qu'elle a tuées. Pense à leur famille.

C'était le discours qu'il s'était tenu pendant les deux ans où il était allé chaque semaine voir Gretchen Lowell. Cela faisait partie des efforts destinés à se convaincre qu'il ne faisait que son boulot. Il n'y croyait plus à présent. Il se demandait si Debbie, elle, y croyait.

— Cent quatre-vingt-dix-neuf. Tu étais le numéro deux cent, Archie. Et tu es toujours en vie.

Elle fit glisser sa main jusqu'à l'autre cicatrice, celle qui commençait sous le pectoral gauche, s'incurvait dans les poils de sa poitrine et revenait au point de départ en dessinant un cœur parfait. Gretchen Lowell avait gravé un cœur sur chacune de ses victimes, c'était sa signature. Sauf que les autres victimes n'étaient que des cadavres, et les cœurs des blessures sanguinolentes rongées par la décomposition et de trop longues tortures. En tant que chef de la Brigade Spéciale, Archie s'était penché sur ces corps, avait étudié les photos de la morgue et, pendant dix ans, avait toujours eu une étape de retard. Jusqu'à ce qu'il tombe dans le piège que Gretchen lui avait tendu.

Elle avait infiltré la Brigade six semaines avant de se découvrir, le soir où elle l'avait drogué. Ils l'avaient prise pour une psychiatre venue proposer son aide. Il s'interrogeait à présent : lui aurait-il accordé sa confiance aussi vite si elle n'avait été aussi belle ?

La cicatrice-cœur était délicate, la nouvelle chair un fin ruban de peau pâle. Sa plus jolie balafre. Pendant des mois il n'avait pu se résoudre à la regarder. Mais elle faisait partie intégrante de son corps désormais, autant que les battements de son cœur. Les doigts de Debbie s'attardèrent dessus et il ressentit comme une décharge électrique. Il lui prit le poignet.

— Ne fais pas ça.

Elle blottit son visage contre son épaule.

— Elle est en train de te tuer, lâcha-t-elle, ses mots étouffés par le tissu. Elle est en train de nous tuer.

— Je t'aime, répondit Archie dans un murmure à peine audible.

Il était sincère. Il aimait Debbie et leurs enfants plus que tout au monde. Il les aimait de toute son âme, mais cela ne suffisait pas.

— Je n'arrive pas à l'oublier.

Debbie regarda l'image d'Archie dans le miroir.

— Je ne la laisserai pas gagner.

Il en eut le cœur brisé. Non parce qu'elle craignait qu'il fût en danger, mais parce qu'elle pensait avoir une chance de le sauver. Quel que soit le jeu malsain auquel lui et Gretchen s'étaient livrés, c'était entre eux. Gretchen se moquait bien de Debbie, elle savait que celle-ci ne constituait pas une menace.

— Il ne s'agit pas d'un match, rétorqua Archie en s'abstenant d'ajouter : *elle a déjà gagné.*

Debbie le regarda un moment sans rien dire, puis, lentement, tendrement, elle l'embrassa sur la joue.

— Allons nous asseoir un peu, regarder la télé, ou autre chose.

Il lui fut reconnaissant d'avoir changé de sujet.

— Comme un vieux couple.

— Exactement.

Faire semblant d'être normal était un exercice dans lequel Archie excellait.

— Entendu, je ferai le mari.

Il la suivit au salon au moment même où les cachets commençaient à agir et où la codéine envahissait son organisme. Tel un baiser ; doux, chaud, plein de promesses.

4

Susan était assise par terre, toute nue, devant le ventilateur. Chaque fois que l'air chaud de l'appareil l'atteignait, la chair de poule parcourut son corps. Elle avait pris un bain froid et plaqué ses cheveux bleus mouillés en arrière. Elle avait troqué le rose pour le bleu des mers du sud deux jours plus tôt, et l'ammoniaque lui piquait encore le crâne. Cela, plus le fait qu'il faisait trente-cinq degrés dans le petit appartement, rendait illusoire l'idée de dormir. Le bain lui avait fait du bien. Elle avait réussi à débarrasser ses cheveux de l'odeur de fumée de cigarette, mais pas par contre de celle du pop-corn au beurre de Parker.

Elle contempla l'ordinateur portable blanc posé par terre à ses côtés. Elle devait rendre la version définitive de l'affaire Molly Palmer le lendemain. Ce fumier allait enfin avoir ce qu'il méritait.

La porte s'ouvrit à la volée.

— Maman ! hurla Susan.

Felicity parut surprise. Elle avait enroulé ses longues dreadlocks décolorées autour de sa tête, et sa djellaba en coton flottait sur son corps musclé par le yoga. Elle portait une théière japonaise sur un plateau en osier.

— Je t'apportais juste un thé à la menthe.

La jeune femme passa la main dans ses cheveux mouillés et ramena ses genoux contre sa poitrine pour dissimuler sa nudité. Alors que sa mère, à cinquante ans, avait un corps de trente ans, Susan, à vingt-huit, avait celui d'une gamine de quinze ans.

— Tu pourrais pas frapper, dis ? Je ne veux pas de thé. Il fait au moins cinquante degrés.

— Je le laisse là, répondit Felicity en se penchant pour poser le plateau par terre.

Elle leva les yeux vers Susan et demanda :

— T'as mangé des pop-corn ?

*
* *

Susan avait réemménagé avec sa mère. Ce n'était pas ainsi qu'elle décrivait la situation à ceux qui acceptaient de l'écouter. À ceux-là elle expliquait qu'elle « restait » avec sa mère. « Restait » était le mot de code signifiant que la situation n'était que temporaire.

En fait elle avait réintégré son ancienne chambre, celle qu'elle occupait dix ans plus tôt. Mais Felicity l'avait transformée en salle de méditation deux minutes après le départ de sa fille pour la fac. Elle avait peint les murs couleur mandarine, posé les rideaux indiens à pampilles d'argent aux fenêtres et des tatamis sur le sol. Il n'y avait ni lit ni meubles. Felicity avait pensé à y suspendre un hamac, pour le cas où elle aurait besoin d'une chambre d'amis. Lorsque Susan avait suggéré d'acheter un matelas gonflable, ou au moins un futon, elle lui avait expliqué que le quart de la population mondiale dormait dans des hamacs et que le sien était un authentique mexicain à triple trame, et non une de ces saloperies que les gens accrochent dans leur jardin. Susan savait qu'il ne servirait à rien de discuter avec sa mère. Pourtant, depuis la première nuit, elle ne parvenait pas à se retourner dans le foutu hamac sans se faire affreusement mal au dos, triple trame ou pas. L'odeur douceâtre et rance de centaines de bâtons d'encens imprégnait la chambre. C'était pire lorsqu'il faisait chaud et, même fenêtres ouvertes, on étouffait au premier étage du minuscule appartement victorien, comme dans des vêtements trop serrés. Au moins dans le hamac elle avait un peu d'air.

Susan se disait qu'elle prendrait un appartement dès qu'elle en aurait terminé avec l'histoire de Molly Palmer et du sénateur Castle. Pour l'instant l'histoire avait la priorité. Elle n'avait pas de temps à perdre à écumer les sites de location ou à visiter des appartements.

Elle se leva, alla s'asseoir par terre devant son ordinateur et l'alluma. L'histoire brillait en lettres blanches sur l'écran bleu, le curseur clignotait. Elle se mit à taper.

Plutôt mourir que de s'avouer la vérité : elle avait peur d'être seule, elle sentait encore la ceinture lui serrer le cou, elle rêvait encore de l'étrangleur.

La jeune femme entra le démenti de Castle dans le deuxième paragraphe et sourit. Il n'y avait pas si longtemps qu'elle écrivait encore des essais personnels ou des chroniques humoristiques sur la pêche au saumon ou des festivals de bûcherons.

Beaucoup de choses avaient changé ces deux derniers mois, depuis qu'on l'avait chargée de dresser le profil psychologique d'Archie Sheridan qui traquait alors l'Étrangleur de Cinq Heures. Elle, aussi, avait changé.

Vingt fois elle avait songé à l'appeler, sans jamais le faire. Sous quel prétexte? Le journal avait publié sa série d'articles et, à la suite de son dernier papier sur le tueur, Sheridan lui avait envoyé un mot aimable en lui souhaitant bonne chance. Pas d'invitation à prendre le café, pas de « on se rappelle ». Il était sûrement occupé à des choses plus importantes.

Et tant mieux. *Ne tombe pas amoureuse d'hommes plus âgés et pas libres*, c'était sa nouvelle règle. Alors Archie Sheridan? Douze ans de plus qu'elle et toujours amoureux de son ex-femme. Pile son genre, donc totalement impossible. En plus elle avait un boulot à finir. Elle se concentra de nouveau sur son écran. Sa priorité pour l'instant : démasquer le sénateur Castle, démasquer ce salaud. Le journal lui avait mis des bâtons dans les roues, qualifiant l'histoire de vieille rumeur. Jusqu'à ce qu'elle trouve Molly. On avait parlé de la soi-disant liaison du sénateur pendant des années. Plusieurs journalistes avaient même tenté de retrouver sa maîtresse. Molly avait refusé de leur parler. Mais Susan et elle partageaient le même secret. Toutes deux avaient vécu des histoires de merde lorsqu'elles étaient enfants, ce qui les rendait débiles avec les hommes.

Cela avait conduit Susan à toujours choisir les mauvais mecs, à toucher à la drogue, si l'on considère le shit comme tel, contrairement aux habitants de Portland, à se livrer au pire des exhibitionnismes, et à se lancer dans le journalisme à scandale. Elle pensait que Molly et elle pourraient peut-être s'aider à sortir la tête de l'eau, ou du moins à échapper un peu à la caricature.

Susan se pencha pour attraper la chope de thé que sa mère lui avait laissée. Elle y trempa à peine les lèvres. Toujours trop chaud.

***

Tôt le lendemain matin, elle eut conscience que le téléphone sonnait. Sa mère avait gardé son vieil appareil, un truc rouge à cadran accroché au mur dont le fil était si emmêlé qu'on parvenait à peine à décrocher. Il sonnait très fort car Felicity souhaitait pouvoir l'entendre quand elle se trouvait dans le jardin en train de retourner le compost, ou de traire la chèvre. Susan ne comprenait pas pourquoi sa mère tenait tant à l'entendre puisqu'elle n'y répondait presque jamais. Aussi Susan fut-elle surprise que la sonnerie s'arrête si vite.

Elle se retourna, manœuvre périlleuse qui fit tanguer dangereusement le hamac, mais deux minutes plus tard le bercement la rendormit.

Elle n'aurait su dire combien de temps avait passé, mais elle sentit la présence de sa mère. Susan se tortilla et essaya de tirer une couverture sur sa tête. En entendant le camion-poubelle dans la rue, elle comprit qu'il était environ sept heures. Les bouteilles et les pots en verre se fracassaient dans la benne, un bruit violent, stressant, comme un pare-brise qui éclate. Elle ne s'y était jamais habituée.

— Frappe, lança-t-elle à sa mère. Frappe!

Felicity posa doucement la main sur son bras. Le hamac se balança. Un petit rien dans sa façon de la toucher fit comprendre à Susan que quelque chose n'allait pas. Trop ferme, trop précise. Elle se redressa sur les coudes en glissant les doigts dans les mailles du hamac pour ne pas perdre l'équilibre. Sa mère avait le visage pincé. Quelqu'un était mort.

Le cœur de Susan se mit alors à battre la chamade. Qui? Elle pensa au journaliste avec qui elle était sortie plusieurs fois deux mois plus tôt.

— Derek?

Felicity lissa une mèche des cheveux de sa fille.

— Parker, ma chérie. Et le sénateur Castle. Leur voiture a fait une embardée et est tombée du Fremont Bridge ce matin.

Susan s'extirpa du hamac et se recroquevilla toute nue sur le tatami. Felicity s'accroupit en face d'elle, le visage empreint de tristesse.

— Ils sont morts tous les deux, ma chérie.

— Quoi? parvint à articuler Susan dans un murmure.

— Ian a téléphoné du journal. Ils sont morts.

Parker. Susan se recroquevilla davantage sur elle-même. Elle se revit soudain : à quatorze ans, dans la chambre d'hôpital de son père, impuissante, seule, folle de rage. Elle écarta l'impuissance et la solitude et laissa la rage l'envahir.

— Putain, il est mort, ce salaud. Ce salaud de sénateur est mort avant que mon article sorte. Deux mois que je travaille dessus. Deux mois.

Elle se sentait rougir, Une curieuse sensation lui serrait la poitrine. *Pas Parker, non. Mon Dieu, pas Parker!*

Elle renifla, ravalant sa morve.

— Parker est mort? demanda-t-elle d'une voix de petite fille.

Sa mère hocha la tête.

Cela n'avait aucun sens. Que foutait Parker en voiture avec Castle ? Il y avait une erreur. Elle leva les yeux vers Felicity. Il n'y avait pas d'erreur. Son visage se crispa.

— Merde.

Elle ferma les yeux une minute, essayant de refouler le flot de larmes qui menaçait d'exploser, puis elle se leva et alla fouiller dans le carton de vêtements posé dans un coin.

— Que fais-tu ?

Susan trouva une longue robe noire en coton et l'enfila.

— Je vais là-bas.

— Au journal ?

— Au pont. Je veux savoir ce qui s'est passé.

Elle pêcha son portable au fond de son sac et composa un numéro. Felicity se redressa, sa djellaba soulevée par le souffle du ventilateur.

— Qui appelles-tu ?

Susan essuya une larme sur sa joue d'un revers de main et porta le téléphone à son oreille.

— Archie Sheridan.

Elle attrapa une mèche de cheveux bleus et l'amena contre son nez. L'odeur de pop-corn avait disparu.

5

Archie se tenait sur le Fremont Bridge, le plus récent des dix ponts de Portland, ouvrage en béton des années 1970, dont les quatre voies sur deux niveaux enjambent la Willamette et relient l'est et l'ouest de la ville. La plupart des habitants de Portland avouent avoir un pont préféré : Hawthorne Bridge, Steel Bridge ou St. John, mais rares étaient ceux qui auraient cité le Fremont. Sa peinture bleu pâle s'écaillait, découvrant le ciment grisâtre, il était laid et fonctionnel. Mais Archie, lui, l'avait toujours aimé. En allant vers l'ouest il offrait la plus belle vue de Portland, un horizon dégagé vers le nord et le sud et, droit devant, les immeubles scintillant du centre-ville, les collines luxuriantes, Forest Park et sa rivière serpentant paresseusement, le tout baigné dans une douce lumière rose. Portland pouvait parfois se montrer tellement beau. Archie se disait que son cœur aurait pu s'arrêter de battre rien qu'à admirer cette vue.

— Horrible, non? lança une voix derrière lui.

Archie pivota légèrement pour découvrir Raul Sanchez. Massif, une barbe grise impeccablement taillée, des bras puissants, et un visage qui semblait avoir été sculpté dans un bloc de bois flotté. Il portait une casquette de base-ball bleu marine sur laquelle on lisait FBI en grosses lettres blanches, et un coupe-vent frappé des mêmes lettres blanches, en petits caractères sur la poitrine et en énormes dans le dos.

— Pardonnez-moi, demanda Archie, vous êtes du FBI?

— Le Bureau tient à ce que l'on s'identifie, répondit Sanchez en souriant. Comme ça les gens ne nous confondent pas avec ces connards de la CIA.

Il parlait avec un accent mexicain, en arrondissant délicatement les consonnes puis vint se poster à côté d'Archie. Derrière eux des véhicules de secours s'agglutinaient sur le pont à présent fermé dans un kaléidoscope de gyrophares.

— Regardez-moi ça, lança Sanchez en désignant du menton les lumières rouges qui clignotaient sur les relais de téléphone, telles des bougies d'anniversaire plantées sur les collines, et les grues gigantesques qui indiquaient les chantiers de construction de toutes sortes, appartements ou bureaux. Dans dix ans on se croira à Los Angeles. Les Californiens nous envahissent. Ils sont feignants, vous savez? Ils ne tondent même pas leurs pelouses.

— Je l'ai entendu dire, rétorqua Archie.

Sanchez fourra les mains dans ses poches et se balança sur les talons de ses santiags.

— Ça faisait un bout de temps qu'on avait pas vu une bagnole tomber d'un pont.

Les gyrophares multicolores des véhicules d'urgence se réfléchissaient sur le ciment derrière lui, si bien qu'on l'aurait cru sur une piste de danse disco.

— Deux en dix ans. Un suicide sur le Marquam et un cas d'aquaplaning sur le Morrison.

Sanchez leva les yeux vers le ciel clair.

— En tout cas, ce matin, il ne s'agissait pas d'aquaplaning.

Archie leva lui aussi les yeux. Une nuée d'hélicoptères tournait au-dessus d'eux, comme des vautours au-dessus d'une charogne.

— Ouais.

Il savait à quoi Sanchez pensait. C'était plus difficile qu'il n'y paraissait de tomber du haut d'un pont. Il fallait franchir plusieurs obstacles de sécurité : un muret en béton haut d'un mètre et une barrière métallique. Il fallait être particulièrement malchanceux. Ou le faire exprès.

Claire surgit à ses côtés. Elle portait un jean et un T-shirt avec une tête de bulldog sur la poitrine. Ses cheveux courts disparaissaient sous une casquette de pêcheur grec.

— Susan Ward est ici. Elle prétend t'avoir appelé.

Archie se retourna et loucha vers l'extrémité est du pont où des hordes de journalistes étaient contenues par un cordon de police et une rangée de flics à moto.

— Est-ce qu'ils ont remonté la voiture ?

— Bientôt, répondit Claire. Il y a des tonnes de saloperies au fond, les plongeurs doivent d'abord la dégager.

— Ah, belle Willamette ! soupira Sanchez, où sont tes eaux cristallines ?

***

Un vrai cirque. Susan n'avait jamais rien vu de pareil, sauf peut-être à la Foire de l'Oregon, à côté de Eugene : Cent cinquante hectares de hippies, de cracheurs de feu et de marchands de falafels, plus une cohue de flics, de journalistes et de badauds. Les gens avaient le même air excité, comme s'ils assistaient à un spectacle unique.

Elle s'était garée quelques rues avant la sortie de Kerby Street et avait fait le reste du trajet à pied. Elle portait son badge du *Herald* autour du cou au bout d'un cordon, et dut négocier âprement pour franchir trois barrages de police. Se retrouver à pied sur le pont la désorientait. Contrairement à la plupart des autres ponts de Portland, le Fremont était fermé aux piétons, sauf une fois par an quand la ville le livrait à quelques milliers de cyclistes. Susan – qui oubliait immanquablement cette journée vélo et venait s'engluer dans les embouteillages – comprenait à présent ce qui fascinait tant les gens. Il y avait quelque chose d'irréel à se promener si haut au-dessus de la ville. Soudain elle songea aux longues secondes durant lesquelles la voiture du sénateur était tombée en chute libre, et elle serra les poings. Parker était mort. Il fallait qu'elle agisse, qu'elle lutte contre tous ses réflexes de journaliste : la recherche du scoop et de l'exclusivité. Il fallait qu'elle dise tout ce qu'elle savait à Archie Sheridan.

Elle se fraya un passage au milieu des équipes de télévision qui toutes voulaient obtenir des images de l'impressionnante cohorte de véhicules d'urgence. Claire l'avait repérée et lui proposa de chercher Archie pour elle. Mais la foule était si compacte qu'elles se perdirent presque aussitôt. Si bien qu'elle attendit, observant les flics, écoutant les autres journalistes, recueillant le maximum d'informations possibles. Pas grand-chose dans cette agitation. Soudain un détail la frappa : aucune trace de dérapage. Trop de gens, trop de voitures ; s'il y avait eu des traces de freinage, la scène aurait été protégée, et la section scientifique à l'œuvre.

Elle aperçut Archie et se redressa. Il surgit de derrière une fourgonnette de la police, les mains dans les poches de son blouson, les épaules voûtées pour se protéger de la fraîcheur matinale. Susan reconnut son épaisse touffe de cheveux châtains. Mais lorsqu'il s'approcha, elle repéra quelques mèches blanches qu'il n'avait pas la dernière fois qu'elle l'avait vu, deux mois plus tôt.

— Je suis navré, dit-il. Je sais que Parker et vous étiez proches.

Elle sentit un flot de larmes gonfler dans sa gorge et les ravala.

— Que s'est-il passé ?

Il leva la rubalise, et elle se glissa dessous.

— Ça s'est produit vers cinq heures du matin. La voiture roulait vite, elle a fait une embardée et est tombée du pont.

Il lui montra l'endroit où le muret de sécurité en béton avait cédé. Les câbles d'acier de l'armature saillaient comme les os d'une fracture ouverte. La barrière métallique était brisée sur une longueur de trois mètres et pendait dangereusement dans le vide.

— Deux automobilistes se sont arrêtés et ont appelé le 911. Les secours sont arrivés moins de sept minutes plus tard…

Archie et Susan s'arrêtèrent au bord du pont et contemplèrent la barge de la police et les bateaux des équipes de secours sur la rivière en contrebas.

— ... mais tous les deux étaient déjà morts. Le sénateur et Parker. On a sorti les corps il y a une heure environ.

Il se tourna et regarda la jeune femme, puis fronça un sourcil.

— C'était la voiture de Parker, Susan. Vous savez ce que le spécialiste des crimes et délits du *Herald* faisait en voiture avec notre sénateur au lever du jour?

Susan sentit son estomac se serrer. Pourquoi Parker lui avait-il caché son rendez-vous avec Castle? Pas de traces de dérapage. Bon Dieu! La voix d'Archie se fit plus insistante :

— Susan, il faut tout me dire, maintenant.

Elle regarda autour d'elle, les flics, la presse. Personne ne semblait vraiment occupé.

— Un endroit discret, s'il vous plaît.

Il lui fit signe de le suivre et la conduisit jusqu'à une Crown Victoria bleu nuit dans laquelle elle vit Henry Sobol à la place du conducteur en train de prendre des notes, portière ouverte. Archie se pencha et dit :

— J'ai besoin de la voiture.

Henry leva les yeux et sourit à Susan.

— Miss Ward, vous avez une curieuse couleur de cheveux.

— Ça s'appelle bleu des mers du sud. J'avais pensé à forêt enchantée, mais ça faisait un peu trop punk.

— Vous avez raison, rétorqua-t-il en glissant un pouce sous la boucle bleu turquoise de son ceinturon, le bleu est plus professionnel.

Il s'abstint de demander pourquoi ils avaient besoin de la voiture. Archie ouvrit la portière arrière et Susan se glissa sur la banquette en skaï bleu marine de la Crown Vic. Il s'installa à côté d'elle et referma la portière.

— Il est mort noyé?

— Sans doute, répondit doucement Archie. La voiture a coulé à pic. Portières verrouillées. Ils n'ont pas pu sortir.

Susan se tortilla une mèche de cheveux bleus.

— Il faut que cela reste entre nous.

Archie la regarda un instant.

— Je ne peux pas promettre ça. Je ne suis pas chargé de l'enquête. C'est le FBI. Et même pas le FBI local. Si vous me révélez quelque chose qui me paraît important, je serai obligé de transmettre.

— Castle couchait avec la baby-sitter de ses enfants, lâcha Susan dans un souffle. Il y a dix ans. Elle avait quatorze ans. Ensuite il a magouillé pour étouffer l'affaire.

— Quatorze ans, je la croyais plus âgée.

Susan en resta bouche bée.

— Vous connaissez l'histoire de Molly Palmer ?

— Je ne connaissais pas son nom, mais j'ai entendu des rumeurs.

Susan savait qu'il y avait eu des rumeurs. Il y en avait eu pendant des années. Mais soit personne n'y avait cru, soit personne n'avait voulu y croire, car elles n'étaient jamais parues dans la presse. En revanche, la journaliste ignorait que la police était au courant.

— Et il n'y a jamais eu d'enquête ?

— On a toujours dit que le dossier était vide.

Susan sortit ses pieds de ses sandales et replia ses jambes sous elle en veillant bien à tirer sur sa robe.

— Eh bien le dossier n'est pas vide. J'ai récolté des tonnes de preuves. Y compris le témoignage de Molly. Ils ont acheté son silence. Ils ont payé une gamine pour qu'elle se taise. Le *Herald* devait sortir l'affaire dans deux jours. J'ai rencontré l'avocat de Castle hier, avec Parker, pour voir s'il souhaitait commenter. Il a tout nié en bloc.

— Vous pensez que Parker a rencontré Castle ?

— Je n'en sais rien, peut-être. Peut-être que le sénateur a finalement décidé de répondre. Mais en tout cas, leur présence dans la même voiture a forcément un rapport avec l'article.

Archie hocha la tête et sembla réfléchir un long moment avant de se tourner de nouveau vers elle.

— Merci. Ça nous aidera beaucoup.

Elle sentit le rouge lui monter aux joues.

— Pas de quoi.

Henry frappa à la vitre, faisant quasiment sauter Susan au plafond. Il lui adressa un signe de la main, puis désigna sa montre et Archie. Celui-ci hocha la tête, un mouvement à peine perceptible. Elle jeta un coup d'œil à sa propre montre. Il était presque huit heures et demie. Elle demanda :

— Salem ?

Susan avait assisté à l'une des rencontres hebdomadaires entre Gretchen et Archie, et ce souvenir continuait de la hanter.

Archie se frotta le cou et grimaça comme s'il avait soudain mal.

— Je n'y vais plus.

— C'est vrai ?

Le visage d'Archie ne trahit pas la moindre émotion.

— Nous prenons du recul.

Le genre d'expression que l'on emploie pour une séparation à l'essai, pas pour la poursuite d'une enquête criminelle. *On prend du recul. On voit d'autres gens. On envisage d'autres options.*

Gretchen Lowell. L'Artiste. La Reine du Mal. Susan l'avait rencontrée une fois. Blonde. Un teint de porcelaine. Encore plus belle au naturel que sur les photos. La journaliste avait seize ans quand on avait découvert la première victime de celle qui allait devenir l'Artiste. Et c'était à peu près l'âge qu'elle avait quand elle pensait à Gretchen.

À l'époque le *Herald* y consacrait un article presque tous les jours, la plupart signés Quentin Parker. Voilà comment Susan avait connu Archie Sheridan, une photo dans le journal, derrière le pupitre d'une conférence de presse ou penché au-dessus d'un cadavre.

— Je ne l'ai pas revue depuis l'affaire de l'Étrangleur.

Susan ne put réprimer un frisson et ses poils se hérissèrent sur ses bras. Elle changea de sujet.

— J'ai appris que vous reviviez avec votre famille.

Archie sourit et ôta une peluche sur la jambe de son pantalon.

— On essaie, répliqua-t-il d'une voix douce.

— C'est super. Vraiment super.

Ils restèrent un moment immobiles dans un silence gêné. En fait, Susan était gênée. Archie semblait à l'aise, mais elle ne supportait pas le silence. Elle craignait de laisser échapper des paroles qu'elle regretterait, ou de se mettre à pleurer, ce qui ne manqua pas d'arriver.

— Mon Dieu, lâcha-t-elle en essuyant une larme qui coulait sur sa joue avant de l'examiner avec l'air aussi horrifié que si cela avait été du sang.

Archie posa une main sur la sienne et la regarda pleurer sans rien dire.

— Parfois, j'ai peur quand je suis seule, bredouilla-t-elle, entre deux sanglots.

Elle fourragea dans son sac et en sortit un vieux Kleenex. Elle se moucha.

— C'est ridicule, non?

Archie resta parfaitement impassible. Il lui pressa la main et dit tout doucement :

— Pas du tout.

Elle ferma les yeux. Elle aurait voulu retourner trois mois en arrière, avant l'enquête qui les avait fait se rencontrer. Puis elle repensa à tout ce qu'Archie avait vécu et se sentit bête.

— Je suis désolée. Parker me fait m'apitoyer sur mon sort.

— C'est normal d'avoir peur, Susan. Ça va aller. Vous n'avez rien de ridicule.

Elle lui sourit et hocha la tête plusieurs fois. Il l'appelait toujours « Susan », jamais « Sue », ou « Suzy », ou « Suze ». Elle appréciait cette attention.

— Vous pensez que bleu des mers du sud, c'est bien?

Elle le vit jeter un œil à ses cheveux et choisir ses mots avec soin.

— J'aime que vous ayez le cran de le faire.

Elle s'essuya les joues et le nez sur sa paume et son

poignet puis commença à descendre de la voiture. Il l'arrêta en lui posant une main sur le bras.

— Il se pourrait que j'aie encore besoin de votre aide. J'ai un corps à identifier. Peut-être faudra-t-il que je vous demande un service. Un article ou deux. Je crains que l'histoire ne soit perdue dans tout ce bazar.

— La fille du parc ?

— Ouais.

— Faites-moi savoir ce dont vous aurez besoin, je ferai de mon mieux.

Elle s'éloigna en s'interrogeant : Archie l'avait-il manipulée pour obtenir son aide ? Peut-être rien qu'un peu ? Elle repoussa cette idée. Archie n'était pas aussi calculateur.

6

Archie regarda son ami installer sa grande carcasse sur le siège conducteur et démarrer. Henry jeta un coup d'œil dans le rétroviseur et vit Susan se diriger vers le groupe des journalistes.

— Tu l'as convaincue de couvrir l'affaire du parc ?

— Ouais, répondit Archie.

Cela avait été facile et il avait un peu mauvaise conscience, mais il était surtout préoccupé par sa Jane Smith, son cadavre inconnu. Un reproche que Debbie ne cessait de lui faire : être plus concerné par les morts que par les vivants. Il boucla sa ceinture de sécurité.

— Elle a accepté sans poser de questions ? demanda Henry en se tordant sur son siège pour apercevoir Susan, facile à repérer avec ses cheveux turquoise.

— Comment t'as fait ? Tu l'as hypnotisée ?

Il faisait chaud dans la voiture et Archie régla l'air conditionné.

— T'as déjà entendu dire que le sénateur sautait la baby-sitter de ses gosses ?

— J'ai entendu parler d'une histoire de ce genre. J'ignorais que c'était la baby-sitter.

Archie grimaça. L'air conditionné se mit en route en hoquetant et une saleté coincée dans la bouche d'aération se mit à faire du bruit.

— Tu n'as jamais pensé à faire vérifier ce truc ?

Il frappa violemment le tableau de bord du plat de la main et le cliquetis s'arrêta net.

— Je croyais qu'elle avait seize ans, poursuivit Henry en passant un bras derrière le siège d'Archie en commençant sa marche arrière.

C'était la limite légale du détournement de mineur. À seize on pouvait consentir, en dessous, non. Une de ces lois qui dépendaient beaucoup du contexte.

— Quatorze, corrigea Archie. Castle en avait cinquante-deux à l'époque. Susan m'a dit que le *Herald* avait toute l'histoire, interview exclusive de Molly Palmer comprise.

Henry exécuta un demi-tour parfait. Il possédait des permis de conduire de dix-sept États. Il avait déménagé tous les ans avant de devenir flic. Un soir qu'ils étaient ivres, il avait confié à Archie que c'était juste histoire de voir du pays. Archie, lui, n'avait jamais vécu ailleurs qu'en Oregon. Il est vrai qu'il n'avait qu'une ex-femme. Henry, lui, en avait cinq. Et il buvait beaucoup plus.

— Impossible de poursuivre, expliqua-t-il. Le délai de prescription était de trois ans à l'époque. Extensible à six si la victime était particulièrement mignonne. Aujourd'hui, c'est passé à six ans à partir du moment où la gamine le dit à quelqu'un ou atteint dix-huit ans.

Un flic en uniforme, l'air de s'ennuyer ferme, souleva la rubalise pour les laisser passer. Un gobelet de café métallique posé sur le tableau de bord commença à glisser quand Henry accéléra. Archie l'attrapa et but une gorgée de café tiède. Castle possédait une licence en droit. Il avait dû sabrer le champagne en atteignant la limite des trois ans.

— Dame Justice ne semble pas être la principale préoccupation du sénateur, lança Archie.

La clim se remit à cliqueter et il frappa de nouveau sur le tableau de bord. Le bruit cessa.

— T'as raison, acquiesça Henry avec un petit rire désabusé. Quand je bossais à Washington, on appelait ça « les trois

D » : déshonneur, destitution, divorce. Mauvaise réputation. Voilà ce que craignent ces enculés.

— Quand tu dis « enculés », tu veux dire politicards? demanda Archie en avalant une autre gorgée de café tiède.

— Ouais.

— Et qu'est-ce que tu fichais à Washington?

— Je travaillais pour un de ces enculés. J'avais rasé mes favoris et tout, ajouta-t-il en lissant sa moustache poivre et sel. Puis un jour je suis tombé sur les factures des entreprises travaillant pour les logements sociaux. Dix mille dollars l'urinoir.

Il secoua la tête en y repensant.

— C'était après que j'ai cessé de donner des cours aux gosses en difficulté, et avant de devenir pilote de brousse.

— Et l'Amérique du Sud à moto, c'était quand?

— Après l'Alaska. Char et moi venions de nous séparer. Tu sais, j'ai vécu un mois dans une tribu indienne quand ma bécane a rendu l'âme dans les montagnes. Ils avaient une feuille, il suffisait de la mâcher pour voir son avenir.

— Qu'est-ce que t'as vu?

— Un cheval blanc, un gamin tenant un oiseau, et une femme aux gros seins brandissant une épée.

Archie lui adressa un clin d'œil.

— Alors, forcément, tu t'es dit que tu allais devenir flic.

Le large sourire d'Henry fit rebiquer le coin de ses moustaches.

— Le présage était clair, non?

Archie secoua la tête. La fermeture du Fremont Bridge avait bloqué la circulation à l'heure de pointe. Les véhicules étaient immobilisés sur la I-5 vers le nord, la 405, et même dans les petites rues. Une fois franchi le barrage au bout du pont, Henry mit la sirène. En principe elle ne devait servir qu'en cas d'urgence, mais il considérait les embouteillages comme un cas d'urgence.

— Alors tu penses que Castle avait décidé de faire le grand saut? Il aurait empoigné le volant? Suicide et meurtre?

— Peut-être.

— Tu comptes en parler aux Fédéraux ?

Archie réfléchit.

— On va attendre les conclusions des experts. Si ce n'était pas intentionnel, inutile de mettre en avant l'histoire de Susan.

Henry sourit et chaussa ses lunettes d'aviateur.

— Qu'est-ce qui t'amuse ?

— Tu es gentil avec elle parce qu'elle en pince pour toi.

— Je suis gentil avec elle parce que je suis gentil. Et elle m'aime bien parce que je suis vieux.

— Un vieux quadra, rectifia Henry qui avait dix ans de plus.

— Vieux, répéta Archie. Et puissant.

— Tyrannique.

— Autoritaire ?

Henry hocha la tête, acceptant le compromis. Ils traversaient le centre-ville à présent, ça roulait mieux. Le soleil était levé. Le mont Hood et le mont St. Helen se profilaient à l'horizon. Archie leur trouvait toujours un aspect bizarre en été avec leur masse rocheuse dénudée.

— Sans oublier complètement dérangé et marié, ajouta-t-il en baissant la vitre pour vider le reste de café par la fenêtre.

— Eh oui, comment pourrait-elle résister ?

7

Archie était chez lui, adossé à la porte d'entrée. Il avait passé le reste du dimanche matin au bureau à rédiger des rapports. On ne l'avait pas chargé de l'enquête Castle, mais il s'était rendu sur les lieux de l'accident ce qui était synonyme de paperasses. Henry avait fini par insister pour le ramener.

Une chanson tonitruante de Buddy Holly lui parvenait de l'intérieur de la maison. Une odeur de gâteau tout juste sorti du four flottait dans l'air, et il entendait son fils rire dans la cuisine. Des siècles auparavant ce rire l'aurait fait sourire. À présent il le figeait sur place, la main crispée sur la boîte à pilules au fond de sa poche.

Deux ans et demi plus tôt, il s'était trouvé devant la maison de Gretchen Lowell. Il repensait souvent à cette soirée : il réinventait les événements, se persuadait de faire demi-tour, de s'éloigner, de remonter dans sa voiture et de filer rejoindre sa famille. S'il n'était pas entré ce jour-là, tout aurait été différent.

Mais il était entré. Et Gretchen l'attendait.

Il resta encore un moment dans l'entrée avant de se décider à crier :

— Je suis là.

— On est dans la cuisine, répondit la voix de Debbie.

Comme pour gagner du temps, il emporta son porte-documents dans son bureau. Il n'aimait pas le laisser traîner là où ses enfants auraient pu y fourrer leur nez. Personne ne devrait être obligé de regarder des photos comme celles qu'il lui fallait étudier. Il avait installé son bureau dans l'une des chambres disponibles au bout du couloir : une pièce carrée, moquette au sol, une table, une copie de fauteuil Eames[1] et un canapé-lit pour les invités qui ne venaient jamais. À première vue, l'ensemble paraissait plutôt banal : des livres de médecine légale et d'histoire criminelle sur les étagères, quelques décorations encadrées au mur, un ordinateur, trois classeurs débordant de notes et de rapports. Plus un grand placard aux portes accordéon. À l'intérieur, collées sur le mur du fond, les photos de quarante et une des victimes de l'Artiste, quarante et une affaires résolues. Parfois, Archie ouvrait le placard, allumait la lumière et s'asseyait pour observer ces visages. Hommes, femmes, enfants, il en connaissait les moindres détails, gravés dans sa conscience.

Il s'assit à son bureau, décrocha son holster de sa ceinture, sortit son arme et vida les balles dans sa main. Il s'étonnait chaque fois de les trouver si légères. Il ouvrit un tiroir du bureau fermé à clé et les déposa dans un vide-poches. Il répéta la même opération avec le pistolet et le holster qu'il enferma dans un autre tiroir. Debbie et lui avaient passé cet accord à la naissance de Ben : pas d'armes chargées à la maison. Même Henry devait abandonner la sienne lorsqu'il venait dîner.

Du coin de l'œil il aperçut un petit museau à la porte. Quand il se retourna il avait disparu. Il appela :

— Sara.

Elle pointa de nouveau la tête.

— Ils font un gâteau pour mon anniversaire. Je ne suis pas censée regarder.

Elle sourit et applaudit.

— Pour demain.

Elle tourna sur elle-même, dansa sur place un moment,

1. Célèbre architecte et designer américain (1907-1978). Son fauteuil culte s'est vendu à 6 millions d'exemplaires. *(N.d.T.)*

puis se précipita vers son père, ses nattes noires virevoltant autour de sa frimousse. Sara ne savait que courir. Elle posa une main potelée sur celle d'Archie.

— Tu t'es bien amusé aujourd'hui, papa, dis?

Il hésita, essayant d'empêcher son visage de trahir son état mental.

— J'étais au travail. Le travail, ça n'est pas toujours amusant.

Elle leva vers lui des yeux brillants, les joues rouges de plaisir.

— Quand j'aurai sept ans, dis, j'aurai le droit de la voir?

— Voir qui?

— Gretchen Lowell.

Archie en eut le souffle coupé. Un coup de poing dans l'estomac. Il porta sa main à sa cicatrice. Par réflexe. Comme l'on cache une vieille blessure. Il parvint à peine à articuler :

— Qui t'a parlé d'elle, ma chérie?

Consciente du trouble de son père, Sara fit un minuscule pas en arrière.

— Jacob Firebaugh a donné à Ben un livre sur elle.

Le cœur d'Archie se mit à battre à tout rompre.

— Quel livre?

Il connaissait la réponse, bien sûr. *La Dernière Victime.* Une histoire racoleuse sur les crimes de Gretchen et les tortures qu'elle lui avait infligées. Il savait que ses enfants finiraient par tomber dessus. Mais pas si vite.

— Je sais pas.

— Il y a la photo d'une femme sur la couverture?

Sara lui sourit de toutes ses petites dents.

— Je veux la voir. Je l'aime bien.

Jamais personne ne lui avait dit un truc aussi triste.

— Ne dis pas ça, murmura-t-il d'une voix à peine audible.

— Tu l'aimes bien, toi aussi, non? Tu allais tout le temps lui rendre visite. Ben a entendu maman et Henry en parler.

Archie se passa la main sur le visage et s'efforça de calmer sa respiration.

— Tu sais où Ben met ce livre?

Elle jeta un coup d'œil derrière elle en direction de l'entrée avant de chuchoter :

— Il le cache.

Il resta immobile un moment, tentant de se reprendre. Puis il noua une main derrière la nuque de Sara et l'embrassa sur le front avant de lui tendre un doigt qu'elle s'empressa de saisir.

— Bon, allons-y, dit-il en l'entraînant vers la cuisine.

Elle s'arrêta, l'air soucieux.

— Je peux pas y aller, papa. Ma surprise.

Archie jeta un coup d'œil dans la cuisine. La musique. Le gâteau.

— Bien sûr. File dans ta chambre, d'accord?

Sara hocha la tête et partit en courant. Archie rejoignit Debbie et Ben qui glaçaient le gâteau dans la cuisine, le gamin à genoux sur un tabouret, sa mère debout devant le plan de travail. Elle portait un tablier blanc de chef pâtissier sur son T-shirt et son jean noirs. Malgré ses précautions, elle avait réussi à se mettre du sucre glace partout, jusque dans les cheveux. Elle leva les yeux vers Archie et lui sourit.

— Tu arrives juste à temps pour les fleurs en pâte d'amande.

Il alla jusqu'à la chaîne stéréo blanche logée dans une niche près du réfrigérateur et l'éteignit.

— Il a le bouquin.

Le gâteau était posé sur un plateau rotatif et Debbie le fit tourner en maintenant fermement la spatule à glacer sur le dessus.

— Quel bouquin?

Il avança d'un pas, les mains dans les poches.

— Le livre. Jacob Firebaugh lui en a donné un exemplaire.

Archie ne savait même pas qui était ce Jacob Firebaugh. Ben plongea un doigt dans le bol de glaçage.

— Il dit que t'es célèbre.

— Je t'interdis de lire cette merde, aboya sèchement Archie.

Debbie brandit la spatule et intervint à voix basse :

— Archie.

Il sortit les mains de ses poches et se les passa dans les cheveux.

— C'est bourré de violence. De photos de scènes de crime. De descriptions de torture.

L'idée que son fils de huit ans puisse apprendre ce que Gretchen lui avait infligé le révulsait.

— Un aperçu de ton univers, glissa Debbie.

Archie s'approcha d'elle. Elle sentait la crème au beurre. Il tremblait, son corps réclamait les cachets.

— C'est complètement déplacé. Il l'a montré à Sara.

— Sale bavarde, marmonna Ben en roulant des yeux.

— Va le chercher ! lui ordonna Archie. Tout de suite !

Le gamin regarda Debbie. Depuis le retour d'Archie à la maison, son fils regardait toujours sa mère avant de lui obéir. Elle hocha la tête et il sauta du tabouret avant de disparaître dans le couloir en continuant de se lécher les doigts. Debbie appliqua de nouveau la spatule sur le gâteau et fit tourner le plateau.

— Si tu ne leur en parles pas, avança-t-elle prudemment, ils iront chercher des réponses ailleurs.

— Pas dans ce torchon.

— Ils savent que tu as disparu. Que tu as souffert. Ils étaient tout petits à l'époque, mais il faudra bien qu'ils entendent toute l'histoire.

La gorge de Debbie se serrait. Elle luttait pour ne pas pleurer, il s'en rendait compte. Non, pas toute l'histoire.

— Pourquoi ?

Elle posa la spatule sur le bol de glaçage.

— Tes cicatrices ? Comment on les leur explique ? Toutes ces visites à la prison. Ils s'en souviennent. Ils savent que tu allais la voir.

— C'était mon boulot.

Elle tendit le bras et lui toucha le visage d'une main poisseuse.

— Me raconte pas de conneries, Archie. Il y a trop longtemps que je te connais.

Elle le regarda droit dans les yeux.

— Tu y allais parce que tu en avais besoin. Parce que ça te plaisait.

Il recula d'un pas et se détourna.

— Je suis crevé. Je ne veux pas leur raconter ça maintenant, dit-il en prenant un verre dans un placard.

— Je veux que tu sois honnête avec nous. Avec moi.

Il remplit le verre au robinet.

— Je t'en prie, pas maintenant.

— Je veux que tu sois honnête avec toi-même.

Il porta lentement le verre à ses lèvres et but une gorgée avant de verser le reste dans l'évier et d'y poser le verre. La conscience de soi n'était pas son problème. Il savait parfaitement à quel point il était perturbé. Il aurait donné n'importe quoi pour un petit démenti.

— Je suis honnête avec moi-même.

Bon Dieu, il en avait tellement assez de tout cela. Il en voulait à Debbie. Elle rendait les choses si difficiles. Elle le faisait se sentir si coupable. Elle voulait la vérité ? Très bien, *et puis merde.*

— J'allais là-bas, articula-t-il lentement, détachant chaque mot comme pour une leçon de grammaire. Parce que… Ça… Me… Plaisait.

Il leva les yeux vers Debbie.

— C'était le seul moment de la semaine où j'avais l'impression d'être encore en vie. Je continuerais aujourd'hui, si je pensais pouvoir m'en tirer sans dommages.

Elle lui faisait face, bras croisés, ses taches de rousseur telles des étoiles noires.

— Tu ne peux pas la voir. Si tu veux rester avec nous.

— Nous y voilà, lança-t-il dans un sourire.

— Quoi ?

— L'ultimatum. Tu sais à quel point j'adore ça.

Il entendit soudain la voix de Ben :

— Tiens.

Debbie et Archie se retournèrent en même temps. Ben se tenait à la porte de la cuisine, l'épais bouquin à la main, le sourire aguicheur de Gretchen sur la couverture. Archie le rejoignit et prit le livre, puis il se pencha et embrassa son fils sur la joue.

— Merci, lui glissa-t-il dans l'oreille. Excuse-moi d'avoir crié.

Il lui caressa la tête et passa devant lui pour gagner l'entrée.

— Où vas-tu ? demanda Debbie.

— C'est dimanche après-midi. Je pensais aller au parc.

— Tu ne devrais pas conduire, répondit Debbie, les yeux pleins de larmes.

— Il y a tellement de choses que je ne devrais pas faire.

8

Il y avait des fleurs sur le bureau de Parker. Un pot de saintpaulia, un bouquet de tulipes jaunes et enfin un bouquet de fleurs roses charnues que le vieux journaliste aurait détestées. Une des dames des Ressources humaines l'avait apporté.

Aucun des bouquets n'était dans l'eau. Les fleurs allaient rester là, flétrir, dépérir et pourrir. Susan ne voyait pas l'utilité de cette coutume. Pourquoi tuer une belle fleur lorsque quelqu'un venait à mourir ?

L'immeuble du *Herald* se trouvait en centre-ville. Il datait du début du siècle dernier et avait souffert d'une rénovation désastreuse dans les années 1970. À chaque étage on n'avait gardé que les murs, créé des bureaux ouverts, installé des faux plafonds et des éclairages au néon. Susan occupait un bureau au quatrième étage. La vue était impressionnante, seul aspect positif que l'on pouvait y trouver. Trop calme au goût de la jeune femme, trop *corporate*, et, quelle que soit la température extérieure, trop froid.

En général, les dimanches au *Herald* étaient mortels, la Sibérie. Tous les gens importants restaient chez eux. Le journal avait été imprimé et le lundi était un jour calme. Un rédacteur en chef qui avait perdu à la courte paille assurait la permanence et passait la journée à son bureau, à jouer au solitaire ou à traquer les ragots et les blogs sur Internet.

Qu'ils l'admettent ou pas, personne n'est plus au courant des ragots circulant sur le Net que les journalistes.

Mais ce dimanche-là, tout le monde était sur le pont. Un sénateur en activité était mort. Parker, un membre de la famille, était mort. Il fallait sortir une édition du soir et le site web devait être actualisé à chaque minute pour résister à la concurrence des chaînes télé. Presque tous les reporters étaient venus au bureau, les rédacteurs, les chroniqueurs, mais aussi les rédacteurs en chef, les assistants de rédaction, les stagiaires, les gens des Ressources humaines, les standardistes, et même un critique télé qui voulait écrire un article sur la couverture médiatique de l'histoire. Tout le monde voulait participer. Plus grave était la tragédie, plus chacun cherchait à en avoir un morceau. C'est ce qui distinguait les journalistes des gens normaux.

Susan gardait un sweat à capuche dans un tiroir de son bureau. Elle l'enfila par-dessus sa robe noire et posa la tête sur ses mains. Molly Palmer s'était évaporée et ne répondait pas à ses coups de fil. Elle l'appela de nouveau sur son portable. Rien. Un dossier sur le sénateur était prévu pour l'édition du lendemain, avec un gros tirage à la clé. La photo de Castle en une, l'annonce de sa mort en gros titre. Le genre de journal que les gens continuaient d'acheter, et Susan tenait à ce que son article y figure.

Elle se recula sur son fauteuil pour voir si Ian était sorti de la salle de réunion. La porte était toujours fermée. Cela faisait une heure qu'il était à l'intérieur en compagnie de Howard Jenkins et des gros bonnets du journal pour préparer le dossier Castle et décider du sort de son article. Elle avait cru avoir gagné quelque crédit grâce à ses reportages sur Archie Sheridan et l'Étrangleur de Cinq Heures mais, au bout du compte, tout n'était qu'affaire de politique éditoriale. Sans Molly pour confirmer son histoire, le *Herald* tergiversait.

Elle composa de nouveau le numéro de la jeune femme. Toujours rien.

Merde. Molly n'y mettait pas vraiment du sien. Elle n'avait accepté de la rencontrer en personne que deux fois. La contacter était une galère. Elle coupait toujours son téléphone et l'oubliait pendant des jours.

Susan avait déjà confectionné une chaîne de trombones longue d'un mètre et tressé six petites nattes dans ses cheveux bleus. Elle entreprit de détacher les trombones et de les ranger dans leur boîte, puis elle défit ses nattes avant de les retresser. Le parfum douceâtre des fleurs de Parker lui chatouillait les narines.

Les écrans de télévision fixés au mur ne parlaient que de l'accident du sénateur et de Parker. Susan n'arrivait pas à regarder les images. Elle voulait sortir de ce bureau. Elle voulait retrouver Molly. Elle ne voulait plus rester inactive. Une voix lui demanda :

— Ça va ?

Elle leva les yeux et vit Derek Rogers, ses sourcils blond sable froncés par l'inquiétude. Depuis qu'elle avait rompu, Susan l'évitait la plupart du temps. Elle avait tenté de lui expliquer qu'il n'était pas son genre. Trop conventionnel et responsable. Elle était bordélique. Il mettait du lait et du sucre dans son café. Elle le prenait noir.

La vérité, c'était qu'il avait besoin d'une petite amie. Et pour l'instant, elle n'avait pas envie de tenir ce rôle.

— Je n'arrive pas à croire qu'il est mort, lâcha-t-il.

La fossette qu'il avait au menton se creusa. Il secoua la tête et ajouta :

— Quelle remarque idiote. Tout le monde dit la même chose, non ?

Susan et lui avaient tous les deux lutté pour s'attirer les bonnes grâces de Parker. Une des rares choses qu'ils avaient en commun.

— Je sais que tu l'aimais bien toi aussi, rétorqua-t-elle.

— Si tu veux parler. Tu as mon numéro.

Pourquoi fallait-il qu'il se montre si gentil ?

La porte de la salle de réunion s'ouvrit et elle se renversa dans son fauteuil. Celui-ci recula trop vite et elle faillit basculer en arrière. Ian jeta un œil dans sa direction et, du pouce, lui fit signe de le rejoindre.

— Le devoir m'appelle, lança-t-elle à Derek avant de se lever et de rejoindre le bureau de son patron. L'unique fenêtre donnait sur l'étage des infos. Il y avait des panneaux couverts d'articles, si bien que Ian pouvait appeler les journalistes un par un et passer leur article en revue mot après mot jusqu'à ce qu'ils aient envie de pleurer ou de lui planter une lame dans le cou.

Susan avait décidé de démissionner s'ils ne publiaient pas le sien. Ou de poignarder Ian. L'un ou l'autre selon l'impulsion du moment. Mais plutôt le poignarder quand même.

Il lui fit signe de s'asseoir et elle se laissa tomber sur une chaise.

— On le publie, décréta-t-il. Mais on va devoir faire quelques modifs.

Elle tira sur les manches de son sweat.

— Des modifs ?

Il empoigna son minuscule catogan.

— Le sénateur était une institution dans cet État. Les gens l'adoraient. Nous devons présenter les choses en tenant compte de ce contexte. Il a eu une liaison avec une adolescente, mais il s'agissait d'une erreur de jugement.

Susan sentit l'histoire lui échapper. Une erreur de jugement ? La veille elle tenait l'affaire du siècle.

— Ce n'était pas une liaison. Elle avait quatorze ans.

— Peu importe.

Un clic de souris et un document Word apparut sur l'écran de l'ordinateur.

— Je vais essayer de recadrer l'article. Je te montrerai les épreuves. On a l'intention de sortir cette histoire. Mais pas lundi dans l'édition hommage. Ça ne nous semble pas approprié.

Approprié ?

— Parker était mon rédacteur, siffla Susan.

Elle regarda Ian surligner une phrase de son article et appuyer sur *effacer*.

— Je sais combien c'est dur pour toi, répliqua-t-il.

— Parker était mon rédacteur.

Derrière Ian, punaisées sur un panneau, elle repéra différentes photos de Castle, tout bouffi d'importance. Quelqu'un avait griffonné des propositions de gros titre et les avait épinglées à côté des photos. *L'OREGON PLEURE SON FILS PRÉFÉRÉ. NOTRE SÉNATEUR TUÉ DANS UN ACCIDENT. LE DÉFENSEUR DES PAUVRES MEURT DANS LE DRAME DU PONT.*

Personne ne mentionnait Parker. Il aurait de la chance s'il faisait la une. Ian décrocha son téléphone et composa le 9 pour obtenir une ligne extérieure. Susan vit clair dans son geste. Il n'avait pas vraiment besoin de passer un coup de fil, c'était juste une façon maladroite de lui signifier que l'entretien était terminé.

— Il nous faudra des précisions sur tes sources, lâcha-t-il négligemment. Sur Molly Palmer.

— Pas de problème.

Elle regagna son bureau d'un pas lourd, s'assit dans son fauteuil et le fit lentement pivoter. On avait déposé un autre bouquet sur le bureau de Parker, des œillets pourpres et des gypsophiles présentés dans du papier crépon et liés par un ruban noir. En lettres dorées sur le ruban, les mots *REPOSE EN PAIX.*

Elle pêcha son portable dans la poche de son sweat et composa un numéro.

— Il faut que je sorte d'ici. Vous avez toujours besoin de quelques lignes sur votre inconnue?

— Je suis au parc. Vous pouvez m'y retrouver?

*
* *

Archie était assis sur le sol humide, à quelques pas de l'endroit où une jeune femme avait été assassinée. Le temps avait changé : une bruine triste remplaçait le soleil. Une odeur de mort flottait dans le parc. Branches brisées, bois pourrissant, mûres flétries. Il épousseta son pantalon couvert de terre et ferma les yeux.

C'était là que tout avait commencé. Henry et lui avaient répondu à un appel concernant un cadavre dans la partie supérieure du parc. Une gamine. Scalpée. Brûlée. Salement mutilée. Il y avait treize ans de cela. La première victime de l'Artiste. Le premier meurtre d'Archie.

Il jeta un coup d'œil au livre posé près de lui. Gretchen lui rendit son regard. Il n'aurait su dire pourquoi il l'avait apporté. Pourquoi il ne l'avait pas laissé dans la voiture ou balancé dans une poubelle. Une chose était sûre, le nommé Jacob Firebaugh allait avoir de ses nouvelles.

Il entendit soudain un bruissement derrière lui sur le talus. Des fougères écrasées, de la terre qui glissait, des racines brisées. Aussitôt sur ses gardes, Archie ouvrit les yeux et sa main se posa sur son arme dans son holster de cuir. Il se retourna et découvrit un gamin à quelques pas de lui sur le talus.

Il devait avoir douze ans et reprenait son souffle après la descente. Les fougères ondulaient derrière lui. Il paraissait frêle, le teint pâle, les cheveux noirs et la bouche pleine de broches étincelantes. Il portait un T-shirt de l'université de l'Oregon et un short plein de poches et de boutons. Il avait des mollets de coq, minces et droits et transportait aussi une vieille boîte-repas Snoopy.

— Vous êtes détective ? demanda-t-il.

— Ouais, répondit Archie en ôtant la main de son arme.

Le gamin s'assit à côté de lui en tailleur, la boîte sur les genoux. Archie prit *La Dernière Victime* et le posa de l'autre côté, loin du gosse.

— Je peux t'aider ?

— Non, tout va bien.

D'un mouvement de tête Archie désigna la rubalise autour d'eux.

— C'est une scène de crime ici.

— Je sais.

Ils restèrent un moment sans parler, à écouter le gargouillis du ruisseau en contrebas.

— Vous avez des enfants ? finit par demander le gamin.

— Deux. Six ans et huit ans.

— Je veux vous montrer quelque chose.

Archie regarda le gosse. Il était seul, il avait besoin qu'on s'occupe de lui. Archie n'avait pas de temps à lui accorder, mais il y avait une lueur dans son regard, un côté sérieux qui suffit à le convaincre. Et puis merde. Pourquoi ne pas aller voir le fort ou la bricole que le môme voulait lui montrer ? Ensuite il rentrerait retrouver sa famille.

— N'oubliez pas votre livre, lança le gamin.

Archie observa le visage de Gretchen, la couverture rose et le titre en relief. Il se pencha et ramassa le bouquin.

Le gamin grimpa un ou deux mètres à quatre pattes. Archie avança prudemment sur la pente en pensant au flic qui avait perdu l'équilibre. Mais bientôt le gosse commença à s'énerver et lui tendit une main impatiente. Archie coinça le livre dans sa ceinture et prit la main tendue. Grâce à cette aide, il gravit le talus, lui aussi à quatre pattes, et se retrouva sur le sentier. Son guide partit vers l'ouest et l'entraîna plus profond dans les bois. La pluie redoublait à présent et l'eau tambourinait sur le dais de feuilles au-dessus de leurs têtes. Le bas du pantalon d'Archie était noir de boue et il avait les mains couvertes de terre. Il faisait de plus en plus sombre. Le gamin avançait, le corps penché en avant, d'un pas rapide et décidé. Archie devait se dépêcher pour garder le contact. Puis le gosse s'arrêta, regarda le détective, puis une autre butte.

— Tu plaisantes ? lança Archie.

Le jeune garçon s'engagea dans la pente et offrit de nouveau sa main à Archie. Celui-ci la prit de nouveau et le gamin l'entraîna vers le haut. À mi-hauteur, il ressentit une douleur sourde sous sa cage thoracique. Il grimaça et son pied glissa dans la boue. Il tomba à genoux et se retrouva avec de la terre dans la jambe de son pantalon. Il lui fallut une minute pour reprendre son souffle, laisser le gamin le remettre d'aplomb et recommencer à grimper. Il essaya de respirer pour chasser la douleur. Ce n'était pas une crampe. Ce n'était pas aussi aigu. C'était une douleur diffuse. Au début il pensa que le livre coincé dans sa ceinture lui rentrait dans le ventre, mais il eut beau le faire passer à gauche, la douleur demeura à droite. Malgré tout il le retira de sa ceinture et le glissa sous son aisselle. Il se concentra sur le gamin, sur ses tennis détrempées un mètre au-dessus de lui, et au bout d'un moment la douleur disparut. Le terrain devint plat, arboré. Le gosse leva les yeux vers Archie.

— Je collectionne les nids.

— Formidable.

Archie s'arrêta pour tenter d'ôter des feuilles gluantes de son pantalon trempé. Le jeune garçon frappa le sol du bout de sa chaussure.

— J'en ai déniché un il y a quelques semaines. Juste ici.

— Super.

— Il y a quelque chose d'anormal dedans.

— Dans le nid ?

Le gamin observa Archie d'un air grave, puis il s'assit en tailleur, posa sa boîte sur ses genoux et l'ouvrit. À l'intérieur, un nid d'oiseau. Le gosse le sortit délicatement et le tendit au détective.

Le soleil continuait de descendre et le froid s'abattit brusquement sur le parc.

— Tu l'as trouvé ici, juste à cet endroit ?

Le gamin hocha la tête.

— Il y a un truc bizarre, non ?

— Ouais, répondit Archie en sortant son portable pour appeler Henry.

— C'est moi. Je suis à Forest Park. Envoie une équipe de recherche. Avec un chien. Je crois qu'on a un nouveau cadavre.

Au fond du nid, emmêlées parmi les brindilles et les brins d'herbe ramassés sur le sol, il avait découvert de longues mèches de cheveux blonds.

Quand il leva de nouveau les yeux, le gamin avait disparu.

9

Susan envisagea de rentrer chez elle mettre des vêtements adaptés : des chaussures de marche, un Barbour, voire un short tyrolien en cuir. Mais elle ne voulait pas donner l'impression d'en faire trop et se contenta donc de son sweat par-dessus sa robe noire. Elle portait des tongs, mais elle gardait une paire de tennis dans le coffre de sa voiture pour ce genre d'occasion. Une paire de bottes de luxe bousillée sur une scène de crime, cela lui avait servi de leçon. À présent son coffre contenait tout le matériel du parfait reporter : des chaussures de rechange, une veste imperméable, des carnets, de l'eau, un chapeau, des piles pour son enregistreur et même des Tampax. On ne savait jamais où l'on pouvait se retrouver, ni pour combien de temps. Ça roulait mal. Il s'était mis à pleuvoir et les égouts débordaient, formant des mares à chaque coin de rue. Ça roulait toujours mal quand il pleuvait en été. Même s'il pleuvait neuf mois par an, les habitants de Portland étaient toujours perturbés par les averses qui survenaient hors saison.

Felicity trouvait cela charmant, mais elle ne conduisait jamais. En revanche, les bouchons donnaient à Susan des envies de meurtre. Il lui fallut quarante minutes pour passer la rivière et monter vers le nord-ouest. Elle écouta les auditeurs appeler une station de radio pour partager leurs souvenirs du sénateur, mais cela la mit en rage et elle bascula sur une fréquence qui diffusait du rock alternatif. Le temps qu'elle gare sa vieille Saab sur le parking à côté d'une voiture de police banalisée et de trois véhicules de patrouille, elle avait coupé le son. Elle ramena la capuche de son sweat sur ses cheveux turquoise et descendit.

Un flic en uniforme était assis à la place du chauffeur dans l'une des voitures-pie. Il portait un ciré et écrivait sur un bloc. Susan frappa à la vitre. Il leva les yeux. Son imperméable était mouillé et il n'avait pas l'air ravi d'être là. Il descendit la vitre de deux centimètres.

— Archie Sheridan? demanda-t-elle.

Il montra le début du sentier et, au-delà, les bois sombres, puis il remonta la vitre. Elle pensa lui emprunter sa torche, mais il ne semblait pas disposé à rendre service.

Susan enfila ses tennis, enfonça les mains dans les poches de son sweat et se mit en route. De chaque côté du chemin cimenté menant au sentier, le sol n'était déjà plus qu'un champ de boue luisant sous les lumières du parc. En arrivant à la lisière du bois, elle pensa regagner sa voiture, rentrer chez elle et se coucher, mais elle se souvint de ce que Parker était capable de faire pour dénicher un article, et elle courba la tête et plongea dans le noir.

Le ciel de plomb laissait passer juste assez de lumière pour que les arbres apparaissent en ombres chinoises. Les branches ressemblaient à des bras vengeurs. Tandis qu'elle avançait sur le sentier gravillonné, la boue collant à ses semelles, elle ne pouvait s'empêcher de songer à Gretchen Lowell qui s'était débarrassée d'au moins deux corps dans ces bois. De quoi s'agissait-il aujourd'hui? D'une autre victime de l'Artiste? Elle enfonça ses mains plus profond dans ses poches et accéléra l'allure.

Elle avait parcouru environ cinq cents mètres quand elle les trouva. Les longs faisceaux blancs des torches se réfléchissaient sur le tronc des cèdres. Les flics, Dieu soit loué, étaient toujours faciles à repérer quoique difficiles à surprendre. Vingt bons mètres la séparaient d'eux lorsque le faisceau d'une des lampes s'immobilisa, pivota, et vint la frapper en plein visage. Elle cligna des yeux.

— Je cherche le détective Sheridan.

Une ombre massive apparut derrière la torche et elle entendit la voix d'Henry :

— Oh, putain, c'est vous.

Il abaissa sa lampe et elle lui adressa un signe de la main.

— Bonjour.

— Il est là-bas, reprit Henry en éclairant Archie assis sur un tronc à l'écart du sentier. Nous attendons un spécialiste des oiseaux, ajouta-t-il en faisant une grimace ironique.

— Un ornithologue, corrigea Archie.

Susan crut entendre Henry lever les yeux au ciel. Elle rejoignit Archie. Une lampe torche était posée à ses pieds et son faisceau se perdait dans les bois. Elle en vit assez pour constater qu'il était trempé et couvert de boue.

— Vous avez trébuché ?

— Vous vous y connaissez en oiseaux ?

— C'est pour ça que vous m'avez demandé de venir ici ? s'enquit-elle, les mains sur les hanches.

Il ramassa la torche et éclaira l'intérieur du nid posé sur ses genoux.

— Des cheveux humains. Blonds. Il y a un autre corps.

Elle se pencha pour jeter un œil dans le nid. Elle ne comprenait pas.

— Vous avez trouvé un nid ?

— C'est un gamin qui me l'a donné. Il l'a déniché sur la colline.

— Un gamin ? dit-elle en regardant autour d'elle.

— Il est parti, expliqua Henry qui s'était approché.

— Il a disparu, précisa Archie.

— Qui ? Le gamin ? demanda Susan.

Archie se tourna vers Henry.

— Tu as appelé l'équipe de recherche ?

— Pour une poignée de cheveux dans un nid ?

Henry éclaira le corps couvert de boue et de feuilles de son ami.

— Tu vas bien ? Tu sais, Debbie m'a appelé. Après que tu as claqué la porte dans un accès d'auto-apitoiement.

— C'était plutôt un accès de dépit.

— Elle s'inquiète pour toi.

— Vous devriez fonder un club tous les deux. J'en ai assez de rester à ne rien faire.

Il se leva et héla trois flics armés de leurs torches.

— Je veux des équipes pour ratisser le terrain avec leurs lampes. Prenez votre temps. Nous cherchons un cadavre de femme. Il braqua sa lampe sur le talus boueux. C'est par là que le gamin a trouvé le nid, c'est par là qu'on commence.

— Attends, protesta Henry.

— J'ai assez attendu.

— Non, attends.

Il se retourna et éclaira le visage d'un homme. Susan eut un hoquet. Tous les flics la dévisagèrent.

— Pardon, s'excusa-t-elle.

L'homme sourit. Il portait la barbe, des lunettes et un ciré à capuche.

— Quelqu'un a demandé un ornithologue ?

— Par ici, lança Archie.

L'homme s'avança et tendit la main.

— Je m'appelle Ken Monroe. On s'est parlé au téléphone.

Archie lui serra la main.

— Merci d'être venu.

— Pas de problème. C'est pas tous les jours qu'on nous appelle en urgence.

Tu parles, se dit Susan in petto.

— Que pensez-vous de cela ? demanda Archie en éclairant de nouveau l'intérieur du nid.

Tous s'agglutinèrent autour de lui et Susan joua des coudes pour s'approcher. Monroe baissa la tête jusqu'à n'être plus qu'à quelques centimètres du nid et l'examina attentivement.

— Où l'avez-vous trouvé ?

Archie désigna le haut de la colline d'un mouvement de tête.

— Là-haut.
— C'est un nid de moineau-chanteur.
Susan sortit son calepin et nota.
— Vous pouvez dire de quel oiseau il s'agit rien qu'en voyant un nid ?
Pour elle, tous les nids se ressemblaient. Monroe hocha la tête.
— Oui, bien sûr. Regardez la forme. On dirait une tasse. Et puis l'extérieur, des herbes sèches et des tiges, des petites racines et des morceaux d'écorce. En revanche l'intérieur est doublé d'herbes plus fines et de cheveux.
— Ce sont les cheveux qui m'intéressent, dit Archie.
— Certains oiseaux en utilisent pour tapisser leur nid. C'est rare, mais ça arrive.
— Comment ça ? demanda Henry. Ils les récupèrent dans les poubelles des coiffeurs ?
— Dans les poubelles ? Peu probable. Vous dites que le nid a été trouvé près d'ici ?
— En haut de la butte.
— Bon, alors l'oiseau a trouvé les cheveux dans le coin. Les moineaux ne s'éloignent jamais trop pour chercher ce dont ils ont besoin. La plupart des nids sont confectionnés en deux jours. Ils n'ont aucun intérêt à aller loin. Non, non, ces cheveux proviennent du bois. Dans un rayon de trois cents mètres, à mon sens.
Susan sentit les poils de ses bras se hérisser.
— À quand remonte la fabrication du nid d'après vous ?
— Pas plus d'un an ou deux.
— Comment le savez-vous ? l'interrogea Henry.
— Les nids se décomposent. Sinon il y en aurait peut-être une centaine ici à l'heure qu'il est.
— Conclusion, il ne nous reste plus qu'à ratisser le bois dans un rayon de trois cents mètres, dit Archie.
— C'est grand comme un terrain de foot, grommela Henry.
— On devrait peut-être appeler l'équipe de recherche, suggéra Archie.

Henry le considéra un moment, avant de sortir son téléphone pour composa un numéro.

— Je pourrais peut-être avoir aussi un chien.

Susan vit Archie sourire et dire :

— Bonne idée.

10

La douleur lancinante vrillait de nouveau le ventre d'Archie. La pluie tombait toujours, régulière, implacable, et tous en avaient la peau luisante. Le sol collait aux chaussures, les vêtements étaient trempés. À chaque pas, Archie sentait la boue gluante et froide dans ses chaussettes. Son pantalon recouvert d'une croûte de terre lui battait les mollets. Il avait les cheveux plaqués sur le front. Heureusement, il avait eu la présence d'esprit de dissimuler le livre derrière une branche morte. Qu'Henry le surprenne en train de se promener dans les bois avec un exemplaire couvert de boue de *La Dernière Victime* était bien la dernière chose qu'il souhaitait.

Il regarda le point lumineux que sa torche dessinait sur le sol et se concentra sur la tâche à accomplir. Elle s'annonçait longue et ardue. Un épais tapis de lierre et de liseron jonchait le sol. Il commença sur sa gauche, déplaça lentement le faisceau de sa lampe sur le feuillage, centimètre par centimètre, vers l'avant, puis la droite. Henry et un flic l'encadraient. Un autre policier et trois volontaires de l'équipe de recherche travaillaient en ligne dans la direction opposée. Même l'ornithologue avait hérité d'une torche. Pour l'instant ils n'avaient trouvé qu'un oiseau mort à moitié dévoré par les fourmis, une bouteille de soda vide, et quelques étrons.

Susan aussi avait emprunté une lampe, mais elle la tenait dans sa bouche pour pouvoir griffonner furieusement sur son calepin. Archie tenait à ce qu'elle écrive un article. Il n'avait aucune piste quant à l'identité de leur inconnue, et la couverture médiatique s'était limitée à un paragraphe dans les pages locales du *Herald*. Il avait besoin qu'on en parle. Qu'on en parle beaucoup.

À gauche. En avant. À droite. Soudain, Archie s'agenouilla dans la boue et se mit à écarter le lierre et le liseron pour regarder dessous. Les tiges mouillées étaient lourdes et difficiles à manipuler, il avait les mains sales et à vif, comme s'il avait été enterré vivant et avait dû creuser pour se dégager. Il entendit Henry murmurer :

— C'est ridicule.

Et ça l'était. Ils pouvaient revenir le lendemain matin. S'il y avait un cadavre dans les parages, il attendrait bien une dizaine d'heures. Mais Archie avait besoin de savoir. S'il y avait une femme morte, il devait la trouver. Il était prêt à passer la nuit à la chercher, préférant plutôt fouiller les bois que de rentrer chez lui. Il éclaira sa montre. Ils cherchaient depuis près d'une heure.

Un chien aboya. Archie leva les yeux et aperçut une silhouette sombre et l'ombre d'un animal sur le sentier. Il braqua sa torche sur la bête. La lumière se réfléchit dans ses yeux, deux globes argentés dans l'obscurité.

— Il s'appelle Cody, et moi Ellen. Lequel d'entre vous est Archie Sheridan ?

— C'est moi.

Elle grimpa vers lui, le chien suivant à distance respectueuse. Ils éclairèrent le chemin pour l'aider et Archie put mieux l'observer. Une grande femme légèrement enrobée, à l'allure masculine. Ses cheveux étaient tirés en arrière en une longue queue de cheval et elle portait des vêtements adaptés au temps : bottes en caoutchouc, pantalon imperméable et anorak. Ah, juin à Portland !

Arrivée à hauteur d'Archie, elle lui serra la main.

— Bon, voilà comment on va procéder. Je lâche Cody et il cherche des pistes. S'il trouve quelque chose, il nous le signale comme ça.

Elle regarda le chien et ordonna :

— Cody, couché.

Le chien se laissa tomber et se mit à japper.

— Je le félicite. Ensuite vous pouvez approcher et voir ce qu'il a déniché.

Archie avait déjà travaillé avec des chiens. Une fois Gretchen avait mutilé un homme et placé son cœur et sa rate dans une boîte à chaussures fermée par un ruban rouge dans une chambre de motel de North Portland, une carte destinée au détective Archie Sheridan attachée au paquet. Le personnel de l'hôtel avait appelé la police en découvrant le colis. Gretchen avait emballé les organes dans du plastique, mais le sang avait coulé et imprégné le carton. Archie avait ouvert la boîte et fait venir un chien pour essayer de localiser d'autres morceaux. Et ça avait marché. Le chien avait trouvé la langue dans le distributeur à glaçons, le pénis dans la boîte à lettres, et le reste du corps dans le conteneur-poubelle du restaurant voisin.

— À supposer qu'il y ait des restes, ça prendra combien de temps ? demanda Henry.

— Quelques minutes. Peut-être des jours.

— Des jours ?

— Peut-être davantage, rétorqua Ellen en se baissant pour détacher le chien.

— Cherche, Cody, cherche.

Le chien colla son nez au sol et se mit à fouiller la végétation.

Susan s'avança et enleva la torche de sa bouche.

— Depuis combien de temps travaillez-vous avec l'équipe de recherche ?

— Je ne bosse pas avec eux, répondit Ellen.

— Elle est volontaire, expliqua Archie. Nous n'avons pas l'argent pour entretenir une unité cynophile, alors des gens comme Ellen suivent des cours de formation et se portent volontaires.

— Je travaille chez Office Depot, précisa Ellen.

— Nous avons trouvé un corps à cinq cents mètres d'ici il

y a quelques jours, l'informa Archie. Est-ce que ça risque de le perturber?

— Est-ce que vous avez emporté les restes?

— Ouais.

— Alors, ça devrait aller.

— Là, dit soudain Ellen.

Elle braqua sa torche sur Cody couché à quelques pas de la zone qu'ils venaient de passer au crible.

— Bravo, mon chien.

Ellen s'approcha de l'animal, le remit en laisse et lui caressa vigoureusement la tête.

L'endroit indiqué par Cody était couvert d'un enchevêtrement de végétation. Archie s'approcha et se mit à quatre pattes.

— Éclairez-moi.

Un par un, tous se regroupèrent autour de lui et braquèrent leurs torches là où le chien s'était arrêté, jusqu'à ce que les faisceaux se rejoignent et n'en forment plus qu'un. Archie écarta les tiges de lierre et de liseron avec ses mains. Il procédait lentement, méthodiquement, veillant à ne pas déranger l'éventuelle scène de crime. Puis il commença à tirer sur les plantes, à les arracher et à les jeter de côté. Quand il eut dégagé l'endroit, il se remit à genoux. Susan se pencha pour voir.

— Il n'y a rien ici.

— Alors, mon vieux, on creuse? demanda-t-il en grattant la tête du chien d'une main couverte de boue. C'est enterré là?

Cody redressa la tête et regarda Archie, puis l'espace de terre à présent dénudé.

— Je vais chercher les pelles, déclara l'un des membres de l'équipe de recherche avant de se diriger bruyamment vers le sentier.

Archie examina la boue : grossière, pleine de cailloux et de racines. Archie ramassa une pierre et la fit rouler entre ses doigts. Elle était légère et poreuse. Il la toucha du bout de la langue.

— Pourquoi léchez-vous cette pierre ? demanda Susan.

— Ce n'en est pas une, expliqua Archie. Les cailloux ne collent pas à la salive. Ce truc est poreux. C'est de l'os.

Cody gémit et tira sur sa laisse. Archie leva les yeux vers lui. Un engin capable de hacher ainsi les os ne laisserait pas des mèches de cheveux comme celles du nid. Il y avait un autre corps.

— Lâchez-le, ordonna-t-il à Ellen.

Elle détacha Cody et il bondit, le nez au ras du sol, pour se coucher dix mètres plus haut. Archie ramassa sa torche et entreprit de le rejoindre, sans se soucier de ses collègues dont les lampes virevoltaient dans le noir. Le coteau était couvert de fougères énormes, quasi préhistoriques. Il s'engagea dans la pente en s'y agrippant, arrachant des poignées de feuilles. Leurs petites spores lui collaient aux doigts. Arrivé à hauteur de Cody, il s'agenouilla et le chien lui lécha le visage. Puis le chien gémit de nouveau et commença à fourrager sous une grosse fougère collée à un cèdre tordu. Archie écarta une feuille et braqua sa torche.

— Tu vois quelque chose ? lui cria Henry.

— Ouais.

Le squelette n'était pas entier, mais appartenait sans nul doute à un humain. Archie aperçut un pied et ce qui lui restait de peau, noire et racornie, ce qui l'avait empêchée d'être mangée. Les tibias avaient été nettoyés jusqu'à la cheville, si bien que le pied paraissait incongru, telle une chaussure grotesque. Il orienta sa lampe sous la fougère et découvrit ce qui restait d'une tête desséchée et ratatinée : des lèvres noires, la peau fendue d'une joue, une orbite vide, un crâne à demi défoncé. Et aussi, toujours attachées au cuir chevelu déshydraté, quelques mèches emmêlées de cheveux blonds.

— Nous y voilà, murmura-t-il.

Susan et Henry surgirent à ses côtés. Elle tomba à genoux, sa jambe contre la sienne. Il commençait à s'habituer à sa présence.

— Trois cadavres dans un rayon de cent mètres, lâcha-t-elle, le stylo en main. Y a-t-il un lien ?

— Peut-être, peut-être pas, répondit Archie.

Il leva les yeux vers l'obscurité du bois. La pluie avait cessé et les nuages en se dispersant avaient dévoilé un croissant de lune étincelant. Au loin, au travers des arbres en lisière de la forêt, il distinguait les lumières d'une maison.

— Va voir qui habite là-haut. Et demande-leur s'ils ont un broyeur à bois.

11

Susan avait du mal à suivre Henry. Le médecin légiste était arrivé juste après les enquêteurs et environ une douzaine d'autres flics. La scène de crime était éclairée et sécurisée et ils essayaient de séparer les morceaux d'os de la terre à l'aide de tamis. Elle n'était pas autorisée à franchir la rubalise et Archie était trop occupé pour lui parler, si bien qu'elle avait décidé de s'accrocher aux basques d'Henry. Non qu'il l'y eût invitée.

— Écoute, disait-elle à Ian sur son portable, je peux le faire. Dans une heure, je suis au journal.

Elle jeta un coup d'œil à sa montre, mais il faisait trop noir. Elle approcha son portable de son poignet : dix heures. On lançait l'impression de l'édition régionale à onze. Toutefois l'édition locale ne partirait chez l'imprimeur qu'à deux heures du matin, elle avait donc largement le temps. En plus, elle voulait faire plaisir à Ian, du moins jusqu'à ce que l'histoire de Castle et Molly soit publiée.

Henry gravissait à toute allure le long escalier en ciment qui reliait le parc à la rue. Essayait-il de la semer?

Susan colla de nouveau le téléphone à son oreille.

— On fait une double page sur la mort de Castle, lui répondit Ian. Huit articles. Je peux te mettre en une de la locale, en bas.

— En bas?

— Il y a un incendie près de Sisters. C'est le gros titre des pages locales.

Elle montait les marches deux par deux.

— Trois cadavres, hurla-t-elle, exaspérée. C'est pas une info de première ? Tout le monde se fout d'un incendie au centre de l'Oregon.

— On voit que tu ne possèdes pas de résidence secondaire là-bas, ricana Ian. En plus, tu ignores si les morts sont liées. Et puis ce sont des riens du tout.

Des insectes rebondissaient sur les lampadaires jaunes qui éclairaient l'escalier. Ils doivent passer toute leur vie à faire ça, se dit Susan. À se cogner contre la grille de protection des ampoules, inlassablement.

Des riens du tout ?

— On dit que la première était une prostituée. Les deux autres aussi sans doute. Ou des SDF. Tout le monde s'en balance, Susan. La mort d'un sénateur fait vendre. Pas celle d'une pute.

— Castle était un prédateur sexuel, ne l'oublie pas.

Elle s'efforçait de donner à sa voix des accents fermes et résolus.

— Nous ne publierons pas cette histoire alors que tout l'État pleure un homme politique.

Parfois Susan oubliait pourquoi elle avait couché avec lui, peut-être parce qu'il lui avait laissé tenir son Pulitzer.

— Tu n'es qu'un faux-cul, Ian.

— Pendant que je t'ai au téléphone, poursuivit-il sans relever, nous n'arrivons pas à mettre la main sur Molly Palmer. On tombe chaque fois sur sa boîte vocale. Elle ne t'aurait pas donné un autre numéro, par hasard ?

Susan sentit son estomac se nouer et adopta un ton empreint de défi.

— Elle est strip-teaseuse, Ian. Elle ne porte pas son téléphone quand elle travaille.

Elle nota mentalement qu'elle devait retrouver Molly avant que sa coquetterie ne lui fasse perdre son article.

— Il faut que je raccroche maintenant, lâcha Ian.

La communication fut coupée et Susan fourra son portable dans la poche de son sweat en grognant de frustration. Ça lui apprendrait, de vouloir faire plaisir à Ian.

— On appelle ça un mode de vie à haut risque, dit Henry qui s'était retourné pour l'attendre en haut de l'escalier.

— Quoi?

Elle accéléra pour gravir les dernières marches et se courba afin de reprendre son souffle. Ses tennis étaient couverts de boue. Elle avait bousillé plus de chaussures dans ce métier que…

— Les prostituées, précisa Henry. Les drogués, les SDF. Ils mènent une vie dangereuse. Quand l'un d'eux se fait planter une fourchette dans le cou, on lance des recherches sérieuses pendant deux jours, puis on passe aux affaires plus importantes, celles qui concernent de brillants étudiants.

Il se remit en route. La rue montait.

— Vous savez combien d'ados noirs et de putes sont retrouvés morts sans mériter plus d'une ligne dans votre canard?

— Et Heather Gerber? demanda Susan en essayant de sortir son carnet tout en rattrapant Henry.

Heather avait été la première victime de Gretchen. Une fugueuse. Une gosse des rues. Une prostituée. On l'avait retrouvée morte dans le parc, elle aussi. Le *Herald* avait sûrement publié des articles à son sujet.

Henry fourra les mains dans ses poches et accéléra l'allure. Le trottoir était mouillé et ses chaussures faisaient flicflac sur l'eau stagnante.

— Votre canard s'en fichait pas mal, jusqu'à ce qu'Archie fasse le rapprochement avec d'autres meurtres, et que tout le monde comprenne qu'il y avait un tueur en série dans la nature. Avant ça, il s'agissait juste d'une autre victime inconnue. Et puis Parker a sorti un article. Les parents adoptifs de la fille l'ont vu. Elle avait disparu depuis un an sans qu'ils le signalent. Ils se contentaient d'encaisser les chèques. Vous savez qui a payé l'enterrement ?

— Non.

Le trottoir montait à flanc de colline. La rue était parallèle au parc et les maisons s'adossaient à la forêt. On ne pouvait plus construire si près du parc aujourd'hui, mais ces maisons étaient anciennes et avaient vu passer des générations. L'éclairage montrait de grandes terrasses en bois avec des balançoires et des pots de géraniums. L'air embaumait la fraise.

— C'est Archie qui a payé, déclara Henry avant d'ajouter, comme pour justifier le geste de son collègue : c'était son premier meurtre.

— Techniquement, cette affaire n'est pas résolue, hein ?

— C'est Gretchen qui l'a tuée, simplement elle ne l'a pas encore reconnu.

Un homme en jogging et deux gros chiens descendirent d'un break Subaru et se dirigèrent vers le parc.

— C'est pour ça qu'Archie continuait d'aller la voir tout le temps ? Parce qu'il voulait résoudre cette première affaire ?

Henry garda le silence un moment.

— Non.

Susan se demanda si Archie parlait beaucoup de Gretchen à Henry. Elle se souvenait de la façon dont celui-ci avait réagi lorsque la tueuse avait touché le bras de son ami pendant l'interrogatoire auquel Susan avait assisté. En une fraction de seconde il avait surgi dans la pièce et éloigné Gretchen d'Archie comme si elle avait été contagieuse. Le naturel des rapports entre Gretchen et Archie avait à la fois effrayé et fasciné la journaliste. Leur relation avait un côté intime qui, au mieux, faisait froid dans le dos.

Le trottoir était vieux, défoncé par des racines, et ils avançaient prudemment, les yeux rivés au sol.

— Nous n'aurions jamais dû accepter l'arrangement, marmonne Henry comme pour lui-même. Nous aurions dû laisser l'État de Washington poursuivre. Elle serait morte aujourd'hui.

— Archie a clos trente et un dossiers, lui rappela Susan.

Henry s'arrêta. Ils étaient arrivés à la maison. Une horreur couverte d'un toit de bardeaux marron qui semblait dater des années 1940. Susan vit son visage à la lumière des lampadaires. Il avait l'air fatigué, les épaules voûtées, son blouson de cuir luisant de pluie.

— Vous ne l'avez pas connu avant, dit-il.

Elle avait du mal à s'imaginer Archie heureux.

— Parker a beaucoup écrit sur l'Artiste, non? demanda-t-elle.

— Des centaines d'articles au fil des années, putain, sans doute des milliers!

Parker était de la vieille école. Il aurait continué à utiliser une machine à écrire si on l'avait laissé faire. Il avait sûrement des notes, des tonnes de notes. D'une valeur inestimable pour celui qui voudrait un jour écrire un livre sur l'Artiste. Une fois que l'histoire de Molly Palmer serait sortie, Susan se dit qu'elle aurait un certain poids au journal. Elle pourrait peut-être prendre une année sabbatique.

— Vous vous souvenez l'avoir entendu dire où il gardait ses notes?

Henry la regarda un moment, fronça les sourcils et soupira.

— J'avais presque oublié.

Il sortit son insigne, puis braqua sa torche sur le visage de Susan. Elle se crispa, momentanément aveuglée, puis leva une main pour se protéger.

— Oublié quoi?

— Que vous vous intéressez davantage aux histoires qu'aux gens.

Il éteignit la lampe et frappa à la porte.

— Laissez-moi parler.

Ils attendirent en silence. Susan fulminait. Elle n'avait pas voulu paraître indifférente. Elle se préoccupait vraiment d'Archie. Elle n'avait pas l'intention d'écrire un article racoleur. Cela avait déjà été fait. Elle voulait écrire un vrai livre. Un livre intelligent, incontestable, éclairant. Était-ce si terrible ?

— Je ne voulais pas…, commença-t-elle.

— Chut, dit Henry en levant la main.

Une lumière s'alluma sur la terrasse, éclaboussant l'obscurité de jaune. La porte s'ouvrit, une dame âgée apparut. Ses longs cheveux gris pendaient et elle portait une longue chemise en laine, boutonnée jusqu'en bas et imprimée de motifs indiens.

— Oui ?

Henry s'avança, lui présenta son insigne et sourit d'un air aimable.

— Bonjour, madame. Je suis le détective Sobol. Je souhaiterais vous poser quelques questions. Vous habitez ici ?

— Oui, mon gars. Depuis cinquante-quatre ans.

— Avez-vous remarqué quelque chose de bizarre ces derniers temps ? Une activité anormale dans le bois ? précisa Henry en caressant son crâne chauve.

Les rides du visage de la vieille se creusèrent.

— C'est en rapport avec la mort du sénateur ?

— Non, m'dame. On a trouvé des restes dans la forêt.

— Quel genre de restes ?

— Des restes humains.

La vieille femme tendit le cou et tourna la tête vers le parc. Puis elle toisa Susan des pieds à la tête. Celle-ci s'efforça de sourire aimablement.

— C'est votre femme ?

Susan éclata de rire.

— Non, m'dame. C'est une journaliste.

Susan brandit son calepin et agita son autre main. Henry continua, se balançant d'un pied sur l'autre, mal à l'aise.

— Vous avez remarqué quelque chose sortant de l'ordinaire ? Entendu quelque chose ? Senti quelque chose ?

— Bill a un comportement bizarre ces derniers temps.

— Bill ? Votre mari ?

— Mon caniche royal.

Susan vit Henry esquisser une grimace.

— Bizarre ? Comment ça ?

— Il se plante devant sa niche, aboie un peu, et ne me laisse pas approcher.

— Vous le laissez vagabonder dans le bois ?

— Il lui arrive de sauter la clôture, mais il revient toujours.

— Où est-il en ce moment ?

Elle les invita à la suivre et les conduisit derrière la maison par une vieille allée en briques. Elle portait des bottes en peau de mouton et Susan remarqua qu'Henry la suivait de près craignant sûrement qu'elle ne glisse sur le sol mouillé et inégal. Le chemin était éclairé par des lampes solaires qui jetaient une lueur bleu pâle mais éclairaient fort peu. Malgré tout la femme avançait d'un pas ferme sans trébucher.

Ils parvinrent à un portillon dans la clôture de cèdres qui entourait la cour derrière la maison. La femme l'ouvrit et il tourna sur ses gonds en poussant un soupir rouillé. Il n'y avait pas le moindre éclairage et Henry ralluma sa torche au moment où la vieille disparaissait dans le noir.

— Madame ? lança Henry.

Un projecteur s'alluma, illuminant une cour envahie de lierre, et la femme réapparut sur les marches de sa véranda.

— Bill, il y a un ami qui est venu te voir.

Susan scruta la cour à la recherche du caniche. Le lierre du parc avait franchi la clôture et s'était insinué jusqu'à la moitié de la cour, telle une redoutable marée verte. On pouvait le couper, il repoussait de trente centimètres par jour jusqu'à tout recouvrir de nouveau. La journaliste entendit un chien aboyer et se rendit compte que la niche aussi était à demi enfouie sous le lierre. Un gros caniche royal noir était posté devant. Il avait été récemment toiletté et arborait fièrement ses pompons. On aurait dit un arbre d'ornement vivant, un rien inquiétant.

Susan vit Henry tressaillir et l'entendit demander :

— Il est gentil ?

— Un agneau.

Le policier secoua la tête, se redressa et s'avança vers la niche. Bill grogna.

— Un agneau ? Vraiment ?

— Ne vous laissez pas intimider mon garçon. Vous n'avez pas de chat, dites ?

— J'en ai trois.

La femme poussa un gloussement sinistre.

— Bill déteste les chats ?

— Susan, vous venez m'aider ?

Elle hésita, elle n'avait jamais eu d'animaux.

— Je ne sais pas trop y faire avec les chiens.

— Rappliquez, nom de Dieu !

Elle s'avança lentement vers le caniche et tendit la main pour qu'il la sente.

— Bonjour Bill. Gentil... Gentil, Bill.

Elle s'immobilisa. Le chien regarda sa main tendue et montra les crocs. Sans grogner. Sans émettre le moindre son.

— Il doit avoir peur de vos cheveux, lâcha Henry.

Celui-ci tenta de contourner le chien afin de pouvoir éclairer le fond de la niche. Il se mit à quatre pattes et réussit à introduire la moitié de sa grande carcasse à l'intérieur. Puis il recula, s'assit et sortit son portable.

— Archie, c'est moi. Ta blonde, il lui manque un bras ? demanda-t-il en se frottant le visage.

— Ouais.

Henry jeta un coup d'œil à l'intérieur de la niche par-dessus son épaule. Puis il observa Susan. Le chien grogna en leur décochant un regard soupçonneux.

— Je crois que je l'ai trouvé.

12

La vieille femme s'appelait Trudy Schuyler. Susan avait rempli quelques pages de notes à son sujet. Son mari était mort cinq ans plus tôt. Elle ne possédait pas de broyeur de bois. Elle ne connaissait aucun gamin correspondant à la description de celui qu'Archie avait vu dans le bois. Elle avait été contractuelle, mais était en retraite depuis vingt ans. Trudy avait élevé trois enfants. Les flics avaient emmené le chien afin d'analyser sa production, au cas où l'arbre à poils aurait réussi à digérer un indice ou deux en grignotant le radius de la blonde. Ils avaient aussi entrepris de ramasser les crottes dans la cour. Susan était partie à peu près à ce moment-là.

À une heure du matin, c'était le calme plat au *Herald*. Les chasseurs d'ambulances qui avaient envahi le pont pour aider à boucler le sujet sur l'accident de Parker et Castle étaient tous sagement rentrés se coucher. Même les appariteurs avaient terminé leur journée. Un garde de nuit l'avait fait entrer par le port des livraisons. La jeune femme avait pris l'ascenseur jusqu'au quatrième où Ian était enfermé dans son bureau avec un rédacteur, un maquettiste et un photographe. Tous avaient été appelés à la rescousse pour mettre le dossier en forme. Ils paraissaient fatigués et un peu mécontents. Susan s'efforçait de n'afficher ni fatigue, ni colère. Elle essayait d'avoir l'air enjoué. Elle avait suffisamment emmerdé

Ian comme ça. Et continuer sur sa lancée ne risquait pas de faciliter la publication de l'article sur Molly. Se montrer aimable pouvait aider. C'était fou mais ça pouvait marcher.

Les articles arrivés juste avant le bouclage, les dernières minutes, portaient la mention « chaud-brûlant ». Dès que Susan aurait fini d'écrire son histoire, on arrêterait les rotatives pour glisser une nouvelle plaque avant de reprendre l'impression. Finalement un de ses articles figureraient dans l'édition spéciale Castle. Mais pas celui qu'elle voulait.

Elle se dirigea vers le bureau de Ian. Quand il l'aperçut, il leva la main pour l'arrêter avant de désigner sa montre et de lui faire signe de retourner à son bureau.

Susan obéit docilement, jeta son sac à main par terre, posa son calepin à côté de l'ordinateur et appela Molly Palmer. Rien. Si elle tenait à ce que Ian publie son papier, il fallait d'abord qu'elle le vérifie et le revérifie. Il ne devait manquer ni un point sur un « i », ni une barre à un « t ». Elle laissa un message.

— Sérieusement, Molly, vous devez me rappeler…

Elle enroula le cordon du téléphone autour de son doigt en serrant si fort que celui-ci devint tout rouge.

— … Il est mort maintenant. Il n'y a plus de problème, plus aucune raison de se cacher…

Elle pensa à tout le tapage médiatique que Molly n'allait pas manquer de subir. *Vous vous intéressez davantage aux histoires qu'aux gens*, lui avait reproché Henry.

Susan se mordit la lèvre.

— … Si vous voulez décrocher un moment d'accord, mais j'ai besoin que vous parliez à deux ou trois personnes d'abord.

Elle libéra son doigt et raccrocha. Toutes les lumières n'étaient pas allumées, et il fallait plisser les yeux pour voir à l'autre bout de la salle. À part le petit groupe réuni dans le bureau de Ian, le seul être humain à l'étage était un type du service des sports qui, casque sur les oreilles, tapait un truc qui ne semblait guère l'intéresser.

Elle commença à pianoter sur son clavier comme une

furieuse. L'inconnue. Les deux nouveaux corps. L'éventualité d'un nouveau tueur en série. Le genre d'histoire que Parker aurait adoré. En pensant à lui, elle s'arrêta, les doigts suspendus au-dessus des touches, et ses yeux quittèrent l'écran pour se poser sur les collines de l'ouest au-delà des grandes baies du *Herald*.

Elle jeta un coup d'œil au bureau de Parker. On y avait posé deux nouveaux bouquets. On aurait dit une tombe. Susan se leva et se rendit dans la salle de repos où elle finit par dénicher, dans le placard de la kitchenette, un vase, une boîte à café et trois grands verres. Elle les remplit d'eau et les déposa sur le bureau du vieux journaliste. Elle fit de son mieux pour disposer les fleurs flétries dans les récipients, mais les tiges avaient ramolli et les fleurs retombèrent tristement.

Elles lui rappelèrent le jardin d'Archie qui avait été envahi de compositions florales pendant les dix jours où il avait disparu. Et à Debbie, qui lui avait un jour confessé que, depuis cette époque, elle ne supportait plus le parfum des fleurs. Elle leur trouvait une odeur de mort.

La journaliste s'installa dans le fauteuil de Parker et le fit tourner en cercles afin d'essayer d'entrer dans sa tête et d'imaginer comment il aurait écrit l'histoire des meurtres de Forest Park. Soudain, son genou buta contre le tiroir à dossiers. Chaque bureau en comportait un, toujours fermé à clé. Susan gardait la clé du sien sous une chope remplie de stylos. Elle avait appris cela de Parker. Elle tendit la main et souleva la chope Hooter[1], pleine de crayons numéro deux, posée sur le bureau et découvrit une minuscule clé en argent. Elle s'en empara et ouvrit le tiroir. À l'intérieur, vers l'avant, étaient rangés d'épais dossiers portant les noms d'affaires que son collègue avait couvertes. Elle fit courir son doigt sur les chemises jusqu'à ce qu'elle tombe sur un gros classeur noir coincé au fond du tiroir. La tranche était

1. Chaîne de restaurants dont les serveuses portent des tenues sexy. *(N.d.T.)*

étiquetée et, de l'écriture penchée de Parker, elle lut un mot : *L'Artiste.*

Bingo !

Susan extirpa le classeur du tiroir, referma celui-ci à clé, remit le sésame en place, et emporta l'épais dossier à son bureau.

Juste à ce moment-là, Ian pointa la tête hors de son bureau et beugla :

— J'aimerais bien dormir un peu cette nuit.

— Presque fini, répondit Susan.

Elle glissa le classeur par terre, à côté de son sac, et posa dessus un pied protecteur. Elle était toute rouge d'excitation, mais il faisait sombre et elle ne pensait pas que Ian s'en apercevrait.

13

Archie ne savait toujours pas s'il avait accepté que Sarah Rosenberg le suive parce qu'il avait besoin d'aide, ou parce qu'il cherchait un prétexte pour venir s'asseoir dans la pièce où Gretchen l'avait drogué et retenu prisonnier.

C'était son rituel du lundi matin. Finis les dimanches au pénitencier avec l'Artiste. Pourtant; chaque lundi il passait une heure assis dans l'un des fauteuils ventrus devant le grand bureau en bois de Gretchen. Il observait la vieille pendule de grand-mère qui marquait toujours trois heures trente et regardait, entre les lourds rideaux de velours vert, les cerisiers chargés de feuilles du jardin.

Sauf que rien de tout cela n'appartenait à Gretchen. Elle avait loué la maison sous un faux nom à une psychologue partie passer un an en Italie. La police avait remonté la piste d'Archie jusque-là, mais la tueuse l'avait déjà emmené dans une planque. La psychologue, le docteur Sarah Rosenberg, et sa famille étaient revenus. Le tapis sur lequel il avait renversé son café drogué avait été remplacé.

— Aujourd'hui, je voudrais parler de Gretchen Lowell, commença Rosenberg.

Il s'agissait de leur quatrième séance, et c'était la première fois qu'elle mentionnait ce nom. Archie avait admiré sa retenue. Il but lentement une gorgée de café dans le gobelet en carton posé sur le bras du fauteuil.

— D'accord.

Il se sentait bien, il planait juste assez pour être détendu, mais pas assez pour que la psy s'en aperçoive.

Elle sourit. Le docteur Rosenberg était mince, ses cheveux noirs frisés coiffés en une longue queue de cheval. Peut-être un peu plus âgée qu'Archie, même si tout le monde aurait pensé qu'elle était plus jeune. Il l'aimait bien. Il la préférait au psy de la police qu'il avait vu pendant six mois en tout cas. Il fallait admettre que, pour des raisons inconnues, les femmes le mettaient plus à l'aise.

— Je voudrais parler des six semaines qui se sont écoulées avant qu'elle ne vous révèle son identité.

Sa hiérarchie n'aimait guère aborder le fait que Gretchen avait infiltré l'enquête pendant aussi longtemps. Cela ne faisait pas vraiment honneur à la police. Archie soupira et regarda par la fenêtre, derrière Rosenberg.

— Elle a débarqué un jour en se présentant comme une psychiatre. Elle a dirigé deux séances de groupe. J'ai aussi discuté avec elle du profil du tueur.

Il se frotta la nuque et sourit. Une odeur de café montait du gobelet. Il apportait du café, sinon il avait parfois l'impression de sentir encore le parfum lilas.

— Elle semblait avoir des intuitions.

Rosenberg était assise dans l'autre fauteuil, là où Gretchen s'installait. Elle croisa les jambes et se pencha en avant.

— Quel genre ?

Un écureuil grimpa dans l'un des cerisiers, faisant frissonner les feuilles. Archie but une autre gorgée et replaça le gobelet sur le bras du fauteuil.

— Elle a été la première à suggérer que le tueur pourrait être une femme.

La psy gribouilla quelques notes sur le bloc jaune posé sur ses genoux. Elle portait un pantalon noir, un pull vert à col roulé, et des chaussettes jaunes assorties au bloc.

— Comment avez-vous réagi à cette idée ?

Archie remarqua que sa jambe gauche n'arrêtait pas de tressauter. Il posa le pied par terre.

— On avait épuisé à peu près toutes les autres possibilités.
— Vous a-t-elle proposé un suivi individuel ?
— Oui.
— Avez-vous entamé une psychanalyse avec elle ?
Il sortit discrètement la boîte à pilules de sa poche et la serra dans son poing.
— Oui.
— Vous étiez le seul ?
— Oui.
Si elle avait remarqué la boîte, elle n'en dit rien.
— De quoi avez-vous parlé ?
— Comme avec vous. Mon boulot...
En fait il s'était montré beaucoup plus franc avec Gretchen. Il avait tout partagé avec elle. Le stress de l'enquête. La pression sur ses rapports avec Debbie.
— ... Mon mariage.
Rosenberg fronça le sourcil.
— Ça a dû beaucoup vous perturber de découvrir que vous aviez partagé des choses aussi personnelles avec une tueuse.
Très perturbé. C'était une façon de voir les choses. Le plus curieux, à l'époque, c'est qu'il avait trouvé agréable d'avoir quelqu'un avec qui parler. Dommage que ce quelqu'un ait découpé les gens pour le plaisir.
— Elle savait écouter.
— Donc vous avez passé davantage de temps avec elle que vos collègues ?
— Oui, sans doute.
— Où avaient lieu les séances ?
— Ici même.
Rosenberg se redressa et parcourut le bureau des yeux.
— C'est inhabituel. Qu'elle vous ait reçu chez elle.
— Pourquoi ? Vous le faites bien.
— Je suis psychologue. Elle prétendait être psychiatre, rétorqua Rosenberg en prenant quelques notes et en secouant la tête.

— Elle n'était pas vraiment psychiatre.

— Vous ne l'avez jamais soupçonnée ?

Sa jambe se remit à tressauter. Archie ne tenta rien pour l'arrêter. Ça lui faisait du bien d'évacuer son énergie. Il leva son gobelet, mais sans boire.

— Au moment où la drogue paralysante qu'elle avait glissée dans mon café a commencé à faire effet.

Il posa le gobelet en carton par terre, ouvrit la boîte, récupéra un cachet et l'avala.

— Qu'est-ce que c'est ? demanda Rosenberg.

— Une menthe.

— Je ne suis pas certaine que vous soyez autorisé à prendre ce genre de chose, dit-elle en souriant.

— J'avais faim, rétorqua-t-il en lui rendant son sourire.

Elle se pencha en avant, décroisa et recroisa les jambes.

— Je ne pourrai pas vous aider si vous n'êtes pas honnête avec moi.

Archie regarda ses mains. Parfois, il croyait voir la trace blanche de son alliance.

— Il m'arrive de penser à elle, avoua-t-il doucement.

— À Gretchen Lowell ?

— Je fantasme, j'imagine que je lui fais l'amour.

Rosenberg posa son stylo sur son bloc.

— Elle vous a retenu prisonnier pendant dix jours. Vous étiez impuissant, à sa merci. Vos fantasmes sont peut-être une façon d'avoir du pouvoir sur elle.

— Alors, c'est sain.

— Compréhensible, oui. Mais je n'ai pas dit que c'était sain.

Elle tendit le bras et posa la main sur l'avant-bras d'Archie. Elle portait des bagues à tous les doigts.

— Voulez-vous surmonter cela ? Arrêter les cachets ? Surmonter ce qui vous est arrivé ? Être heureux avec votre famille ?

— Oui.

— Eh bien, c'est le premier pas !

— Combien de pas y a-t-il ? demanda-t-il en se frottant la nuque.

— Un de moins, répondit-elle en souriant.

*
* *

Cinq Vicodine étaient alignés sur le bureau d'Archie comme de minuscules touches de piano blanches. Il les rafla d'une main et les avala avec les dernières gouttes du café froid qu'il avait rapporté de sa séance avec Rosenberg.

Il était dix heures du matin et ils attendaient toujours le rapport du labo sur les nouvelles victimes. Archie jeta un coup d'œil à l'article de Susan Ward dans le *Herald* posé sur ses genoux. *UN MYSTÉRIEUX GAMIN CONDUIT LA POLICE À DE NOUVEAUX CADAVRES.* Il ne faisait même pas la une, relégué en section locale par la mort du sénateur. Peut-être les parents du mystérieux gamin liraient-ils l'histoire et peut-être feraient-ils le rapprochement. Archie voulait au moins prouver à Henry qu'il ne perdait pas la tête. Dans le même temps ils gardaient le caniche, au cas improbable où celui-ci livrerait un indice.

Archie se toucha le côté droit, sa douleur était revenue et la Vicodine ne semblait pas améliorer les choses.

Il ouvrit le tiroir de son bureau. Gretchen apparut. Il était retourné dans le parc la veille au soir pour récupérer le livre se disant qu'il fallait respecter l'environnement, qu'il refusait qu'un des techniciens du labo le trouve, préférant en finir en le faisant brûler, et cetera, et cetera. Mais alors pourquoi l'avoir rapporté à son bureau et l'avoir nettoyé pour ensuite le ranger dans le tiroir de son bureau ?

Raul Sanchez pointa sa tête à la porte et Archie referma le tiroir d'un geste sec. Sanchez avait troqué sa casquette et son coupe-vent FBI contre un costume marron et une cravate. On voyait à peine qu'il s'agissait d'une cravate à clip.

— Rendez-vous avec le maire, expliqua-t-il. Ils souhaitent organiser des funérailles publiques pour Castle au bord de la rivière. Discours. Tentes. La totale. La circulation dans le centre va être bloquée.

— Je penserai à quitter la ville, rétorqua Archie.

Voir les gens pleurer sur le sort de Castle était un peu plus qu'il ne pouvait en supporter pour l'instant.

— Vous allez à l'enterrement de Parker ? demanda Sanchez.

— Ouais.

L'enterrement avait lieu l'après-midi. Pas de tentes. Pas de foule. Sa famille avait dû remuer ciel et terre pour que les funérailles aient lieu aussi vite. Archie pensait savoir pourquoi. Sanchez hésita, se frotta la nuque, et finit par lâcher :

— Il avait 2,4 grammes d'alcool dans le sang.

Il regarda Archie d'un air entendu, puis se gratta le menton.

— J'ai pensé que vous voudriez le savoir.

Archie ferma les yeux. Putain, on allait le mettre en terre juste à temps.

— On attendra qu'il soit enterré pour rendre l'info publique.

— Merci.

Sanchez s'apprêta à partir.

— Vous avez eu mon message concernant la raison de la rencontre entre Castle et Parker ? s'enquit Archie. L'histoire de Susan Ward ?

— Une histoire de merde, commenta Sanchez en haussant les épaules. Mais ça ne change rien au taux d'alcool.

Archie soupira, se renversa contre le dossier de son fauteuil et croisa les bras sur sa poitrine. Il sentait la boîte à pilules contre sa cuisse. Gretchen souriait dans son tiroir.

— Non, ça ne change rien.

*
* *

Susan tripotait la ganse de sa robe marron. Elle avait décidé de ne pas porter de noir. Trop funèbre. La robe à manches courtes était vintage, de forme trapèze, ornée d'une ganse blanche et de deux gros boutons blancs sur la poitrine. La journaliste avait attaché ses cheveux turquoise sur la nuque. Ils paraissaient malgré tout trop voyants, déplacés pour l'occasion.

Il y avait pas mal de monde à l'église, sans doute deux cents personnes. Elle reconnut de nombreux visages du journal. Les bancs de bois étaient complets et dans le fond il fallait rester debout. La pluie avait cessé et le soleil filtrait au travers des vitraux, dessinant des formes géométriques colorées sur le plancher. Parker était près du chœur, dans une urne en céramique vernie. Susan était assise au troisième rang. Elle était arrivée tôt, une heure avant la cérémonie, ce qui ne lui ressemblait guère. Et, après avoir passé vingt minutes à sangloter dans sa voiture sur le parking, elle était entrée et avait trouvé une place devant.

Elle aperçut Derek en compagnie d'autres journalistes. Il essaya de croiser son regard, mais elle l'évita.

Ensuite Susan repéra Archie Sheridan avec sa famille qui prit place quelques rangs derrière elle de l'autre côté de l'allée. Il portait un costume noir, des chaussures vernies et avait passé un bras autour de la taille de son ex-femme. Celle-ci avait vêtu une robe noire sans manches qui mettait en valeur ses bras minces et bronzés. Son fils, lui, avait mis un costume gris et la petite fille une robe en dentelle grise. Ils semblaient poser pour une publicité : *Comment s'habiller pour un enterrement.*

Susan baissa les yeux sur sa propre tenue. Elle ressemblait à une serveuse de chez Mr. Steak.

Howard Jenkins, l'éditeur du *Herald*, procéda à l'éloge funèbre. Quelques-uns des plus vieux journalistes prirent la parole. Il n'en restait pas beaucoup. La plupart des salariés de plus de cinquante ans se voyaient proposer des préretraites, ce qui permettait au journal d'économiser sur les pensions.

Parker était une institution. Parker était le journaliste que nous voudrions tous être. Parker était un fouille-merde, un héros, le défenseur de la veuve et de l'orphelin, un champion, un exemple ; l'employé de cette putain d'année.

Bon Dieu ! Quelles conneries ! Susan se leva, se glissa entre genoux, pieds et sacs à main, gagna la porte aussi vite qu'elle put, traversa le narthex, dévala les marches couvertes d'un tapis rouge et sortit sur le parvis de la vieille église en pierre qui donnait sur le parc.

Pour la réception, on avait installé quelques tables couvertes de nappes en papier rose qui volaient au vent. Dessus, un grand percolateur en argent, un saladier de punch aux fruits, plusieurs assiettes d'œufs mimosa séchant au soleil, et des bouteilles de Wild Turkey alignées sur cinq rangs. Susan sourit.

De l'autre côté de la rue, dans le parc, les gens se pressaient. La circulation était bloquée. Les mains de Susan tremblaient. Archie apparut à la porte par laquelle elle venait de s'échapper.

— Ça va ? demanda-t-il doucement.

Elle détourna la tête, gênée et fouilla dans son sac.

— J'avais juste besoin d'une cigarette.

Archie descendit l'escalier de pierre et s'appuya contre le mur pendant qu'elle cherchait du feu.

— Parker était légalement ivre au moment de l'accident. Ça sera rendu public demain.

Elle approcha le briquet de sa cigarette. La flamme jaillit, puis disparut lorsqu'elle inhala. Cela devait finir par sortir, mais elle aurait préféré que ça reste secret.

— Il était toujours légalement ivre. Vous le savez bien. Il était alcoolique.

Archie enfonça les mains dans ses poches et s'absorba dans la contemplation des pavés.

— Il avait 2,4 grammes d'alcool dans le sang, Susan.

Un morceau d'orgue résonna dans l'église, *When the Saints Go Marching In.* Elle ignorait que Parker était croyant. Elle secoua la tête. C'était fou. On ne pouvait pas lui faire porter la responsabilité. Tout était la faute de Castle. C'était lui le prédateur, le salaud, le pervers. Parker était une victime.

— Et Castle ? Il aurait pu empoigner le volant.

— Son bilan toxicologique est nickel. On n'a pas encore inventé de test scientifique pour évaluer les tendances suicidaires.

Une porte latérale s'ouvrit et la musique enfla. Quelques personnes descendirent les marches et s'éparpillèrent sur le parvis. Puis quelques autres. Susan les regarda s'approcher du buffet et commencer à manger les œufs mimosa sans se soucier de la salmonelle. Une femme d'une soixantaine d'années s'approcha d'Archie et l'embrassa sur la joue.

— Margery, toutes mes condoléances.

C'était la femme de Parker. Susan ne l'avait jamais rencontrée, mais elle l'avait vue dans l'église avec ses deux filles et elle avait fait le rapprochement. Le journaliste disait que ses filles ressemblaient à leur mère, et c'était vrai. Elles avaient toutes les trois une chevelure épaisse, un long cou, et se tenaient très droites. Leurs grands yeux lançaient des regards nerveux derrière leurs lourdes tresses. Les cheveux de Margery étaient argentés, et ceux de ses filles châtains.

Elle essuya une traînée de jaune d'œuf au coin de sa bouche et s'adressa à Archie.

— C'est gentil d'être venu.

Elle le serra dans ses bras en soulevant son épaisse tresse avant de la rejeter par-dessus son épaule. Puis elle sourit à Susan. Ses yeux bleus, comme ceux de Parker, et son teint pâle associé à ses cheveux argent lui donnait presque l'air d'une albinos.

— Vous êtes Susan ?

— Comment avez-vous deviné ? demanda la jeune femme avant de toucher ses cheveux turquoise. Ah, oui, bien sûr.

— Quentin vous adorait.

Susan sentit ses yeux la brûler.

— Moi aussi, je l'aimais beaucoup.

Elle coula un regard vers Archie pour lui faire comprendre qu'il devait protéger la mémoire de Parker, protéger sa famille contre ceux qui voudraient lui faire porter le chapeau. Mais le détective n'était plus avec elles, il observait Debbie et leurs enfants près de la sortie du parvis.

— Il faut que j'y aille, lança-t-il.

— Une enquête ? demanda Margery.

— L'anniversaire de ma fille.

14

Les chapeaux de pirate en carton étaient tout aplatis, et Archie dut les remettre en forme avant de les poser sur la tête des dix gamines de C.P. en les fixant avec un élastique. Il y avait des colliers de perles multicolores, des drapeaux de pirates, des pièces d'or en chocolat. La plupart des filles avaient renoncé au bandeau noir sur l'œil. Archie n'aurait su où Sara avait trouvé l'idée d'une fête d'anniversaire sur ce thème.

Un combat à l'épée faisait rage dans le salon autour du canapé qui faisait office de bateau. Debbie servait du vin aux parents dans la cuisine. Ben s'était enfermé dans sa chambre, et Archie assurait la sécurité. Bras croisés, il s'appuyait sur le chambranle de la porte et regardait les pirates se livrer une guerre à coups d'oreiller.

Sara murmura quelque chose à l'oreille d'une autre pirate et courut se jeter dans les jambes de son père.

— Papa. On a besoin de toi pour jouer le méchant pirate.

Il s'agenouilla pour être à sa hauteur.

— Et vous, je suppose que vous tiendrez le rôle des bons pirates ?

— Oui.

— Et je dois vous combattre ?

Sara se pencha en avant, l'air sérieux, et murmura :

— Tu sais comment on fait le pirate, papa ?

Archie se leva, s'empara d'un grand couteau en caoutchouc, le mit dans sa bouche et fonça sur le canapé.

— Aaah !

Les petites filles hurlèrent et s'égaillèrent dans le salon avant de revenir s'agglutiner autour de lui en riant. Soudain, il entendit la voix de Debbie :

— Henry est là.

Il leva les yeux sans cesser de rire et vit Henry avec Debbie dans l'encadrement de la porte.

— Tu es en retard…

Puis il remarqua que son ami n'avait pas enlevé son holster. Henry connaissait les règles, pas d'armes à la maison, cela ne pouvait signifier qu'une chose :

— … et tu ne restes pas.

Sara aperçut Henry elle aussi. Elle sauta du canapé et se précipita vers lui pour lui enlacer la taille. Il la serra dans ses bras et tira de sa poche un petit cadeau mal enveloppé qu'il lui donna.

— Je tenais simplement à t'apporter ça. Bon anniversaire.

Son visage rayonna de joie, elle passa les bras autour de son cou, l'embrassa et s'échappa pour regagner le canapé-bateau. Henry fit un signe de tête.

— Je peux te parler ?

Son regard lourd indiqua à Archie qu'il s'agissait de mauvaises nouvelles. Il se dit qu'il avait été heureux quelques minutes. Une erreur.

Après avoir rendu l'épée en caoutchouc à Sara il s'éloigna des gamines. Celles-ci entreprirent aussitôt d'organiser le supplice de la planche. Debbie, bras croisés, resta dans l'encadrement de la porte à côté d'Henry. En s'approchant d'eux Archie sentit la douleur renaître sous ses côtes.

— Que se passe-t-il ?

— Il y a eu un incident à la prison, dit Henry après une hésitation.

La douleur s'évanouit. Archie se redressa.

— Elle va bien ?

Henry se pencha en avant et baissa la voix, si bien

qu'Archie dut tendre l'oreille pour l'entendre au milieu des rires.

— Elle est à l'infirmerie. Elle a été agressée. C'est grave, Archie. On a un problème.

Archie prit soudain conscience de la présence de Debbie à côté d'eux. Elle demeura un long moment parfaitement immobile, puis tendit la main et la posa sur le bras d'Henry.

— Non, ne fais pas ça, je t'en prie, pas aujourd'hui.

Il soupira et secoua la tête.

— C'est un gardien. Il faut qu'on sache lequel. Elle ne veut parler qu'à Archie.

Debbie se tourna vers son mari.

— N'y va pas. C'est l'anniversaire de ta fille. Henry peut gérer ça tout seul.

Archie lui serra les mains et regarda droit dans les yeux sa femme, la mère de ses enfants et il tenta d'expliquer :

— C'est ma responsabilité.

Debbie ferma les yeux, se dégagea et se tourna vers les gamines.

— Qui veut du gâteau ?

*
* *

Le pénitencier de l'État de l'Oregon était un ensemble de bâtiments couleur huile rance, ceinturé par un mur chaulé hérissé de barbelés. Situé à Salem, à une heure au sud de Portland, au milieu de dix hectares de verdure à la sortie de l'autoroute, il accueillait à la fois des hommes et des femmes. C'était la seule prison de haute sécurité de l'État. Archie et Henry y avaient passé tellement de temps depuis l'arrestation de Gretchen qu'ils en connaissaient tous les couloirs, tous les gardiens.

L'infirmerie – une longue pièce aveugle de quinze mètres sur dix – se trouvait au centre du bâtiment principal. L'endroit était nu, les murs de béton peints en gris et le sol couvert d'un lino moucheté. Aucune gravure ne le rendait chaleureux, des rideaux isolaient les quatre lits. Une légère odeur de sueur, de sang et d'excréments flottait dans l'air.

Un infirmier vêtu d'une blouse était assis à un haut bureau près de la porte. Il leva les yeux, vit leurs badges et se replongea dans la lecture du hit-parade. Archie s'avança vers le fond de la pièce où il avait aperçu un gardien. Gretchen ne se déplaçait pas sans être accompagnée d'un maton.

Il n'était pas préparé à ce qu'il découvrit de l'autre côté du rideau. Gretchen était attachée au lit, poignets et chevilles entravés par des liens de cuir. Elle avait la tête tournée sur le côté et les yeux fermés. Elle portait une chemise d'hôpital et il remarqua les vilaines marques sur ses bras graciles. Des hématomes. La peau gonflée, noircie, les vaisseaux superficiels éclatés. On l'avait trouvée ainsi dans sa cellule, recroquevillée en fœtus sur le sol. Un prélèvement avait révélé la présence de sperme. Rien que d'y penser, Archie en était malade.

— Laisse-nous une minute, dit Henry au gardien.

L'homme secoua lentement la tête.

— Je suis censé rester avec elle.

De la tête, Henry montra le corps prostré de Gretchen.

— Elle est attachée au lit, Andy. Laisse-nous une minute.

— Je vais attendre près de la porte. Si vous avez besoin de quelque chose…

Archie contourna le lit et s'assit sur une chaise en aluminium. Gretchen ne bougea pas. Il tendit le bras et prit sa main fraîche et délicate dans la sienne.

Elle battit des paupières, ouvrit les yeux, et sourit en le voyant.

— Voilà où il faut en arriver pour attirer ton attention, lâcha-t-elle d'une voix faible.

Une perfusion distillait de la morphine dans son bras et elle s'exprimait lentement, en détachant les mots.

— Qui t'a fait ça? demanda doucement Archie.

Les yeux bleus de Gretchen se posèrent sur Henry. Archie savait qu'elle tenait à ce que son collègue sorte, mais il n'avait pas l'intention de le lui demander. Parce qu'il refuserait sûrement.

— Dis-moi qui t'a fait ça.

Elle fronça un sourcil.

— Ce serait contraire aux usages de la prison.

— Oh, putain, arrête ! lâcha Henry.

Archie le fusilla du regard.

— Laisse-moi me soucier de cela, Gretchen.

— Alors tu t'inquiètes pour moi ? C'est gentil, mon chéri.

Elle ajouta, en baissant la voix et en adoptant un ton de conspiratrice :

— Pourtant ton boulot ne consiste pas à me protéger, màis protéger les gens contre moi.

— Ne te méprends pas sur mon intérêt pour toi, répliqua Archie. Tu es sous la responsabilité de l'État. Je travaille pour l'État. Tant que nous n'aurons pas localisé tous ceux que tu as assassinés, l'État aura tout intérêt à veiller sur toi.

— Que c'est romantique, lâcha-t-elle dans un soupir.

Elle tourna la tête vers Henry. Gretchen était passée maître dans l'art de l'ignorer. Jamais elle ne lui avait répondu et elle avait mené de longues conversations avec Archie en faisant comme si Henry n'était pas là.

— Dis-moi, mon chéri, commença-t-elle en regardant Henry, mais en s'adressant à Archie. Est-ce que ta rate te manque ? Ça te fait mal ?

— Plus maintenant.

— J'y pense. Mes mains à l'intérieur de ton corps. Tu étais si chaud, si collant. Je sens encore ton odeur. L'odeur de ton sang. Tu te souviens ?

Il se passa une main sur le visage et répondit tranquillement :

— J'avais perdu connaissance.

— Je le regrette. Je voulais te maintenir éveillé. Je voulais que tu t'en souviennes. Je suis la seule personne qui soit allée aussi loin à l'intérieur de ton corps.

— Toi et l'équipe de chirurgiens d'Emmanuel.

— Tu as raison.

Elle rit et l'effort la fit grimacer de douleur.

— On m'a dit qu'il t'avait cassé quatre côtes.

Il avait encore parfois mal aux côtes, là où Gretchen les lui avait brisées avec un clou.

— Chaque fois que je respire, je pense à toi.

— Dis-moi qui c'était.

— Tu t'es réinstallé avec elle, non ?

La question le prit par surprise. Debbie parlait souvent de Gretchen comme s'il s'agissait de sa maîtresse. Mais lui avait parfois l'impression que c'était le contraire. Comme si, en se remettant avec son ex-femme, il trompait Gretchen. Cela mériterait sûrement d'être discuté en thérapie.

Elle attendait sa réponse. Ses beaux yeux brillaient. Elle semblait souffrir. Tout cela n'était que comédie, bien sûr. Tout ce qu'elle faisait n'était que comédie.

— Oui, répondit-il.

Elle lui lança un regard noir et murmura :

— Mais tu ne lui as pas encore fait l'amour.

Archie en eut le souffle coupé.

— Ça suffit ! ordonna Henry.

La porte de l'infirmerie s'ouvrit, ils entendirent des voix d'hommes et un bruit de pas sur le lino. Henry s'exclama :

— Archie !

Celui-ci vit la même chose que son ami : ses mains nouées sur celles de Gretchen. Pourtant il était incapable de bouger. Il la vit sourire doucement à Henry, un sourire qu'il connaissait bien, un sourire qui voulait dire *Va te faire foutre !* Malgré cela il ne se dégageait toujours pas. La voix d'Henry se fit plus dure :

— Bon Dieu, Archie !

Ce fut comme un coup de fouet. Il arracha sa main et recula la chaise. Il noua ses doigts sur sa nuque au moment où le directeur et deux gardiens entraient.

— Messieurs, commença le directeur, j'ai quelque chose à vous montrer.

*
**

Henry attendit qu'Archie et les autres soient de l'autre côté du rideau, puis il s'éloigna du mur contre lequel il s'était appuyé et s'approcha du lit.

— C'est curieux, dit-il à Gretchen, il vous a salement tabassée, et pourtant il a épargné votre visage.

Elle le considéra, de ce regard sans expression qui rendait les gens transparents, pas seulement Henry. Elle n'avait de temps que pour Archie.

— Vous croyez que ça va le faire revenir ici ? Qu'il sera de nouveau à vos pieds ? Vous vous trompez. Il s'en remettra.

Elle se contenta d'un battement de sourcils en guise de réponse.

Il se retourna et fit un pas pour rejoindre les autres.

— Henry.

Il s'immobilisa en l'entendant prononcer son nom. Elle inclina la tête et lança :

— Ce sera intéressant de savoir lequel de nous deux le connaît le mieux.

Mon Dieu, quelle suffisance ! Henry s'en voulait depuis des années. De ne pas avoir soupçonné Gretchen. De ne pas avoir retrouvé Archie plus tôt. D'avoir soutenu l'arrangement pervers qui avait jeté son ami dans les griffes de cette psychopathe semaine après semaine. Il l'avait connu avant. Il voyait à quel point il avait changé. L'arrangement ne valait pas la peine. Peu importait le nombre de corps qu'il permettrait de retrouver. Quel meilleur argument en faveur de la peine de mort que Gretchen Lowell ? Il se pencha vers elle :

— J'ignore qui vous a fait ça, mais il mérite une putain de médaille.

Archie réapparut.

— Tu viens ?

Henry se redressa, un rien troublé, et suivit son ami. En partant, il crut voir Gretchen adresser un clin d'œil à Archie.

15

Le gardien n'était pas mort depuis longtemps. Il s'était pendu dans les vestiaires, l'un des rares endroits de la prison dépourvu de caméra de surveillance. Une pièce longue et étroite où une foule compacte se pressait, à présent, à bonne distance du corps pendu à l'un des tuyaux d'évacuation courant sous le plafond.

— Il s'appelait B.D. Cavanaugh, déclara le directeur. Il travaillait ici depuis neuf ans. Sans histoires.

La pendaison était, après les armes à feu, la méthode la plus courante pour se suicider. Archie n'en voyait pas l'intérêt. Trop difficile à maîtriser. Bien sûr, si on avait de la chance, la moelle épinière se rompait, provoquant une mort instantanée. Ou encore la compression des carotides, voire un malaise vagal, pouvaient permettre de mourir relativement paisiblement. Mais dans le cas contraire, la moelle tenait bon, les carotides continuaient de pomper, et l'on crevait par strangulation, lentement, dans des douleurs atroces.

Le maton n'avait pas eu de chance. Il avait le visage boursouflé et décoloré, les yeux injectés de sang. Sa langue pendait entre ses lèvres bleuies et un filet d'urine à l'odeur douceâtre avait coulé le long de son pantalon pour former une flaque sur la moquette, là où ses pieds frôlaient le sol.

— C'est lui le type qui a agressé Gretchen? demanda Archie.

L'odeur d'urine se mélangeait au parfum âcre des boules de naphtaline roses dans les urinoirs.

— Il avait accès à sa cellule, répondit le directeur. Il était de service. Et regardez ses mains.

Le bout des doigts du gardien était bleu et ses avant-bras étaient zébrés de fines écorchures.

Le regard du directeur s'attarda sur l'érection spectaculaire qui gonflait le pantalon du pendu.

— Vous avez déjà vu une chose pareille ?

— Le sang s'accumule dans la partie inférieure du corps, expliqua Archie d'un ton détaché. Les tissus se tendent au maximum. Ça va dégonfler dès qu'il sera à l'horizontale.

— Alors il ne bande pas ?

— Faites un prélèvement sur son sexe. Je veux comparer l'ADN avec celui retrouvé sur Gretchen.

Archie s'était préparé à ce qu'il allait ressentir face à l'agresseur de Gretchen, mais il n'éprouvait que frustration devant ce corps suspendu. Parce qu'il ne pouvait pas le fracasser contre un mur ? Ou l'arrêter ? Parce qu'il ne pouvait pas jouer les chevaliers blancs pour Gretchen ?

Il n'arrivait pas à se débarrasser d'un sentiment de culpabilité pour ce qui s'était produit. Gretchen n'était pas dans la prison pour femmes. On l'avait placée dans le quartier d'isolement, situé dans le bloc des hommes, si bien que les gardiens étaient presque tous des hommes. Elle était mince mais dangereuse. Elle avait su trouver cent manières différentes de tuer. Mais ce gardien était corpulent, au moins cent vingt kilos, et Archie voyait bien comment il avait pu la maîtriser.

— Il a essayé de l'étrangler, expliqua le directeur. Il lui a cassé la clavicule. D'après le toubib elle était inconsciente pendant le viol.

— Mon Dieu ! s'exclama Archie.

— Et après ça il se pend ? ricana Henry. Pratique !

Archie le regarda de travers.

— Quoi ? Tu ne la crois pas capable de monter ce genre de mise en scène ? poursuivit Henry.

— Jusqu'à preuve du contraire, c'est elle la victime.

Henry désigna le corps d'un mouvement de tête.

— Divorcé récemment?

— Sa femme l'a quitté l'année dernière, répondit le directeur.

— Tu vois, il correspond au profil.

Gretchen avait utilisé Internet pour trouver des hommes seuls faciles à manipuler. Elle restait avec eux un moment et les poussait à tuer pour elle avant de les exécuter. Elle avait procédé de cette façon au moins à trois reprises. Qu'elle ait, d'une manière ou d'une autre, convaincu le gardien de mourir pour elle, ou à cause d'elle, semblait du domaine du possible.

— Il a laissé un mot? demanda Archie.

Le directeur désigna la salle de bains contiguë au vestiaire. Archie et Henry le suivirent. Il y avait deux douches, trois toilettes, une rangée d'urinoirs, et deux lavabos. Sur le miroir, au-dessus des bacs, au feutre rouge, quelqu'un avait dessiné un cœur.

Archie se surprit à porter inconsciemment la main à sa poitrine, sur la cicatrice en forme de cœur dont la boursouflure soulevait le coton de sa chemise. Il fourra la main dans sa poche et trouva sa boîte à pilules.

— Un cœur, c'est sa signature, non? s'enquit le directeur.

— Exact, répondit Archie.

Il sortit la boîte, l'ouvrit et avala trois cachets. Sa main tremblait.

— Il faut faire tourner les gardiens, dit-il. C'était une erreur de la laisser en contact avec des hommes. Désormais, seules des femmes l'approcheront. Des Tic Tac, vous en voulez un?

Le directeur le regarda bizarrement et secoua la tête. Archie jeta un coup d'œil à son image encadrée dans le cœur rouge sur le miroir.

— C'est de ma faute, lâcha-t-il. J'aurais dû prendre davantage de précautions. J'aurais dû venir ici plus souvent.

— Elle te manipule, dit doucement Henry.

— J'avais besoin d'un break, dit Archie à son image dans le miroir. Maintenant, ça va, je peux faire face.

Il se tourna vers le directeur.

— Épluchez les mains courantes. Visionnez les enregistrements. Interrogez le personnel. Je veux savoir s'ils avaient une liaison.

Le directeur devint écarlate en comprenant où Archie voulait en venir.

— Vous pensez qu'elle le baisait depuis le début ?

Archie sentit son estomac se nouer. Un vague sentiment de jalousie.

— Espérons que non.

16

À la maison, Archie avait la télévision dans son bureau, sans le son. C'était le premier poste que Debbie et lui avaient acheté ensemble pour leur chambre à l'université. Un 67 centimètres Panasonic. Son prix leur avait paru exorbitant à l'époque. À présent il leur semblait vieux et moche. Debbie avait fait l'acquisition d'un écran plat pour le salon. Pourtant Archie ne pouvait se résoudre à se séparer du vieux poste. Il avait une trop grande valeur sentimentale.

Il avait mis les infos locales en espérant qu'il y aurait quelque chose sur les victimes du parc, mais les chaînes diffusaient en continu la nouvelle de la mort du sénateur. On parlait déjà de donner le nom de *Castle International* à l'aéroport.

Archie se demanda ce que Molly Palmer pensait de tout cela.

Il sortit du placard quatre cartons contenant les dossiers des disparitions, et vida le premier sur son bureau. Il contenait 108 dossiers de disparitions dans le nord-ouest entre 1995 et 2005, période durant laquelle Gretchen avait sévi. Certaines étaient probablement des fugues, des problèmes de garde d'enfants, ou simplement des impasses. Mais nombre de personnes avaient été torturées et assassinées, et seule Gretchen savait lesquelles. Archie connaissait chaque photo, chaque histoire. Il avait rencontré les familles des disparus

– beaucoup de familles – en quête d'indices, de détails, suggérant que tel ou tel aurait pu attirer l'attention mortelle de Gretchen. Quelque chose dans leur façon de s'habiller, de se tenir; les endroits qu'ils fréquentaient. Mais c'était le problème avec Gretchen, impossible de dresser le profil de ses victimes. Elle tuait n'importe qui.

Il éprouvait une certaine satisfaction à examiner de nouveau ces dossiers. Personne ne les maîtrisait mieux que lui. Il n'était pas capable d'identifier une fille morte dans un parc, mais cela, il pouvait le faire. D'une manière ou d'une autre il avait passé l'essentiel de sa carrière à travailler sur l'affaire de l'Artiste. C'était bon de recommencer.

Il sourit pour lui-même. Il irait voir Gretchen dimanche et elle lui révélerait l'emplacement d'un autre corps. Ainsi une autre famille aurait des réponses à ses questions. Une autre enquête serait bouclée. Lui et Gretchen retrouveraient enfin leur routine. Rien que d'y penser, Archie se sentait… heureux.

Il mit deux Vicodine dans sa bouche et se leva pour aller chercher de l'eau dans la salle de bains. Quand il ouvrit la porte de son bureau, son verre à la main, il fut surpris de trouver Henry et Debbie dans le couloir, comme s'ils s'apprêtaient à entrer.

Il s'arrêta net.

— J'ignorais que tu étais là, dit-il à Henry.

Il regarda Debbie, mais celle-ci détourna les yeux.

— Je voulais parler à Debbie, expliqua Henry.

— Que se passe-t-il? demanda lentement Archie en faisant tourner le verre vide dans sa main.

Henry se pencha en avant et jeta un coup d'œil dans le salon. Les enfants s'y étaient installés pour regarder une vidéo.

— On peut parler dans ton bureau?

Archie baissa la tête et contempla son verre, lisse dans sa main. Les cachets formaient une boule dure et commençaient à lui brûler la gorge.

— J'aimerais juste aller chercher un peu d'eau.

— Je m'en occupe, déclara Debbie en s'emparant du verre.

— Vous voulez m'annoncer votre mariage ?

Henry n'esquissa pas l'ombre d'un sourire. Il regarda de nouveau les enfants dans le salon avant de s'adresser à Archie.

— Allons dans ton bureau.

Archie regagna son antre et s'assit à sa table de travail. La télé diffusait une rétrospective de la carrière de Castle, à l'époque de sa première victoire électorale. Les dossiers s'entassaient sur le bureau, à côté du carton vide. Il avait déjà une petite idée sur la façon de s'y prendre avec Gretchen pour lui faire avouer ses crimes, mais il sentait bien que le moment était mal choisi pour parler. Henry ne s'assit pas. Il se planta au milieu de la pièce, se passa la main sur la tête, et lâcha :

— J'ai fait transférer Gretchen.

Les cachets se coincèrent dans la gorge d'Archie.

— Quoi ?

— J'ai signé un ordre de transfert pour Lawford, déclara Henry en regardant son ami droit dans les yeux.

Archie scruta désespérément le visage de son ami pour y trouver une explication.

— Mais, c'est à l'autre bout de l'Oregon.

— Tu ne pourras plus la voir. Tu es rayé de la liste de ses visites. Plus aucun contact. Plus de lettres. Plus de coups de téléphone. Plus de visites. Point barre.

Archie sentit le sol se dérober sous lui. Il déglutit pour faire descendre les cachets, des remontées acides lui brûlaient l'estomac. Mais les comprimés résistaient. Il secoua la tête.

— Tu ne peux pas faire ça.

— C'est fait, répondit doucement Henry.

— J'appelle le maire.

Archie commença à tousser et porta la main à sa poitrine.

— Ça va ? s'inquiéta Henry.

— J'ai juste besoin d'un peu d'eau.

— Debbie, l'eau, cria Henry.

Il était voûté. Archie ne lui avait jamais vu l'air aussi désolé, ou aussi déterminé.

— J'ai discuté avec Amigo. On est sur la même longueur d'onde.

Le maire, Bob « Amigo » Anderson, avait dirigé la Brigade Spéciale avant Archie. Il avait continué de la financer lorsqu'il était devenu chef de la police et, en tant que maire, il avait toujours veillé à ce qu'Archie ne manque de rien. Il n'agissait pas par altruisme, mais parce qu'il connaissait la valeur d'une bonne publicité.

— Et le projet d'identification des victimes ? demanda Archie.

Ils avaient besoin de lui. Amigo avait besoin de lui. Personne ne connaissait le dossier des victimes de l'Artiste aussi bien que lui.

— Elle peut faire ses révélations à quelqu'un d'autre. Ou à personne. Le jeu n'en vaut pas la chandelle.

— J'ai besoin de la voir, concéda Archie.

Il détestait le son de sa voix. Éperdu. Désespéré. Henry, Debbie, Amigo... Tous l'avaient trahi. Il leva les yeux et vit sa femme sur le pas de la porte, le verre à la main.

— Je t'en prie, implora-t-il.

Mais Henry était inflexible.

— Tu ne peux plus rien faire. La décision est prise, elle sera transférée demain. En attendant, elle est au secret. C'est terminé.

Non. Henry ne pouvait pas faire une chose pareille. C'était Archie le chef de la Brigade Spéciale, ils ne pouvaient pas le mettre sur la touche comme ça. Il se leva, s'empara du téléphone posé sur son bureau et composa le numéro du pénitencier qu'il connaissait par cœur. Les cachets le brûlaient. Il toussa. Le téléphone sonna. Quelqu'un décrocha.

— Bonjour, Tony. C'est Archie Sheridan. Il faut que je parle à Gretchen. Je pars à l'instant. Tu peux t'assurer qu'elle sera prête ?

Il perçut une légère hésitation.

— Elle est au secret, monsieur. Aucune visite autorisée.

— Et lui apporter un téléphone ?

Nouvelle hésitation. Archie se sentit gêné pour Tony.

— On a reçu ordre de ne pas vous laisser lui parler.

— C'est pas grave, rétorqua Archie en raccrochant, c'est pas grave.

Les cachets le consumaient, une douleur familière. La soude que Gretchen l'avait forcé à ingurgiter avait brûlé et perforé son œsophage. Il avait mis des mois à récupérer après son passage au bloc. Il resta un moment debout, le combiné à la main, puis le lança de toutes ses forces contre le mur blanc de son bureau. L'appareil se fracassa contre la cloison et retomba en deux morceaux. Les batteries roulèrent sur le sol. Debbie en eut le souffle coupé et lâcha le verre. Elle se baissa pour le ramasser. Il était tombé sur la moquette sans se briser. Elle contempla d'un air perdu la petite flaque qui imbibait le sol tapissé.

À cet instant, Archie la détesta.

— Tu étais au courant, accusa-t-il.

Surprise, elle leva les yeux.

— Henry vient de me l'apprendre.

Le regard blessé de Debbie cueillit Archie au creux de l'estomac. Il sentit ses jambes flageoler et s'effondra à genoux devant son bureau. Il laissa tomber sa tête et noua ses mains sur sa nuque. Pourtant Gretchen continuait d'occuper toutes ses pensées.

— Je sais que j'ai besoin de soins, admit-il.

Il se sentait désespéré, son cœur battait à tout rompre. Son cerveau cherchait désespérément des arguments pour convaincre Henry de changer d'avis. N'importe quel argument.

— Annule le transfert. Je peux me ressaisir. Tout ce que tu voudras, mais j'ai besoin de la voir.

La voix d'Henry était parfaitement maîtrisée, un ton qu'Archie lui avait entendu employer mille fois avec des suspects.

— Tu as passé des mois sans la voir. Tu allais mieux.

Le sang d'Archie battait dans ses tempes. Il serra le haut de son nez entre le pouce et l'index.

— Non, je n'allais pas mieux, dit-il en riant tristement.

Debbie s'approcha et s'agenouilla près de lui.

— Archie, on fait ça pour ton bien.

— J'ai besoin d'elle, répéta Archie dans un murmure à peine audible, les cachets toujours coincés dans la gorge. Vous croyez m'aider, mais ça ne fera qu'aggraver les choses.

Debbie lui prit la tête entre ses mains.

— Tu me manques tellement.

Il la regarda droit dans les yeux. Il ne reconnaissait pas ses paumes contre ses joues, elles lui semblaient étrangères.

— Laissez-moi. Tous les deux. Laissez-moi.

Debbie retira ses mains et se releva.

— Archie ? lança Henry.

Celui-ci leva la tête. Derrière son ami et sa femme il vit la télévision. On sortait la voiture de la Willamette. La veuve du sénateur pleurait.

— Donne-moi ton arme, dit Henry. Je vais coucher sur le canapé ce soir. Je te la rendrai demain.

— Pas de problème.

Il tendit le bras, récupéra les clés sur son bureau, les lança à Henry. Puis il regarda celui-ci ouvrir le tiroir, sortir le revolver de service, s'assurer que le magasin était bien vide et refermer le tiroir. Quand il eut terminé, Henry posa sa grosse patte sur l'épaule d'Archie et l'y laissa un moment.

— Je suis désolé, souffla-t-il.

Archie n'aurait su dire s'il était désolé d'avoir transféré Gretchen, de lui avoir pris son arme, ou d'avoir comploté avec Debbie. Quelle importance !

Et puis de toute façon, s'il voulait se suicider, il n'utiliserait pas son revolver. Il aurait pris des cachets. Gretchen l'aurait deviné, elle.

17

Archie se réveilla tout raide. Il avait passé la nuit sur le convertible du bureau et n'avait pas encore pris ses premiers cachets. Chaque jour il ouvrait les yeux avec l'impression d'avoir la grippe. Il eut tout d'abord conscience de la raideur dans ses bras et ses jambes, de la douleur dans ses côtes et de son mal de tête, puis de la présence de Sara à côté de son lit, prête pour l'école, vêtue d'une combinaison rouge et d'un T-shirt rose.

La télé était toujours allumée. Une vue aérienne montrait des flammes qui emplissaient tout l'écran. La chaîne locale avait abandonné le deuil sénatorial pour couvrir un feu de forêt dans le centre de l'Oregon. L'actualité évoluait.

— Henry fait des œufs, dit Sara.

Il perçut alors l'odeur des œufs, du sel et du bacon qui flottait dans l'air. Il en eut l'estomac retourné.

— Papa, il faut que tu te lèves.

Il se frotta les paupières et regarda sa montre. Il était six heures et demie. Sara lui prit la main et commença à le tirer. Il portait le pantalon de pyjama que Debbie lui avait acheté pour Noël quelques années plus tôt, mais sans la chemise. Lorsqu'il se redressa, la couverture glissa et découvrit son torse couturé de cicatrices. Il sentit l'air frais et vit Sara écarquiller les yeux. Il baissa la tête et contempla son corps meurtri. Il dégagea sa main et remonta la couverture jusqu'au cou. Il s'attendait à ce que Sara ait un mouvement de recul, mais elle se pencha vers lui et le prit par le cou.

— Moi aussi, j'ai des cicatrices, murmura-t-elle.

Elle repoussa ses cheveux pour lui montrer le trait fin d'une minuscule cicatrice, souvenir d'une chute de luge quand elle avait trois ans.

Archie l'effleura. Elle était si ténue qu'il la sentit à peine sous ses doigts, rien à voir avec les entailles qui zébraient sa peau. Quand il passait la main sur ses propres balafres, il imaginait parcourir la surface d'une autre planète.

Il posa ses lèvres sur la petite cicatrice et embrassa Sara sur le front.

— File manger tes œufs. J'arrive.

Il attendit que sa fille eût quitté la pièce et refermé la porte pour repousser les couvertures. Archie s'assit alors sur le bord du lit et tâta sa cicatrice en forme de cœur. Il prenait plaisir à la toucher à présent et promena ses doigts dessus un long moment avant de récupérer son pantalon, et les cachets dans la poche.

Il jeta un coup d'œil aux infos qui défilaient en bas de l'écran de la télé. Deux incendies venaient de se rejoindre.

*
* *

Il prit une douche et se rasa. Les médicaments commencèrent à agir sous la pluie chaude de la douche et, le temps qu'il ait fini de se raser, la Vicodine lui procura une agréable sensation de bien-être. Elle provoquait une sorte de bourdonnement sourd dans sa tête qui étouffait la culpabilité. Parfois, il envisageait d'arrêter. Mais seulement le matin au réveil. Jamais une fois qu'il planait.

Il enfila un pantalon marron, une chemise assortie, et gagna la cuisine. Les enfants avaient fini de déjeuner. Henry était au fourneau. Il avait emprunté le tablier de chef de Debbie et préparait des œufs brouillés. Sa tête était rasée de frais et il ne portait pas les mêmes vêtements que la veille. Il avait tout donc prévu venant même avec son sac. Il leva les yeux vers Archie et sourit.

— On dirait un employé d'UPS.

Sara courut vers son père, cognant sa boîte-repas contre la cuisse d'Archie. Ben resta où il était, près de Debbie.

La petite regarda son père.

— J'ai dictée, aujourd'hui.

— Tu es en CP.

— Henry me posait des colles.

— Elle est meilleure que moi en orthographe, lâcha Henry.

Debbie s'approcha, posa la main sur la tête de Sara et embrassa Archie sur la joue.

— À ce soir. Henry a promis de garder les enfants. On pourra sortir, se changer les idées.

— Bien sûr.

Elle hocha la tête et prit Sara par la main.

— En route. Ben, fais une bise à ton père.

Le gamin s'avança en traînant des pieds et Archie se pencha pour permettre à son fils de l'embrasser.

— Je t'aime, papa. B.A.B.A, dit Sara.

— P.A., la reprit Archie.

Une fois Debbie et les enfants partis, Archie se servit une tasse de café et s'assit. Les assiettes étaient toujours sur la table, miettes de pain, jaune d'œuf et gras de bacon.

— Henry, mon revolver.

Son collègue ouvrit un placard haut au-dessus de la cuisinière et en sortit l'arme qu'il posa devant son ami.

— Il n'est pas chargé, l'informa-t-il.

Archie prit l'arme et la tint un moment entre ses mains avant de la glisser dans le holster fixé à sa ceinture.

— Tu veux qu'on discute? demanda Henry.

— Elle est en route?

— Ouais.

— Alors inutile de discuter.

Avant qu'Henry ne réponde, le portable d'Archie sonna. Il le sortit de sa poche, l'ouvrit, et le porta à son oreille.

— C'est moi, annonça Susan Ward. Je sais qui est votre inconnue.

18

La morgue de Portland se trouvait au sous-sol d'un bâtiment beige à la façade en stuc situé dans le nord de la ville. Si l'on en croit ce que l'on voit à la télé, toutes les morgues sont installées en sous-sol. Les murs intérieurs étaient beiges eux aussi tout comme le lino et les blouses stériles en papier que Susan et Archie devaient porter. Il y avait une rangée de lits métalliques à roulettes, beaucoup de balances, et des conteneurs sinistres. Quatre profondes rigoles creusées dans le sol permettaient de nettoyer et d'évacuer le sang au jet en fin de journée. À environ trois mètres de hauteur, des fenêtres aveugles laissaient passer une étrange lumière blafarde et, sur une étagère sous les fenêtres, on avait entassé toutes sortes de plantes en pot : chlorophytums, caoutchoucs, fougères.

— Cet endroit sent le dissolvant, commenta Susan.

— Allez-vous enfin me dire qui c'est ? demanda Archie.

Elle avait proposé à Archie de le retrouver sur le parking de la morgue. Quand elle était arrivée, avec un quart d'heure de retard – ce qui pour elle relevait de l'exploit – il l'attendait. Elle ne vit pas Henry.

— Je veux d'abord en être certaine.

Le corps reposait sous une bâche en plastique noir, le genre de truc qu'on mettrait sur un tas de bois. Une technicienne venait de l'amener. Sous sa blouse stérile beige, elle portait un pantalon en velours, des sabots, un pull à col cheminée et des chaussettes en laine, une tenue d'hiver en plein été. Sans doute faisait-il froid en salle d'autopsie. Sur un signe de tête d'Archie elle ouvrit le sac et replia l'épaisse toile noire.

La morte n'avait plus de visage. Archie avait eu beau la prévenir, Susan n'était pas préparée à ce spectacle. La mâchoire inférieure pendait, découvrant, dans une bouche sans lèvres, deux rangées de dents légèrement écartées et une langue noire comme un fruit talé. Le sang coagulé sur ses joues et dans ses orbites vides ressemblait à de la gelée de raisin. Susan se demanda comment les médecins légistes parvenaient à manger.

Elle baissa les yeux et s'aperçut que sa main se cramponnait au poignet d'Archie. Son cœur battait à cent à l'heure et une boule s'était formée dans sa gorge. Mais elle se força à regarder. Pour trouver quelque chose. Un indice. Un détail familier.

Soudain elle le vit.

— Oh, mon Dieu!

Elle sentit Archie dégager son poignet et refermer la main sur la sienne.

— Alors, dites-moi.

Susan ne pleurait pas. Pas vraiment. Des larmes coulaient sur ses joues et tombaient sur le pull péruvien noir de sa mère, tricoté main et garanti commerce équitable. Elle avait froid dans le cou, là où les larmes laissaient leur traînée salée. Elle frissonna, se répétant que ce n'était pas sa faute. Parker. Le sénateur. Rien. Juste un article. Elle était journaliste. Le public avait le droit de savoir.

— C'est Molly Palmer, finit-elle par répondre.

19

Archie regarda le cadavre allongé sur la table devant lui.

— Vous êtes en train de me dire que c'est votre source sur l'affaire Castle ? Que la femme retrouvée morte la veille du jour où le sénateur est tombé du pont est celle-là même qui s'apprêtait à le déshonorer publiquement.

Susan hocha la tête.

Il considéra le visage digne d'un squelette de Halloween, la peau marbrée, boursouflée.

— Comment pouvez-vous en être sûre ?

Elle leva la main et tira sur une de ses mèches turquoise.

— J'ai fini par réussir à joindre sa colocataire hier soir. Elle m'a dit que Molly s'en était allée, qu'elle avait laissé un mot et était partie. Mais avant, elle s'était teint les cheveux. Elle travaillait comme strip-teaseuse, et les blondes se font plus de pourboires. Seulement elle voulait arrêter.

Susan lâcha sa mèche, mais celle-ci resta enroulée autour de son doigt.

— Donc elle s'est teinte en roux. *Cannelle cuivrée.* Sa coloc a trouvé la boîte dans la poubelle.

Identifiée grâce à la couleur de ses cheveux. Archie s'imaginait rencontrer le procureur, avec Vidal Sassoon désigné comme expert.

— Vous ne le prendrez pas mal si je demande une vérification de ses empreintes dentaires ? demanda Archie.

C'était dingue. Une intuition. Fondée sur une teinture capillaire. Mais pourquoi pas ? Il sortit son portable et appela Lorenzo Robbins. Il tomba sur son répondeur et laissa un message détaillant tout ce qu'il savait sur Molly Palmer. Elle était allée au lycée à Portland, il y avait des chances qu'on trouve des radios dans son dossier.

— Quand lui avez-vous parlé pour la dernière fois ?

Susan secoua la tête.

— Je n'arrivais pas à la joindre. Mais j'avais souvent du mal. Je savais que la sortie de l'article la rendait nerveuse.

Elle tira sur les manches de son pull.

— Et puis elle était blonde. Vous m'aviez dit que la fille du parc avait les cheveux roux. Molly était blonde.

— Est-ce qu'elle se droguait ?

Les examens toxicologiques prendraient six semaines, mais sa mort faisait beaucoup penser à une overdose.

— Ouais.

Donc elle avait les cheveux roux. Elle avait disparu. Et elle se shootait.

— Héroïne ? demanda Archie.

— Elle ne s'est pas suicidée, dit Susan d'une voix tremblante. Et Parker n'était pas ivre. Parker était tout le temps ivre, mais jamais au point de perdre le contrôle de sa voiture et de tomber d'un putain de pont.

À présent elle se tenait bras croisés, les mains perdues dans les manches de son pull.

— Molly ne prenait pas de l'héroïne frelatée. Elle se droguait régulièrement. Elle devait avoir un fournisseur attitré, quelqu'un de confiance.

Susan posa ses grands yeux verts sur Archie.

— Quelqu'un l'a tuée. Castle était humilié. Il a dû s'arranger pour la faire venir ici et lui donner de la mauvaise came. Ensuite il s'est balancé du pont avec Parker.

Putain, il ne lui manquait plus que ça.

— Il faut que je voie toutes vos notes sur l'affaire Castle. Tout ce que vous avez.

Susan accusa le coup et secoua la tête.

— Je ne peux pas faire ça. Je ne peux pas donner mes notes à la police.

Elle contempla le corps sur la table, les mains dans ses manches, sans cesser de secouer la tête.

— Parker n'aurait jamais accepté ça.

Archie jeta un coup d'œil à sa montre. Il était presque neuf heures. Pour emmener Gretchen à Lawford ils allaient emprunter l'autoroute I-5, puis rejoindre la 84 en direction de l'est. Cela voulait dire qu'ils allaient traverser Portland. Il percevait la présence de Gretchen. Il la sentait se rapprocher.

— Vous êtes venue en voiture?

— Oui.

— Vous pouvez m'emmener? J'aimerais vous montrer quelque chose.

Susan ne réagit pas.

— Faites-moi confiance.

Elle resta un moment sans répondre. Archie entendit de l'eau couler dans un tuyau au-dessus de sa tête, comme si quelqu'un tirait une chasse d'eau, ou nettoyait un cadavre au jet. Puis Susan décroisa les bras et remonta ses manches.

— D'accord. Allons-y.

Archie appela Henry sur son portable.

— Je serai en retard ce matin. Je vais montrer les cartons de Parker à Susan.

*
* *

Ils arrivèrent chez Archie. Susan y était venue une fois interviewer Debbie pour écrire ses articles sur Archie et la Brigade Spéciale. Elle observa le policier, debout sur le seuil, les yeux rivés sur ses clés comme si elles représentaient quelque chose de triste et de précieux à la fois. Il ouvrit la porte.

Une légère odeur de petit déjeuner flottait encore dans la maison. Œufs, bacon, sel. Elle imagina la famille Sheridan, assise autour de la table, en train de s'encrasser les artères et de se regarder avec adoration. Une fois, quand Susan avait dix ans, Felicity avait décidé de faire le petit déjeuner elle-même. Elle avait passé le week-end à préparer son propre müesli et en avait donné à sa fille tous les matins pendant une semaine. Susan avait mis un mois pour retrouver un transit normal.

— Par ici, dit Archie.

— Où allons-nous ?

— Dans mon antre.

Elle découvrit un bureau, des étagères croulant sous les livres, un vieux poste de télévision, des photos encadrées et des citations au mur, des panneaux d'affichage couverts de papiers et un convertible déplié. Elle s'efforça de cacher sa surprise en voyant le canapé-lit. Ainsi Archie ne dormait pas avec sa femme, ou plutôt son ex-femme, ou… de toute façon, cela ne la regardait pas.

Il ne chercha pas à lui fournir la moindre explication. Il ne sembla même pas remarquer l'étonnement de la journaliste. Il alla jusqu'au placard et ouvrit avec précaution les portes accordéon. Puis il tira sur une chaînette qui alluma la lumière.

À l'intérieur, collées sur le mur du fond, des dizaines de clichés. Des photos d'identité, des photos prises à la morgue. Les victimes de Gretchen.

— Mon Dieu ! s'exclama Susan.

Il ne dit rien. Il se baissa et sortit un gros carton, puis un autre, et encore un autre. Sur chaque boîte, au feutre rouge, quelqu'un avait écrit « *L'Artiste* ». Elle reconnut l'écriture serrée de Quentin Parker.

— Ce sont ses notes, déclara Archie d'un ton neutre en posant le troisième carton sur le deuxième.

— Comment les avez-vous eues ?

Archie s'assit à son bureau et s'amusa à faire tourner un stylo entre ses doigts.

— Il me les a prêtées.

— Pourquoi ?

— Il avait interviewé beaucoup de gens. Je lui ai demandé si je pouvais voir les transcriptions, pour aider à l'identification des victimes.

Susan posa les yeux sur les boîtes, puis sur Archie.

— Il vous a donné ses notes ?

— Prêtées. Et maintenant je vous les prête.

Elle s'approcha de la pile de cartons et effleura celui du dessus du bout des doigts. Les notes de Parker. Presque treize ans d'enquête sur l'Artiste. Elle sentit un sourire s'épanouir sur son visage et se reprit aussitôt. Merde, quelle enfoirée elle faisait ! Parker était mort et elle jouait les vautours sur son cadavre. Elle ne valait pas mieux que Ian et tous les autres. Pourtant sa main restait posée sur la boîte.

— Une fois, Parker a passé un mois en prison pour avoir refusé de dévoiler ses sources.

— Je sais, répondit Archie d'une voix si basse qu'elle l'entendit à peine. Mais là, c'était différent. Gretchen avait été arrêtée.

Il posa le stylo sur son bureau, devant un petit cadre. Susan ne voyait pas la photo, mais elle imaginait la famille réunie autour d'un sapin de Noël, ou alignée devant une clôture en bois.

— Je tenais à ce qu'elle reconnaisse avoir tué Heather Gerber, la fille du parc, il y a treize ans. Elle n'a jamais voulu. Tout le monde se foutait pas mal d'Heather, sauf Parker.

— Et vous.

Archie se gratta le front, juste au-dessus d'un sourcil. Il ne quittait pas le cadre des yeux.

— Gretchen avait extrait le cerveau d'Heather par le nez, en utilisant un crochet.

Il avait l'air fatigué et parlait d'une voix blanche.

— Ça ne se voyait pas. La tête semblait la seule partie du corps à avoir été épargnée par Gretchen. Le médecin légiste m'a appelé tard un soir, et je me suis rendu à la morgue. Quand il a retiré la calotte crânienne, là où aurait dû se trouver le cerveau, il n'y avait plus qu'une sorte de bouillie. Comme une préparation pour gâteau.

— C'était votre premier homicide, n'est-ce pas?

Susan s'assit sur le bord du bureau et se pencha pour poser la main sur le poignet d'Archie. Une impulsion idiote. Complètement incongrue. Mais elle avait éprouvé le besoin impérieux de le toucher. Il fallait qu'elle établisse un contact. La jeune femme sentit son pouls battre sous sa main.

Pendant un moment, ni l'un ni l'autre ne bougèrent. Puis il retourna le poignet et lui prit la main. Le cœur de Susan s'accéléra et elle ressentit l'envie irrépressible de rire comme une gamine, si bien qu'elle eut presque peur de le regarder. Comme si ce n'était pas déjà assez gênant d'être dans son espace privé, là où il dormait. Elle se força néanmoins à lever les yeux et le découvrit en train de la regarder si tendrement que, l'espace d'une seconde, elle pensa qu'il allait se pencher et l'embrasser. Au lieu de cela il lâcha :

— J'ai besoin de voir toutes vos notes sur l'affaire Castle.

Elle ne put s'empêcher d'éclater de rire. Les larmes lui brûlaient les yeux, elle avait le visage en feu.

— Archie…

Il lui serra la main plus fort.

— Susan, vous ne devez pas vous embarquer dans une histoire avec moi.

Comme pour souligner ses paroles il retourna le cadre posé sur son bureau. La photo qu'il avait chaque jour sous les yeux ne montrait pas sa famille. Ni de sapin de Noël. Ni de clôture en bois. C'était une photo d'école, celle d'une adolescente. Susan la reconnut. La première victime de Gretchen. Heather Gerber.

— Alors, vos notes?

La journaliste aperçut quelque chose dans le jardin et se figea.

— Que se passe-t-il?

Il y avait des flics dehors. Des rideaux beiges couvraient la moitié des deux fenêtres du bureau, mais elle vit très nettement les flics et les voitures de police dans la rue, gyrophares allumés. Ils se dirigeaient vers la maison. Archie se retourna pour voir ce qu'elle regardait et se leva.

— Que se passe-t-il ? demanda-t-elle à son tour.

On sonna à la porte. Ou plutôt non. On aurait dit que quelqu'un s'était appuyé sur la sonnette qui n'en finissait pas de carillonner, frénétique, impérieuse. Puis une volée de violents coups de poing s'abattit sur la porte.

Archie sortit son portable de sa poche. Susan ne s'était pas rendu compte qu'il sonnait. Il le porta à son oreille tout en se dirigeant à grands pas vers l'entrée. La jeune femme resta perchée sur le bureau.

— Ne bougez pas, lui lança-t-il.

— Ne vous inquiétez pas.

Elle entendit la porte d'entrée s'ouvrir et aussitôt des pas lourds se précipiter. Elle regarda de nouveau par la fenêtre. Un flic en uniforme se tenait derrière la vitre. Il lui adressa un signe de la main. Elle se retourna vers la porte au moment où Henry entrait dans le bureau, le visage rouge brique, le portable à l'oreille, son arme à la main, quatre flics en uniforme sur les talons.

— Putain, qu'est-ce qui se passe ? demanda Archie.

Un voile de sueur recouvrait le visage d'Henry. Il ne rangea pas son revolver.

— Gretchen s'est évadée il y a environ une demi-heure. La dernière fois qu'on l'a vue, elle se trouvait à quinze kilomètres d'ici.

Archie toussa, se pencha en avant, et vomit sur la moquette.

20

— Fouillez-moi toute la maison, aboya Henry. La cour, le garage, tout.

Archie entendait les gens courir. On ouvrait les portes. On entrait dans les chambres. Il croyait rêver. Le goût amer du vomi dans sa bouche lui retourna de nouveau l'estomac. Gretchen savait où il habitait. Les infos avaient montré sa maison un nombre incalculable de fois durant sa captivité. Elle pouvait le trouver. Mon Dieu, il aurait dû se tenir à l'écart. Archie sentit une main se poser sur son épaule. Ce geste lui fit l'effet d'une décharge électrique, il sursauta et ouvrit les yeux. C'était Claire. Il ne l'avait même pas vue entrer.

Elle paraissait calme, sûre d'elle; son regard acéré enregistrait le moindre détail. Elle remarqua le canapé, les cartons de Parker, le collage macabre des victimes de Gretchen dans le placard. Elle tenait son arme de service à la main, un 9 mm à double détente, un gros revolver au tir précis. Elle le pointait vers le sol, bras légèrement plié, si bien qu'en cas de nécessité, elle ouvrirait le feu en une fraction de seconde.

— On va la trouver, lui assura-t-elle.

Archie se détourna. Susan surgit, le feu aux joues, avec une serviette de toilette récupérée dans la salle de bains. Elle se mit à genoux et entreprit de nettoyer le vomi sur la moquette.

— Laissez, dit Archie. Ça n'a pas d'importance.

Mais elle continua de tamponner la serviette grise sur le sol. Ses mains tremblaient. Du coin de l'œil, elle aperçut les armes, l'énergie frénétique des flics dans la pièce et appuya plus fort sur la serviette.

— Ça va, répliqua-t-elle d'une voix à peine audible. Ça va.

— Susan, laissez ça ! répéta Archie, plus fort.

Elle leva les yeux, lâcha la serviette et hocha la tête.

— Debbie et les gosses ? demanda Archie à Henry.

— J'ai envoyé deux équipes les récupérer.

— Que s'est-il passé ?

— On n'en sait foutre rien, dit Henry en rougissant. Ils se sont arrêtés pour faire le plein un peu au sud de la 205. Elle était ligotée et deux adjoints du shérif voyageaient avec elle, un homme et une femme. Un employé de la station-service a remarqué que le fourgon n'avait pas quitté la pompe et il est allé voir. Il a trouvé la femme morte. Gretchen et l'autre adjoint avaient disparu.

Archie secoua la tête. Il était certain qu'elle avait persuadé l'homme de l'aider. Et qu'il était mort à présent. Même salement amochée, Gretchen restait dangereuse. Peut-être était-elle moins blessée qu'elle ne paraissait...

— Putain de merde.

Elle avait tout planifié. Henry et lui n'étaient que deux imbéciles. Les deux plus grands crétins d'Amérique. Il s'assit sur le bord de son bureau et lentement, doucement, commença à rire.

— Tu trouves ça drôle ?

— Elle avait tout prévu. Elle voulait être transférée. Tu ne comprends pas ? Le viol à la prison ? Ce n'était pas moi qu'elle manipulait...

Il pointa un doigt vers Henry. Henry, prêt à tout pour l'aider, prêt à transférer un prisonnier, prêt à mettre un terme au projet d'identification des corps convaincu qu'Archie en sortirait indemne.

— ... c'était toi.

Henry lui lança un regard en coin, un regard traversé par une lueur de compréhension. Celui-ci caressa son crâne chauve d'une main agacée.

— Elle savait comment tu réagirais et elle savait ce que je ferais.

— Exactement.

— Assez discuté, intervint Claire. Il faut vous mettre à l'abri.

Archie ne bougea pas.

— Comment l'a-t-elle éliminée ? L'adjointe ? En général elle ne tue pas ses victimes si vite. Comment a-t-elle fait ?

— Elle lui a tranché la gorge.

— Elle avait un couteau ?

— On l'ignore.

Susan se releva. Ses mains ne tremblaient plus et elle tira sur une mèche de ses cheveux.

— Je ne voudrais pas paraître intéressée, mais avez-vous mis la presse au courant ?

— On garde l'info pour le moment. Le maire craint de semer la panique, répondit Henry.

— Elle va assassiner quelqu'un, intervint Archie en regardant tour à tour Claire et Henry. Elle adore ça. Elle n'a pas eu l'occasion de tuer comme elle aime le faire, lentement, en prenant son temps, depuis près de trois ans. Il faut avertir les gens.

Claire regarda sa montre et s'adressa à Henry :

— Il faut y aller.

— Non, rétorqua Archie en secouant la tête, elle doit pouvoir me trouver.

— C'est exactement le contraire de ce que nous voulons, dit Claire.

— Vous voulez la capturer ou pas ?

— À l'heure qu'il est, elle est probablement loin d'ici, répondit Henry, en route pour le Canada.

Le portable d'Archie sonna. Il le sortit de sa poche et regarda l'écran : *INCONNU*.

— Non, lâcha-t-il, elle n'a pas quitté les environs.

— Allô ?

— Allô, mon chéri, roucoula Gretchen.

Une vague de soulagement le submergea, balayant l'inquiétude, la nausée, la peur. Il se laissa glisser du bureau. Ses doigts crispés sur le téléphone étaient glacés, mais son corps bouillait et sa nuque se couvrit de sueur. Il comprit soudain qu'il ne la craignait pas. Il avait simplement peur de ne plus la revoir.

— Je suis content de t'entendre, lui avoua-t-il.

21

Archie s'efforça d'oublier toutes les personnes présentes dans la pièce, de se concentrer sur le téléphone collé à son oreille, sur Gretchen. Il avait conscience de la main de Claire posée sur son épaule. Il voyait Susan ouvrir son calepin et Henry téléphoner pour donner l'ordre de localiser l'appel. Il leur faudrait deux minutes si elle appelait d'un poste fixe. Il jeta un coup d'œil à sa montre et commença à compter.

Il était 10h46.

— Est-ce qu'ils t'ont mis sous protection, mon chéri?

Archie déglutit.

— Gretchen, il faut que tu te rendes.

Il l'entendit presque sourire au téléphone.

— Je vais te manquer, n'est-ce pas? Comme toi tu m'as manqué. Tous ces dimanches où tu n'es pas venu.

— Je viendrai te voir.

L'estomac d'Archie le brûlait. Il avait la tête prise dans un étau.

— Je viendrai te voir. J'en ai envie. Tu le sais bien.

— Des promesses en l'air.

Henry était toujours au téléphone. Il fallait continuer à la faire parler. Archie chercha la boîte à pilules dans sa poche, en sortit quatre cachets et les mit dans sa bouche. Claire lui tendit un verre d'eau et il les avala.

— Le viol, Gretchen, c'était une mise en scène ?

— Non, je lui ai juste montré de quoi il était capable.

Archie revit le cœur dessiné sur le miroir de la salle de bains de la prison.

— Tu l'as tué ?

Il rendit le verre à Claire qui le reposa sur le bureau à côté de la photo d'Heather Gerber. Il était 10 h 47.

— Quelle importance ?

Archie savait que ce n'était que le début. Si Gretchen restait en liberté, le carnage ne faisait que commencer.

— Le shérif adjoint ? Qu'en as-tu fait ?

— Mort. Mort. Mort.

Archie appuya une main sur sa tempe droite pour calmer la tempête qui agitait son crâne. Susan prenait des notes, enregistrait tout. Il s'en fichait.

— Rends-toi, je ferai tout ce que tu voudras.

— Tu sais ce que je veux.

Elle laissa un instant ses paroles flotter dans l'air.

— C'est toi que je veux. Je t'ai toujours voulu.

Le sang à sa tempe battait plus vite sous ses doigts. Il pressa sa main plus fort encore.

— Je ne peux pas...

— J'aimerais te parler toute la journée, mon chéri. Mais il faut que j'y aille. C'est bientôt l'heure de la récréation.

10 h 48. Archie leva les yeux. Henry était toujours au téléphone. Son visage s'empourpra. Ils avaient localisé l'appel. Henry raccrocha et composa un autre numéro.

— Ici le détective Henry Sobol de la police de Portland. Avez-vous une procédure d'urgence ? Bon. Je veux que vous boucliez l'école.

Archie s'intéressa de nouveau à son propre téléphone.

— Gretchen ? Où es-tu ?

Il entendit Henry continuer de parler, d'une voix pressante, pleine d'autorité.

— Nous avons des raisons de croire que Ben et Sara Sheridan sont en danger. Vous savez qui est Gretchen

Lowell, nous pensons qu'elle pourrait se trouver dans votre établissement.

Archie se sentait déconnecté de son corps. L'effet des cachets, ou le choc, il n'aurait su le dire. Une douce torpeur envahissait son cerveau, sa tête se faisait lourde. Tout cela n'avait aucun sens. Gretchen n'avait pas pu s'évader. Il ne se passait rien. Il continuait d'écouter Henry.

— Elle est dangereuse, j'insiste, très dangereuse. N'essayez pas de l'intercepter. Fermez toutes les salles de classe. Ne laissez personne approcher les enfants. La police arrive. Vous m'avez compris ? Bon.

— Gretchen ?

La torpeur s'estompait, la raison revenait. Sa main serra plus fort le téléphone.

— Je ne m'intéresse à eux que parce qu'ils me font penser à toi, susurra-t-elle.

Et soudain il entendit. Cinq séries de deux sonneries. L'alarme de l'école. Elle se trouvait dans l'école de ses enfants. Elle allait les tuer et anéantir la seule chose qui comptait encore pour lui.

— Au revoir, mon chéri, roucoula-t-elle.

*
* *

Susan vit le téléphone tomber de la main d'Archie. Il était léger et rebondit sur la moquette avant de s'immobiliser. L'écran continua de briller un moment, puis s'éteignit. La pièce empestait toujours le vomi, mais personne à part elle ne semblait s'en soucier.

Archie se leva. Elle savait que l'instant d'avant il était au téléphone avec Gretchen. Elle avait entendu Henry appeler l'école et avait fait le rapprochement. Black-out ou pas, elle suivrait cette affaire. Une licence de lettres, cinq ans de journalisme, et tout cela pour ne rien trouver de mieux à dire que :

— Qu'est-ce qui se passe ?

Henry s'approcha d'Archie et posa une main sur chacun

de ses bras. Archie flancha et, l'espace d'un instant, Susan eut l'impression qu'il se serait effondré sans le soutien de son ami.

— Plusieurs équipes sont en route pour l'école.

— Il faut que j'y aille, dit Archie. Il faut que j'y aille tout de suite.

Henry sembla hésiter, puis finit par lâcher :

— D'accord.

Susan ferma son calepin et s'avança.

— Je vous accompagne.

— Hors de question, rétorqua aussitôt Henry.

Elle n'avait pas l'intention de renoncer, alors elle agita son carnet.

— Vous avez bouclé une école, le black-out est levé. Tous les journalistes de la ville vont rappliquer. Ils sont déjà en direct. Je suis votre meilleure chance de contrôler l'histoire. Sinon, ça va tourner à l'hystérie. C'est ça que vous voulez? L'hystérie?

— Je veux l'arrêter avant qu'elle ne tue quelqu'un.

— Je peux vous y aider, lui assura-t-elle en baissant son calepin et en le regardant droit dans les yeux.

— Elle peut venir avec moi, trancha Claire.

Henry s'inclina et ramassa le téléphone qu'il tendit à Archie, puis il se tourna vers Susan, plissa les yeux et s'essuya le front d'un revers de main.

— Essayez de ne pas vous faire tuer.

22

L'école primaire William Clark se trouvait à 2,3 kilomètres de la maison. Archie avait vérifié. Ben avait insisté, une histoire de pari avec un copain, à qui habitait le plus près. 2,3 kilomètres. Ça paraissait plus loin. Il fallait compter vingt minutes à pied, huit minutes en voiture le matin, et six l'après-midi parce qu'il y avait moins de circulation. Avec la sirène et les gyrophares, il en mettait quatre. C'est ce que faisaient gagner la sirène et les gyrophares, deux minutes. Cent vingt secondes. Cent vingt secondes qui pouvaient tout changer.

Archie connaissait la procédure d'urgence. Les élèves devaient rester en classe, pousser les tables au milieu de la pièce et ne pas s'approcher des fenêtres. On évacuait les couloirs et on fermait toutes les portes, sauf celle de l'entrée principale. Les institutrices éteignaient les lumières et demandaient à leurs élèves de se mettre à quatre pattes. Une autre journée d'apprentissage de la vie publique. Les vieux exercices de course aux abris des années 1950 paraissaient bien loin.

Archie imagina Ben et Sara dans leur classe respective, morts de peur, et il se détestait. Son portable sonna. Il l'ouvrit d'un geste brusque. Son cœur se serra quand il découvrit le numéro. Il avait espéré qu'il s'agirait de Gretchen. C'était Debbie.

— Tu es à l'abri ?

— Je suis à ton bureau, répondit-elle d'une voix glacée. Tu es arrivé à l'école ?

Il jeta un œil par la vitre. Une pancarte enjoignait aux automobilistes de limiter leur vitesse à 30 à l'heure. Henry l'ignora.

— Presque.

— Protège-les, Archie ! le supplia Debbie en s'étranglant sur les mots. Et tue-la ! Promets-le-moi, Archie.

— Je les protégerai.

— Tue-la !

La voiture s'arrêta dans un crissement de pneus et grimpa sur le trottoir devant l'école. Il y avait déjà huit voitures de police sur place, gyrophares allumés, sirènes curieusement silencieuses.

L'école, construite dans les années 1990, était une structure de plain-pied en briques et verre qui ressemblait davantage à un bâtiment universitaire qu'à une école primaire. Elle était située dans un secteur privilégié, un refuge pour les parents qui cherchaient à fuir les écoles défavorisées de Portland. Un endroit sûr et enviable. Jusqu'à aujourd'hui.

— On y est, annonça Archie avant de fermer son téléphone et de dégainer son revolver.

Henry était déjà descendu de voiture et aboyait des ordres en brandissant son badge. Archie ôta le cran de sécurité de son arme et quitta son véhicule. L'adrénaline accentuait l'effet des cachets et il sentait la codéine détendre ses épaules et ses bras.

Juste à temps, se dit-il.

23

Archie ne se rappelait pas avoir enfilé son gilet pare-balles, mais il avait dû le faire, puisque Henry et lui en portaient. En général il n'aimait pas ces protections qui écrasaient ses côtes meurtries, pourtant aujourd'hui, il ne s'en rendait même pas compte.

Lors d'un exercice, la police sécurise les locaux. Elle n'entre pas dans le bâtiment tant que l'agresseur n'a pas été localisé et la situation évaluée. Dans une école, il y a plusieurs centaines d'otages potentiels, et personne ne tient à ce que des gamins soient tués à cause d'un excès de précipitation. Bien sûr l'exercice suppose que le tireur fou soit un élève, un gamin. Les gamins sont, par nature, imprévisibles. Et les gamins armés le sont encore plus. Personne ne veut être obligé de tirer sur un gosse, même un gosse armé. Alors on sécurise, on évalue, on attend.

Cette procédure ne s'appliquait pas à Gretchen Lowell. Elle était prévisible, elle. Elle tuerait jusqu'à ce que quelqu'un l'en empêche.

— On fonce ? dit Archie.

— On fonce, répéta Henry.

Les flics qui avaient répondu les premiers à l'appel étaient entrés en contact avec l'administration. Le personnel avait peur, mais restait calme. L'école était silencieuse, la procédure d'urgence en place.

Au-dessus de la porte d'entrée, Archie lut une plaque : *L'éducation, ce n'est pas remplir un seau, c'est allumer un feu.*

— Yeats.

— Quoi ? demanda Henry.

— Rien.

L'arme au poing, suivis par six flics de banlieue tendus et mal à l'aise, ils pénétrèrent dans l'école. La porte ouvrait sur un vaste hall couvert de moquette. Un tigre en papier mâché grandeur nature, mascotte de l'école, trônait au milieu, face à l'entrée. Il était bordeaux rayé d'orange. À côté de lui, sur une pancarte, ils lurent : *DÉFENSE DE GRIMPER SUR MON DOS.*

Archie était venu à l'école des centaines de fois. Ben était en cours élémentaire et Sara en CP. Les deux enfants avaient fait leur maternelle ici aussi. Il y avait eu les rencontres parents-enseignants, les expositions de dessins, les réunions de parents d'élèves, les matches de basket, les ramassages, et tout le reste…

Non, ce n'était que mensonges.

Debbie était venue des centaines de fois. Le travail d'Archie l'empêchait de se déplacer pour ces occasions. Il devait commencer tôt et finir tard, si bien que c'était elle qui accompagnait les enfants et passait les rechercher. C'était Debbie qui assistait aux réunions de parents d'élèves. Archie, lui, essayait. Il participait autant qu'il le pouvait. Jamais il n'avait manqué une rencontre parents-enseignants. Mais il n'avait pas fait assez d'efforts. Il se promit d'y remédier. S'il les retrouvait en vie, il ferait davantage d'efforts.

— Ben est en salle 6, annonça Archie à Henry. Par là. Au bout du hall. Je m'occupe de Sara. Vous, restez par deux et sécurisez l'école au maximum, ajouta-t-il à l'intention des flics.

Ceux-ci restèrent immobiles un moment à échanger des regards. La seule femme du groupe se racla la gorge. Elle était jeune. Elle ne devait pas travailler dans la police depuis plus d'un an ou deux.

— Si on la trouve, qu'est-ce qu'on fait? finit-elle par demander.

— Tirez, répondit Henry.

— Non, répliqua aussitôt Archie. Elle est dangereuse. Ne l'affrontez pas. Si vous la repérez, appelez-moi par radio.

Henry héla la femme et un flic d'une cinquantaine d'années dont l'âge trahissait l'évident manque d'ambition.

— Vous deux, accompagnez-le. Et si vous la voyez, tirez.

Ils se séparèrent. Archie et son petit groupe s'éloignèrent du tigre grimaçant et quittèrent le hall. Henry partit dans l'autre sens, en direction de la classe de Ben. Sara était en salle 2. Pas bien loin, juste après l'exposition de dessins sur le thème de la plage, des voiliers et du soleil. Les vacances d'été étaient encore loin, mais Sara avait déjà réclamé un stage de cheval. Ils arrivèrent à la porte de la classe. De l'autre côté, contre le mur, Archie aperçut une petite fontaine et, posé par terre, un sac à dos Spiderman abandonné.

Tout était silencieux.

Il essaya de tourner la poignée, en vain. La porte était fermée à clé. Il tapa du poing à deux reprises.

— Police, ouvrez cette porte.

Sa voix résonna dans le silence.

Il entendit du bruit à l'intérieur et la porte s'ouvrit. Il reconnut Mme Hardy, l'institutrice du CP. Elle enseignait depuis trente ans, et ses cheveux roux viraient au gris clair depuis peu. Elle tenait un exemplaire de *Green Eggs and Ham*[1] contre sa poitrine.

Archie baissa son arme tout en laissant son doigt sur le pontet. Il s'était penché vers l'avant et avait basculé le poids de son corps sur la pointe de ses pieds. Il était détendu. On lui avait enseigné cela. À contrôler sa respiration. Détendu, on tire mieux. À condition d'inspirer lentement, et de ne pas penser à ses enfants.

— Je suis le détective Archie Sheridan, dit-il en regar-

1. *Des œufs verts et du jambon*. Célèbre livre pour enfants. *(N.d.T.)*

dant par-dessus l'épaule de l'institutrice. Ma fille, Sara, où est-elle ?

— Je sais qui vous êtes, monsieur Sheridan.

Mme Hardy s'écarta et alluma la lumière. Archie découvrit les enfants assis en cercle au milieu de la pièce. Blêmes, immobiles, les yeux braqués sur lui. Mais pas Sara. Il s'avança et l'appela :

— Sara ?

La panique qu'il avait repoussée le saisit de nouveau. Son cœur s'accéléra. Il sentit la chaleur augmenter sous sa peau. Sa gorge se serra. Il fit un pas vers les enfants.

Reste détendu.

La main de l'institutrice le saisit par le coude et l'arrêta.

— Le principal est venu la chercher. Pour la mettre à l'abri.

Il en eut le souffle coupé. Un soupir de soulagement étouffé le plia en deux. Mme Hardy le serra plus fort.

— Monsieur Sheridan, vous faites peur aux enfants.

Il se vit. Le gilet pare-balles. Le revolver. Les flics à la porte. Les camarades de sa fille le dévisageaient en silence, quelques lèvres se mirent à trembler. Ils n'avaient pas peur de l'alerte. Ils n'avaient pas peur de Gretchen Lowell. Ils avaient peur de lui. Il rangea son arme dans son holster.

— Est-ce que quelqu'un d'autre est venu ? Une femme blonde ?

Il chercha d'autres mots pour la décrire, sans rien trouver.

— Blonde, très belle.

— Non.

Il recula vers la porte en répétant bêtement :

— Désolé. Je suis désolé.

Un petit garçon vêtu d'un sweat-shirt Elmo[1] s'avança vers lui et tendit la main.

— M'sieur, j'peux voir votre revolver, s'il vous plaît ?

Bon Dieu de bon Dieu, pensa Archie tout en répétant :

— Tout va bien. Tout va bien. Je suis désolé.

1. Personnage de *La Rue Sésame. (N.d.T.)*

Il regagna le hall suivi des flics et, dès qu'il se fut éloigné de la classe, arracha son gilet pare-balles et le laissa tomber par terre. Il atterrit sur la moquette avec un bruit sourd.

— Qu'est-ce que vous faites? demanda le plus âgé des policiers.

— C'est une école. On est dans une école, putain!

Henry apparut, son arme à la main. Il parcourut le hall des yeux, son crâne rasé luisant de sueur.

— Le principal est venu chercher Ben, dit-il.

— Et Sara aussi. Le bureau est par là. Vous, rangez vos armes. Faites le tour des salles.

Les flics le regardèrent sans comprendre.

— Rassurez-les.

— Mais, si l'Artiste est toujours là? demanda la femme.

— C'est moi qu'elle veut. Ou mes enfants. Foncez!

Il partit en courant en direction du bureau du principal, Henry sur ses talons.

— Elle nous mène en bateau. Toute cette histoire, ça ne tient pas debout.

Sur la porte du bureau, il y avait une affiche sur laquelle un mouton déclarait : *Saute sur le savoir.* Archie assena trois coups de poing sur la tête du mouton.

— Police. Ouvrez cette porte.

Le battant s'entrebâilla et la secrétaire apparut, les yeux écarquillés derrière ses épaisses lunettes.

— Ben et Sara Sheridan?

D'un mouvement de tête elle désigna une porte marquée *PRINCIPAL*. Archie s'y présenta au moment où celle-ci s'ouvrait. Il n'avait rencontré M. Hill, le principal, qu'une seule fois. C'était un Noir d'une quarantaine d'années, diplômé en sciences de l'éducation. Le conseil d'administration l'avait fait venir de Philadelphie, et il avait été accueilli avec enthousiasme parce qu'il avait joué un an en première league de base-ball. Il apparut, une lourde batte à la main. De l'autre bras il tenait Sara par le cou. Ben se trouvait à côté de sa sœur.

Archie tomba à genoux et les deux enfants se précipitèrent dans ses bras.

— Vous pourriez m'expliquer ce qui se passe ? demanda M. Hill en abaissant sa batte.

Archie tenait Ben et Sara serrés contre lui, respirant l'odeur de leurs cheveux et les couvrant de baisers.

— Tout va bien, tout va bien, je vous le promets.

Du coin de l'œil il vit la batte échouer sur la moquette et le principal reculer en levant les bras au-dessus de sa tête. Il entendit le fusil juste avant de le sentir appuyé contre sa nuque. Un simple petit clic métallique. Le bruit du cran de sûreté qu'on enlève.

— Lâchez les enfants ! ordonna une voix. Tout de suite !

24

Le soleil lui faisait du bien. Susan se rendit compte de ce que cela avait d'incongru dans la situation présente. Mais c'était comme ça en Oregon. Il pleuvait presque tout le temps, alors, quand le soleil sortait, on le remarquait. Gretchen Lowell était en cavale. Les enfants d'Archie Sheridan en danger. Et elle, elle profitait du soleil.

Non qu'il y eût grand-chose à faire. L'école était entourée de flics. Elle ne compta pas moins de cinq véhicules de pompiers. Qu'est-ce qu'ils croyaient? Que l'établissement allait prendre feu?

Elle avait perdu Claire de vue. À peine arrivée, celle-ci l'avait abandonnée et, sans escorte policière, Susan n'était pas autorisée à approcher de l'école. C'était bien la peine d'être la première journaliste sur place, non seulement elle ne pouvait pas approcher de l'école, mais en plus elle avait oublié son stylo.

Assise sur le capot de la Festiva de Claire, elle gribouillait des notes à l'aide d'un eyeliner Chanel. Elle n'avait encore jamais écrit avec un crayon aussi coûteux. Le soleil était énorme en ce milieu de matinée. Énorme et couleur jaune d'œuf. Elle le trouva joli et l'inscrivit dans son calepin, *Couleur jaune d'œuf.* Souligné.

Elle jeta un œil vers l'établissement. Cela faisait cinq minutes que la SWAT, la brigade d'intervention, était entrée. Cinq minutes, quand on surveille un bâtiment, c'est long. La journaliste sentit l'inquiétude lui tordre l'estomac. Elle aperçut un flic costaud, en uniforme de la police de Hillsboro, qui passait de l'autre côté de la rubalise, et elle descendit aussitôt du capot de la voiture, son calepin à la main.

— Susan Ward, du *Herald.* Que se passe-t-il à l'intérieur ?

Il passa devant elle sans même lui adresser l'habituel regard de mépris.

Les télévisions commençaient à arriver. Charlene Wood de Channel 8 d'abord, qui jaillit du car de reportage et demanda à passer en direct. Grande et très maigre, elle avait des jambes de moineau et de longs cheveux noirs, coiffés avec une raie sur le côté, et qui retombaient en boucles sur ses épaules. Tout le monde adorait Charlene. Ian prétendait l'avoir embrassée une fois, lors d'une soirée donnée par NBC, mais Susan n'en croyait rien.

Un homme de la SWAT passa à côté d'elle, un talkie-walkie dans chaque main. Elle l'interpella :

— Susan Ward, du *Herald.* Que se passe-t-il à l'intérieur ?

Il la regarda froidement et poursuivit son chemin vers le poste de commandement que la police de Hillsboro avait installé en face de l'école.

Le téléphone de Susan sonna. Elle jeta un coup d'œil à l'écran. C'était Ian. La quatrième fois en dix minutes. Il n'allait pas être content.

— Du nouveau ? Il nous faut des infos pour le site Web.

— La SWAT vient d'arriver. Ils sont à l'intérieur.

— Je suis au courant. Charlene Wood est en direct sur Channel 8. Quoi d'autre ?

— Arrête de déconner, lança Susan en observant Charlene, plantée devant le poste de commandement, ses jambes de moineau calées dans des chaussures noires à hauts talons, elle vient juste d'arriver.

— Eh bien, elle t'a doublée. Trouve quelque chose. Il me faut du nouveau toutes les dix minutes pour le site. On a une équipe-photo en route.

— Toutes les dix minutes ?

— Tu peux transmettre par téléphone. Ne me fais pas attendre. Et bienvenue dans l'ère de l'information instantanée, Baby.

Il se passait quelque chose à l'intérieur de l'école. Elle raccrocha et s'approcha. Une armée de flics se ruait dans l'établissement. La police de Portland. La police de Hillsboro. Celle de l'Oregon. Le FBI. Comment faisaient-ils pour rappliquer aussi vite ?

Susan se colla contre la rubalise et s'efforça de ne rien manquer. Des parents étaient arrivés et sanglotaient à côté d'une femme-flic. Jeunes, ils devaient avoir à peu près son âge. Des larmes ruisselaient sur les joues du père, mais sa femme paraissait plus stoïque, plus solide, un bras passé autour des épaules de son mari. Susan eut de la peine pour eux. Voir leur petite vie tranquille ainsi menacée. Elle savait que la perte d'un enfant était le pire cauchemar de tous les parents. Leur crainte était si flagrante que, l'espace d'un instant, elle se réjouit de ne pas avoir de gosse. Parce que ça la mettait à l'abri de ce genre de détresse.

Elle entendit les enfants avant de les voir. Leurs voix flottaient dans l'air comme des pépiements d'oiseaux. Et soudain ils apparurent, arrivant par l'arrière du bâtiment, en rangs par deux, un garçon, une fille, souriant comme s'il ne s'agissait que d'un banal exercice d'alerte incendie.

Les flics faisaient évacuer, c'était bon signe, non ? La journaliste scruta la foule à la recherche d'Archie. En vain. Elle avait vu des photos de ses enfants, et ne les repéra pas dans la foule non plus.

Son téléphone sonna de nouveau. Merde, elle aurait bien aimé que Ian lui fiche la paix. Elle décrocha et reconnut la voix de sa mère.

— Bonjour, ma chérie.

— Felicity, je bosse.

— Archie t'a envoyé des chocolats.

— Quoi ?

Susan agita légèrement la tête, essayant de comprendre.

— Des chocolats. Avec une carte d'Archie Sheridan.

Susan ne put s'empêcher d'éclater de rire et porta une main à sa bouche.

— Tu parles sérieusement?

Les parents qu'elle regardait poussèrent soudain un cri :

— Max.

Un petit garçon leva les yeux et se précipita vers eux.

— Dans une boîte en forme de cœur.

Le gamin rejoignit ses parents qui le prirent dans leurs bras en pleurant de joie. D'ordinaire Susan en aurait fait des tonnes avec une pareille histoire. Une famille enfin réunie. Les lecteurs du *Herald* adoraient. Les bonnes nouvelles, les familles heureuses, les tragédies évitées. Mais son calepin lui était tombé des mains.

La journaliste voulut parler pourtant une boule lui serrait la gorge. Elle se força à prendre une inspiration et essaya de nouveau.

— Felicity, tu n'as pas mangé de chocolat, dis-moi?

Pas de réponse.

— Maman?

25

Archie leva les bras, puis les plia pour placer ses mains sur sa nuque. Ben et Sara s'écartèrent sans le quitter des yeux, tremblants, terrifiés. Un filet d'urine mouilla la combinaison de la fillette qui rougit de honte.

— Je suis désolée, papa.

— Ce n'est rien, ma chérie, dit Archie avant d'être plaqué au sol.

Il sentit une grosse main lui enfoncer le visage dans la moquette tandis qu'un avant-bras lui écrasait les omoplates. Il connaissait la manœuvre, une technique enseignée à l'école de police pour maîtriser un suspect. La SWAT.

— On est des flics.

— Ouais, connards, beugla Henry. N'avez pas vu le Kevlar ?

Un talkie-walkie grésilla. Des sirènes hurlèrent. Archie crut entendre au moins un hélicoptère. Si Gretchen était passée par ici, il y avait belle lurette qu'elle était partie.

— Merde ! lâcha une autre voix.

— Regardez autour de mon cou, cria Archie.

Le bras plaqué dans son dos remua, puis une violente douleur irradia son cou quand quelqu'un tira sur la chaîne au bout de laquelle pendait son badge. Le bras et la main relâchèrent leur pression et il put s'asseoir.

Il s'avança à quatre pattes en direction de Ben et de Sara.

Cette fois ils ne se précipitèrent pas vers lui. La petite fille se tortillait dans sa culotte mouillée et son frère la serra contre lui. Archie s'arrêta. M. Hill s'agenouilla derrière Sara et l'entoura d'un bras protecteur. Elle tressaillit, toujours fascinée par les hommes de la SWAT.

Ils étaient cinq dans le bureau, arme au poing; tous en combinaison noire, gants, holster sur la cuisse et cagoule. Henry, qu'ils avaient mis à genoux, se relevait. Il empoigna le badge pendu autour de son cou, par-dessus son gilet pare-balles, et le mit sous le nez de l'un d'eux.

— Bande de...

Il jeta un coup d'œil en direction de Sara et de Ben et bredouilla :

— Bande de nuls.

— Désolés, messieurs.

— Vous l'avez trouvée?

Tous savaient de qui il parlait.

— Non. Nous avons fouillé presque toute l'école. Je ne crois pas qu'elle soit encore ici.

Archie se tourna vers ses enfants. Il tendit les bras pour inviter Sara à venir vers lui, mais Ben la serra un peu plus fort contre lui. Il voyait leurs petites poitrines se soulever et s'abaisser, percevait leur respiration. Ben s'essuya le nez d'un revers de main.

— Tu lui fais peur, lui reprocha-t-il.

Archie laissa retomber ses bras et sentit ses enfants s'éloigner un peu plus de lui. Gretchen ne voulait pas les tuer. Pas tant qu'elle pouvait se servir d'eux pour le faire souffrir.

— Gretchen n'est pas là, dit-il doucement.

La secrétaire porta une main tremblante à sa bouche.

— Elle s'est présentée comme votre femme.

— Quoi?

La secrétaire avait une cinquantaine d'années, des cheveux blonds permanentés, et était vêtue d'une blouse par-dessus un pull à col cheminée, comme une gamine de maternelle qui aurait trop grandi. Archie l'avait toujours connue à ce poste, mais il ignorait son nom.

— Elle a dit qu'elle était votre femme. Je savais que vous étiez divorcé. Elle a précisé qu'elle était leur belle-mère et qu'ils avaient oublié leur déjeuner. Elle m'a demandé de téléphoner d'ici. J'étais à la photocopieuse, je n'ai pas entendu la conversation. Elle portait une perruque châtain, je ne l'ai pas reconnue.

Ses yeux allaient d'un flic à l'autre et elle haussait tristement les épaules. Elle finit par enlever la main de sa bouche et montra du doigt le bout du comptoir où deux boîtes-repas étaient posées comme des serre-livres.

Archie se leva et s'approcha des boîtes. Elles étaient toutes les deux en plastique, Dora l'exploratrice sur l'une, Batman sur l'autre.

— On ne devrait pas appeler les démineurs? demanda l'un des hommes de la SWAT.

Archie l'ignora. Il prit la boîte Dora et l'ouvrit. En découvrant son contenu il eut l'estomac retourné et vérifia le contenu de l'autre d'une main tremblante. Il s'efforça de rester stoïque, de cacher son effroi à ses enfants. Il leur avait déjà assez fichu la trouille pour la journée.

— Qu'est-ce qu'il y a dedans? demanda Henry.

Dans les deux boîtes ouvertes, la chair rougeâtre luisait sous les néons du bureau. Le sang avait coulé et recouvrait l'intérieur en plastique. Archie reconnaissait l'odeur douceâtre et cuivrée. À présent il savait ce qui était arrivé à l'adjoint du shérif, le pauvre imbécile qui avait aidé Gretchen à s'évader, et qui avait peut-être même acheté ces putains de boîtes.

— Un cœur humain, répondit-il d'une voix calme et mesurée. Je crois qu'il a été coupé en deux.

Et à en juger par l'odeur, il était frais.

26

— Maman ? répéta Susan.

— J'en ai peut-être mangé un.

Susan ne respirait plus.

— Maman, dit-elle aussi calmement que possible, il faut que tu vomisses.

— Quoi ?

— Écoute-moi. Les chocolats sont empoisonnés. Fais-toi vomir. Je vais raccrocher et appeler le 911. Promets-moi.

— Mais je n'ai pas envie de vomir.

— Felicity, je t'en prie, promets-moi.

— Bon, d'accord.

Susan raccrocha et composa le 911.

— Je pense que ma mère a été empoisonnée. Elle a mangé un chocolat. Je crois que Gretchen Lowell m'a envoyé des chocolats empoisonnés.

L'opératrice ne semblait guère convaincue.

— Ouais.

— Je ne suis pas folle. Je m'appelle Susan Ward. Je travaille au *Herald*. Je vous en prie, envoyez une équipe.

Elle donna précipitamment l'adresse de Felicity, raccrocha, et regarda autour d'elle, affolée. D'autres enfants sortaient de l'école en rangs serrés. Toutes sortes de flics entraient en courant. Il s'était passé quelque chose à l'intérieur. C'était le bazar complet.

Mais Susan n'en avait cure.

— À l'aide, à l'aide !

Elle se glissa sous la rubalise et se dirigea vers l'école. Quelqu'un l'interpella :

— Repassez derrière la ligne.

Elle sentit les larmes ruisseler sur ses joues.

— C'est Gretchen Lowell, elle a envoyé des chocolats chez moi.

Elle chercha désespérément quelqu'un, n'importe qui, pour l'aider. Et les gens ne s'intéressaient qu'à l'école. Alors elle hurla :

— Ma mère en a mangé un ! À l'aide !

Susan avisa un flic de Hillsboro.

— Je veux voir Archie. Où est Archie ? Je vous en prie, aidez-moi, implora-t-elle.

Le flic lui lança un regard bovin. Elle se mit à courir.

Claire Masland apparut soudain, surgie de nulle part. L'instant d'après elle avait passé son bras autour des épaules de Susan dont les jambes commençaient à flageoler.

— Susan, calmez-vous. Dites-moi ce qui se passe.

La jeune femme dut inspirer profondément avant d'arriver à répondre.

— Ma mère vient d'appeler. Une boîte de chocolats en forme de cœur a été livrée chez moi. De la part d'Archie. Ma mère en a mangé un.

Elle empoigna l'épaule de Claire et la regarda bien en face pour lui faire comprendre.

— Jamais Archie ne m'enverrait de chocolats.

— Votre mère est chez elle ?

— Je lui ai dit de se faire vomir. C'est toujours ce qu'ils font à la télé. Mais elle ne m'écoute jamais.

Claire porta son talkie-walkie à sa bouche.

— Il me faut une voiture à..., quelle est votre adresse ?

Elle répéta l'adresse dans le talkie.

— Une femme. La cinquantaine. On soupçonne un empoisonnement.

Elle se tourna vers Susan :

— On fonce.

Claire pointa un doigt en direction d'un flic blond doté d'une superbe coiffure afro.

— Eh, vous, Garfunkel, suivez-moi.

Elles montèrent dans la Festiva et la policière mit la sirène en route. L'espace devant l'école était encombré de parents, de flics, de véhicules de secours et de camions de reportage, mais, grâce à la sirène, un chemin se dégagea et Claire réussit à s'extraire de la pagaille. Susan appela sa mère sur sa ligne fixe, mais elle eut beau laisser sonner, rien. Felicity était peut-être occupée à se faire vomir. À moins qu'elle ne soit allongée par terre sans connaissance. Susan était visée, si quoi que ce soit arrivait à sa mère, ce serait de sa faute. Elle laissa le téléphone sonner, le portable collé à l'oreille, les yeux fermés. Peut-être que sa mère l'entendait. Peut-être qu'elle se doutait que sa fille était en route. La journaliste essuya ses larmes dans sa manche. Elle avait la peau moite et froide. Elle voulait sa mère. Elle ouvrit les yeux et regarda Claire. Celle-ci fonçait sur la nationale 205. Les concessionnaires automobiles et les centres commerciaux défilaient. La policière avait posé son arme sur ses genoux. Elle était sûrement capable de monter un mur, de changer l'huile de sa voiture et de faire un carton au stand de tir.

— Vous avez quelqu'un ? demanda Susan.

— Oui.

— Comme tout le monde. Moi, je n'ai que ma mère.

— On arrivera à temps, ma petite, je vous le promets.

Le téléphone cessa de sonner. Pendant une seconde Susan crut que sa mère avait décroché, mais bientôt elle entendit une voix enregistrée :

— Le numéro que vous avez demandé…

Et merde ! Elle raccrocha. Au même moment son portable sonna. Elle le porta aussitôt à son oreille, espérant entendre Felicity.

— Ça fait dix minutes, dit Ian. Toujours rien ?

— Rien.

27

Archie quitta les bureaux de l'administration en tenant Sara dans ses bras. Henry les suivait en portant Ben. Huit membres de la SWAT de Hillsboro les encadraient, quatre de chaque côté, arme au poing, doigt sur la détente, genoux fléchis, prêts à tirer. Archie savait que Gretchen était partie depuis longtemps, mais pas question de prendre le moindre risque. Il percevait des voix d'enfants venant d'une salle de classe. Ils chantaient. *Il y avait une vieille dame qui avait avalé un chat. Imaginez cela, avaler un chat.* Une institutrice essayait d'occuper ses élèves. Seuls la chanson et les pas des flics brisaient le silence. Archie tenait la tête de Sara appuyée sur son épaule. Il sentait sa culotte mouillée contre son bras. *Elle avait avalé le chat pour attraper l'oiseau... Elle avait avalé l'oiseau pour attraper l'araignée. L'araignée qui tournait, tourniquait, tournicotait dans son ventre.* Alors il entendit Sara, les yeux toujours fermés, blottie contre lui, elle chantonnait. *Elle avait avalé l'araignée pour attraper la mouche.* La porte d'entrée s'ouvrit et ils sortirent dans la lumière.

Le périmètre de l'école était bouclé par les véhicules de secours. Voitures de police, ambulances, camions de pompiers. Au-delà de ce premier cercle, la presse. Dans le ciel, deux hélicoptères. L'arrière du bâtiment avait été évacué et les enfants attendaient par groupes devant l'établissement.

De nombreux parents étaient déjà arrivés, mais la plupart n'apprendraient l'alerte que maintenant. Ils allaient abandonner leur travail et foncer à l'école, dévorés d'inquiétude, pour trouver leurs enfants sains et saufs. Ils les prendraient dans leurs bras et les ramèneraient à la maison où toute la famille pleurerait de soulagement. Ensuite, la vie pourrait continuer.

Archie les enviait.

Jeff Heil, un détective de l'équipe d'Archie, le guida vers la rue. Il avait les cheveux blonds, contrairement à son partenaire, Mike Flannigan, qui les avait noirs. Tous deux de taille moyenne, la mâchoire carrée et la peau claire. Archie les avait surnommés les Hardy Boys, comme les célèbres ados détectives.

Heil ne parlait pas. Il se contentait de guider Archie en le tenant vaguement par le coude. Il marchait au pas avec son patron en le suivant de si près qu'ils se touchaient presque. Archie se rendit compte que Heil faisait écran de son corps pour protéger Sara et lui des caméras de télévision.

Archie entendit le maire avant de l'apercevoir. Amigo aboyait des ordres aux flics, leur demandant de faire reculer la presse. Sa cravate jaune se plaqua contre sa chemise blanche lorsqu'il se précipita vers Archie.

— Tu vas bien?

— Je veux voir Debbie.

— Elle est dans la voiture, l'informa Amigo.

Il traversa une pelouse pour rejoindre une Lincoln Town Car officielle. Les hommes de la SWAT sur ses talons. Au loin, Archie entendait les médias hurler son nom. Il serra Sara un peu plus fort contre lui et jeta un coup d'œil à Henry et à Ben. Le jeune garçon était pâle, mais il redressait la tête et ne perdait rien de l'agitation qui les entourait. Sara continuait de chanter. *Mais je sais pas pourquoi elle a avalé cette mouche. Fallait pas qu'elle y touche.*

Un grand Japonais ouvrit la portière arrière de la Lincoln. Archie reconnut un des gardes du corps du maire.

Debbie jaillit de la voiture, les mains sur la bouche. En les voyant elle éclata en sanglots et ouvrit les bras. Sara sauta par terre et se précipita vers sa mère. Celle-ci tomba à genoux et enveloppa sa fille dans ses bras. Henry posa Ben; Debbie lui tendit un bras, et le gamin alla se blottir contre sa sœur et sa mère.

Debbie leva la tête vers Archie. Elle avait les yeux rouges, le teint blême.

— Tu l'as eue?

— Non. Je suis désolé.

Elle ferma les yeux un instant, puis fit monter les enfants avec elle à l'arrière de la voiture. Archie se tourna vers Heil :

— Mettez toutes mes lignes sur écoute.

Heil regarda en direction d'Henry.

— On s'en est occupé dès qu'on a appris son évasion.

Bien sûr, Henry y avait pensé. Archie grimpa dans le véhicule. Sara était sur les genoux de sa mère, Ben au milieu du siège. Il avait pris la main de sa sœur et la tenait dans les siennes. Sara regardait les caméras de télévision au loin.

— Il faut y aller, dit Heil en s'installant à l'avant, sur le siège passager.

Henry se pencha à la portière vers Archie.

— Après qui elle va se lancer?

Archie réfléchit, s'efforçant de prendre de la distance par rapport à la question.

— Debbie. Les gosses. Tous ceux qui comptent pour moi.

Il regarda au-delà de son ami. Les voitures de police, les enfants, l'école. Il ne restait pas beaucoup de gens importants dans sa vie, mais Gretchen le connaissait suffisamment bien pour deviner lesquels. Il chercha Susan dans la foule, ses cheveux turquoise. Il ne la vit nulle part.

— Où est-elle? demanda-t-il à Henry.

— Qui ça?

— Susan. Trouve-la. Assure-toi qu'elle va bien.

Dans la voiture la voix frêle de Sara continuait de chanter. *Non, je sais pas pourquoi elle a avalé cette mouche.* La petite regarda sa mère et lui sourit, creusant deux minuscules fossettes dans ses joues rondes.

— Tu la trouves jolie Gretchen, dis ?

Debbie lança un regard méprisant à Archie, puis appuya la tête sur sa main, comme si elle avait la migraine.

— Sara, tais-toi, ordonna-t-elle d'une voix calme.

28

— Qu'est-ce que je suis contente que tu ailles bien ! s'écria Susan en se tordant le cou pour voir sa mère assise à l'arrière de la Crown Vic d'Henry. Depuis que celui-ci était venu les chercher à l'hôpital, Felicity n'avait pas dit grand-chose. Susan et Claire étaient arrivées chez elle juste après l'ambulance. Finalement, les chocolats ne contenaient rien d'autre que les ingrédients habituels. Gretchen avait cherché à l'effrayer et non tuer.

— J'aurais préféré qu'ils s'en aperçoivent avant de m'infliger ce lavage d'estomac, rétorqua Felicity. Avec un tuyau d'arrosage. Dans la cour. Devant les voisins.

Susan regarda devant elle et croisa les bras.

— Peut-être que ça t'apprendra à ne plus ouvrir mon courrier.

Henry soupira bruyamment en garant la voiture devant un vieil immeuble en briques dans le quartier culturel au centre de Portland. L'entrée principale était encadrée de colonnes corinthiennes et surmontée d'un auvent vert qui arborait des armoiries blanches avec les lettres AC, Arlington Club.

— Vous vous foutez de moi ! lança Susan.

— C'est un endroit sûr, répliqua Henry en descendant de voiture avant d'aller lui ouvrir la portière.

— L'Arlington. C'est un club pour vieux capitalistes.

— Le maire en est membre, répondit Henry en tirant la portière arrière pour permettre à Felicity de descendre.

— Je crois que j'ai signé des pétitions contre cet endroit, dit cette dernière en regardant la façade en briques. Ils obligent toujours les femmes à porter la jupe ?

Le visage d'Henry se figea.

— On peut facilement contrôler l'accès. Vous serez bien.

Susan n'avait pas bougé. Elle croisa les bras.

— Je ne logerai pas ici.

Henry s'accroupit près d'elle et lui saisit le bras.

— Ce n'est pas une plaisanterie. N'allez pas croire qu'elle ne vous tuera pas.

— Double négation. Vous devriez simplifier. Elle va vous tuer. Direct. Effrayant.

Henry lui décocha un regard furibond.

— Archie se fait du souci pour vous. Il s'inquiétera moins si vous êtes près de lui. Et puis moi aussi, ajouta-t-il en passant la main sur son crâne rasé.

— Archie va habiter ici ?

— Ouais.

— Pourquoi ne pas me l'avoir dit plus tôt ? s'enquit-elle en détachant sa ceinture de sécurité.

Henry poussa un nouveau soupir et conduisit les deux femmes à l'intérieur. Ils franchirent les doubles portes en chêne et se retrouvèrent dans un grand hall. Les lambris et les moulures étaient blancs, mais les murs étaient d'un rose saumon incongru, badigeonné à l'éponge pour créer un effet de relief. Une table ornementale, décorée de festons aux motifs floraux, trônait au beau milieu, sous un énorme lustre en cuivre rutilant. Un escalier d'honneur protégé par un tapis bleu menait aux étages. La cheminée monumentale avait été équipée d'un chauffage au gaz et les tapis persans étaient usés jusqu'à la trame. Susan avait entendu parler de l'Arlington, mais c'était la première fois qu'elle y entrait. Elle fut un peu déçue.

Elle balaya les alentours du regard, espérant apercevoir quelque éminence grise, mais elle ne vit qu'un vieux bonhomme, assis sur un canapé devant la cheminée, en train de lire le *Wall Street Journal* sous un tableau du mont Hood dans un antique cadre doré.

Les seuls bruits provenaient du restaurant à l'étage, voix étouffées et cliquetis de couverts.

Un homme grand et squelettique surgit de derrière un bureau au fond du hall. Il avait les cheveux noirs et portait costume, cravate, et épingle à cravate en argent. Henry lui colla son badge sous le nez. Le concierge agita la main.

— Je vous en prie, rangez cela..., les membres...

Il jeta un coup d'œil vers le vieil homme en train de lire son journal.

Henry fit disparaître son badge et désigna Susan et Felicity d'un signe de tête.

— Je vous présente Susan Ward et sa mère, Felicity Mountain.

Felicity se pencha vers le concierge :

— Mes parents m'avaient appelée Pitt[1], expliqua-t-elle.

Le concierge gratifia Felicity et sa tenue d'un regard perplexe : pantalon indien, Crocs rouges, T-shirt taché de vomi arborant le slogan *NE CROYEZ RIEN, DOUTEZ DE TOUT !* Sans parler de ses seins ballottant librement en dessous.

— Elles logeront au cinquième, poursuivit Henry.

Le visage de l'homme se figea en une expression mi-désespérée, mi-accueillante.

— Bien, monsieur. Bonjour, madame. Par ici.

— J'ai vingt-huit ans et je suis célibataire, répliqua Susan. Alors ne me donnez pas du *Madame*.

Les rides de son front se creusèrent tandis qu'il appelait l'ascenseur.

— Tant que vous logerez ici, vous serez Madame.

Susan observa Henry en plissant les yeux.

1. Pitt Mountain est une montagne canadienne (Colombie-Britannique). *(N.d.T.)*

29

Le foie d'Archie le lançait constamment à présent, mais il pouvait presque faire disparaître la douleur en bloquant sa respiration. Presque. Ensuite il respirait de nouveau et était obligé de se cramponner pour ne pas grimacer, tant il souffrait. Alors il prenait davantage de cachets. Comble de l'ironie, les médicaments cause de sa douleur étaient les seuls qui le soulageaient.

On leur avait attribué une suite avec deux chambres, couleur jaune caca d'oie. Potimarron, avait décrété Debbie. Pour l'heure elle couchait les enfants dans les lits-jumeaux de leur chambre caca d'oie. Elle avait peur. Et surtout, elle était furieuse.

— Tu veux regarder la télé ? demanda Claire.

Elle était venue directement de l'hôpital et était assise là depuis plus d'une heure, feignant de s'intéresser à un livre sur Portland qui traînait sur la table basse.

— Tu n'as pas besoin de rester ici, lui dit Archie.

— Je suis chargée de votre sécurité.

Trois cadavres dans le parc. Gretchen en cavale. Et son équipe s'occupait de lui au lieu de faire son boulot.

— Il y a un flic dans le hall.

Claire tourna une page du livre.

— Je suis plus féroce que lui. Tu savais que le pont Hawthorne a été construit en 1910 ?

On frappa à la porte, elle bondit.

— C'est moi, annonça Henry.

Claire lui ouvrit et il entra, traînant une grosse valise. Il la rangea contre le mur et se frictionna l'épaule.

— Tu n'as rien oublié ? demanda Archie.

Nul besoin de préciser qu'il faisait allusion aux cachets.

— J'ai pris quelques tenues de rechange pour les enfants, Debbie et toi. J'emmènerai un de vous deux là-bas dans quelques jours en chercher d'autres. Les affaires de toilette sont dans la poche extérieure.

— Et Susan ?

— Je viens de l'installer. Avec sa mère. J'ai dû faire cinq voyages pour monter tout leur bazar, ajouta-t-il en se frottant de nouveau l'épaule.

— Les nouvelles ?

Henry s'appuya contre le mur caca d'oie et croisa les bras.

— La chasse à l'homme du siècle. La police de l'État, le FBI, les gardes-côtes, la Garde nationale. Plus nous.

— Qui coordonne les fédéraux ?

— Sanchez.

Il aperçut des restes de nourriture thaï sur la table basse.

— Du pad kee mao ? demanda-t-il à Claire.

— Avec du tofu.

— Tu sais que je préfère le poulet, répondit-il.

— J'ai commandé pour moi.

— Je n'ai jamais dit que je n'en voulais pas.

Il attrapa une paire de baguettes et entreprit d'enfourner quelques bouchées de nouilles.

— Sanchez passera un peu plus tard, dit-il sans cesser de mastiquer. Il a mis la procédure en route. La photo de Gretchen est diffusée par tous les médias. Le monde entier sait à quoi elle ressemble. On va la coffrer.

— Et le cœur ? demanda Archie.

Il ne parvenait pas à oublier l'image de l'organe coupé en deux dans les boîtes-repas sanguinolentes. Henry s'essuya les moustaches avec la main.

— Ils pensent qu'il appartenait à un homme.

— Comment ils peuvent savoir? demanda Claire en levant les yeux de son livre.

— Il avait un petit pénis.

Personne ne rit.

— J'essayais juste de détendre l'atmosphère.

Archie remarqua que Claire fusillait Henry du regard. Celui-ci s'absorba dans la contemplation de ses pieds et prit une autre bouchée. Cette fois il avala avant de parler.

— Comment vont les gosses?

Archie se sentit incapable de répondre. Les enfants étaient restés collés à leur mère tout l'après-midi. Sara avait même refusé d'aller aux toilettes toute seule. En revanche, ils lui avaient à peine adressé la parole. Il s'éclaircit la voix.

— Il faut que je retourne au boulot. Susan a identifié notre première inconnue. Molly Palmer.

Henry se pencha en avant, les baguettes suspendues au-dessus de la boîte en carton.

— Nom de Dieu!

— Ouais, lâcha Archie en fermant les yeux et en se frottant l'arrête du nez. Pour l'instant, on bloque l'info.

— Qui est cette Molly Palmer? demanda Claire.

On frappa de nouveau à la porte, trois coups espacés, hésitants.

— Officier Bennett, monsieur.

Henry ouvrit et la tête de Bennett apparut. Il n'était pas aussi sale que lorsqu'il avait dévalé le talus dans le parc, mais il avait gardé son expression étonnée et inquiète. Il s'adressa à Archie.

— Susan Ward désire vous voir, monsieur.

— Eh bien, considérez qu'elle a été annoncée.

Susan entra. Ses cheveux turquoise mouillés, peignés en arrière et coincés derrière ses oreilles, la faisaient paraître beaucoup plus jeune. Elle portait un pantalon de survêtement et un T-shirt de l'université de l'Oregon, et traînait un gros carton.

— Vous êtes bien installées? demanda Archie.

Elle ne répondit pas et se contenta de poser son fardeau sur la table basse devant lui.

— Qu'est-ce que c'est ?

— Toutes mes notes et mes enregistrements sur l'affaire Castle. Quelqu'un l'a tué, ainsi que Parker. Quelqu'un a éliminé Molly. Et probablement la femme blonde du parc. Trouvez ce quelqu'un.

30

Il était deux heures du matin. Henry et Claire avaient fini par rentrer chez eux. Dans la journée, l'Arlington était calme. La nuit, il devenait sinistre. Archie explorait le contenu du carton de Susan. Il y avait des enregistrements d'interviews de Molly Palmer, de personnes qui l'avaient connue adolescente, et de tout un tas de gens liés à l'affaire, y compris d'anciens et d'actuels collaborateurs du sénateur, et même une interview du maire. L'article de Susan allait faire du bruit, et beaucoup de gens savaient qu'il était dans les tuyaux.

Archie écouta une des interviews sur son ordinateur portable tout en feuilletant les douze calepins que Susan avait rangé dans la boîte. Ses gribouillis étaient quasi illisibles et agrémentés de notes prises au hasard.

Soudain, un nom souligné suivi d'un point d'interrogation attira son attention. John Bannon? Un nom surgi du passé.

Que savait Susan de John Bannon? Et que savait-il de Molly Palmer?

La porte de la chambre s'ouvrit et Debbie apparue, vêtue d'un peignoir de l'Arlington Club. Elle s'approcha et s'assit près d'Archie sur l'accoudoir du canapé.

— Tu viens te coucher?

— Bientôt.

Le visage de Debbie s'assombrit. Il remarqua qu'elle avait repéré son portable, à portée de main sur la table basse.

— Tu attends un coup de fil ?

— Peut-être.

En réalité, il ne quittait pas son téléphone des yeux dans l'espoir d'un appel de Gretchen.

Debbie se pencha et appuya sur le bouton *off* jusqu'à ce que la lumière s'éteigne.

— Cette salope n'a qu'à laisser un message, dit-elle en jetant le portable sur le canapé.

Puis elle se tourna vers Archie et lui caressa doucement le visage. Sa main sentait le beurre de karité.

— Tu as besoin de te reposer.

Il hocha la tête, posa la main sur la courbe de sa hanche et l'embrassa légèrement, mais longuement, sur la bouche. En même temps il attrapa son portable et le remit en marche. Tandis qu'elle l'entraînait dans la chambre, il jeta un coup d'œil derrière lui et le clignotement vert de l'appareil dans le noir le rassura.

***

Archie se réveilla en entendant la voix de Debbie et en sentant sa main sur son épaule. Ils avaient dormi ensemble, nus, dans le même lit. C'était bon de s'endormir à côté d'elle, de sentir son souffle régulier contre son oreille. Les choses étaient redevenues presque normales. Sauf qu'ils ne s'étaient pas touchés, attentifs à garder les bras le long du corps, de peur de se frôler par inadvertance.

— Amigo est là.

Archie lutta pour sortir du brouillard. Le soleil filtrait entre les lames des stores en bois et dessinait des lignes régulières sur les murs caca d'oie.

— Quelle heure est-il ?

— Neuf heures passées.

— Nom de Dieu !

Depuis la naissance de Ben, Archie n'avait jamais dormi plus tard que huit heures. Il essaya de se souvenir de ses rêves, mais rien ne revint, que du noir. Pourtant il ne se sentait pas reposé. Debbie était habillée, un jean et un T-shirt blanc à manches longues qu'elle avait dû trouver dans la valise apportée par Henry. Elle paraissait fraîche et bien réveillée, ses taches de rousseur formant comme un léger voile sur son visage sans maquillage.

— J'en ai pour une minute, lança Archie.

Debbie quitta la chambre et Archie s'assit au bord du lit. La douleur lui vrillait le ventre chaque fois qu'il respirait et il se tint le côté pour se lever et gagner la salle de bains en marchant avec précaution sur la moquette. En chemin il ressentit une impression de lourdeur dans les mains. Il regarda ses doigts et les trouva gonflés, ses ongles blancs. Il ouvrit la poche extérieure de la valise et en sortit un sac à provisions plein de médicaments. Il fouilla dedans jusqu'à ce qu'il tombe sur la Vicodine et un diurétique. L'une pour calmer la douleur, l'autre pour éliminer le gonflement. Il avala quatre Vicodine et deux diurétiques. Il avait réduit la Vicodine à deux comprimés le matin à jeun, mais cette privation lui semblait moins indispensable à présent.

En enlevant sa montre il remarqua les traces rouges qu'elle laissait sur son poignet enflé. Il entra dans la douche. Plusieurs fois par semaine, il se réveillait avec une solide érection qui trahissait ses rêves érotiques avec Gretchen, mais pas ce matin. Ce matin il était simplement épuisé. Après la douche il se brossa les dents et se rasa avant de s'habiller. Le même pantalon que la veille et une chemise propre, récupérée dans la valise, une chemise infroissable. Debbie lui en avait acheté cinq, de différentes couleurs. Quand il l'eut enfilée, il eut presque l'air requinqué. Si tant est qu'on puisse se remettre de ce dont il souffrait.

⁂

— Du nouveau? demanda Archie en arrivant dans le salon.

Amigo était assis sur le canapé à côté de Debbie, Henry sur le fauteuil voisin. Des dialogues de dessins animés parvenaient de la chambre de Ben et Sara. Dans le salon, la télévision proposait une image coupée en deux, Gretchen à droite, Archie à gauche. Puis des gros plans de l'école emplirent l'écran avec ce titre : *L'ARTISTE SÈME LA TERREUR.*

— Pas encore, répondit Henry.

Amigo se pencha en avant. La veste de son costume marron était soigneusement pliée et posée sur le dossier du canapé.

— Les gens s'inquiètent. Ils veulent savoir si tu vas bien.

Archie n'avait jamais réussi à se faire à l'idée que le public s'intéresse à lui.

— Tu veux que je publie un communiqué ?

— J'aimerais que tu passes à la télé.

Archie vit Debbie et Henry se crisper.

— Charlene Woods attend en bas. Elle demande juste dix minutes. Je crois que cela nous ferait gagner un peu de temps.

Amigo avait toujours parlé comme un homme politique, même à l'époque où il était le patron d'Archie à la Brigade Spéciale. On avait toujours l'impression qu'il venait de refermer *La République* de Platon.

Archie jeta un coup d'œil à son portable posé sur la table basse à côté d'une cafetière apportée par le service d'étage. Il se pencha en s'efforçant d'ignorer la douleur qui lui déchirait le ventre, et se versa un peu de café tiède. Il se sentait étrangement gauche avec la grosse chope blanche dans sa main enflée, mais personne ne sembla y prêter attention.

— Je ne crois pas que ce soit une bonne idée, lança Debbie.

Il but une gorgée de café et lui trouva un goût amer, à moins que ce ne fût la Vicodine. Il refusait de passer à la télé. Il ne voulait pas se laisser entraîner dans les visées électorales d'Amigo. Ni contrarier son ex-femme.

Pourtant s'il s'y prenait bien, il parviendrait peut-être à obliger Gretchen à abattre son jeu.

— D'accord, dis à Charlene de monter.

31

Charlene, genoux serrés et pieds croisés une cheville sur l'autre, était assise en face d'Archie et d'Amigo, installés côte à côte sur le canapé. Le maire avait remis sa veste. Deux jeunes techniciens arborant des casquettes NBC avaient dressé un décor derrière eux pour éviter que les rares télé-spectateurs qui avaient déjà séjournaient au Arlington puissent reconnaître l'endroit. Elle paraissait plus mince qu'à la télévision, et plus famélique.

— Vous êtes prêts ? demanda-t-elle.

— Tout à fait, répondit Amigo avant qu'Archie n'ait le temps d'ouvrir la bouche.

On l'avait maquillé, poudré, parfumé et, à présent, Archie le regardait se lécher les dents du haut. Un truc qu'il avait enseigné à Archie lorsque celui-ci lui avait succédé à la tête de la Brigade Spéciale, afin d'éviter que la lèvre ne colle à sa gencive lorsqu'il parlait devant les caméras. Archie avait cru à une blague.

— On va passer en direct.

Archie jeta un coup d'œil à ses mains. Elles avaient un peu dégonflé. Mais, malgré les quatre Vicodine, plus les deux qu'il venait d'avaler, sa douleur continuait de le lancer. Il voulait planer davantage. Il fallait qu'on le pense malade. Il était malade, et il tenait à ce que cela se voie.

Charlene se tourna vers la caméra, baissa la tête d'un air concentré, et changea de ton.

— Merci, Jim. Nous sommes en direct avec le maire Anderson et la dernière victime de Gretchen Lowell, le détective qui la traquait, Archie Sheridan.

Elle pivota vers Archie et lui toucha légèrement le genou.

— Détective, pouvez-vous nous dire ce qui vous a traversé l'esprit quand vous avez appris que l'Artiste s'était évadée ?

Archie garda un visage impassible malgré le ridicule de la question.

— J'en ai été malade. Je me suis inquiété pour la population. Gretchen est très dangereuse. Il ne faut en aucun cas l'approcher. Il est de première importance qu'elle retourne en prison, et vivante, pour que nous puissions terminer le travail d'identification de ses victimes.

— Je tiens simplement à répéter, intervint Amigo, que nous faisons tout ce qui est en notre pouvoir pour appréhender Gretchen Lowell. Elle ne nous échappera pas.

Charlene tendit de nouveau la main et effleura le genou d'Archie. Debbie se tenait derrière elle, hors du champ des caméras, et Archie crut la voir rouler des yeux.

— Comment vont vos enfants après le traumatisme d'hier ?

— Bien, mais je regrette que cela me détourne de mon travail d'enquête sur les meurtres de Forest Park...

Il sentit Amigo se tortiller quelque peu à côté de lui. Il regarda la caméra bien en face.

— ... Si quelqu'un a entendu parler d'une femme blonde disparue depuis deux ou trois ans, que cette personne contacte la police.

Charlene fit une moue interrogatrice devant ce changement brutal de sujet mais, en professionnelle aguerrie, elle ne manqua pas de poser la question qui s'imposait :

— Et le premier corps ?

— Nous l'avons identifié. Une certaine Molly Palmer.

À présent la douleur lui brûlait le ventre. Il avait appelé les parents de Molly après sa douche. Le père avait répondu :

— Il y a quinze ans qu'elle est morte pour nous.

Ils avaient une autre fille, avocate. Brillante. Deux enfants. Un mari banquier. C'est toujours astucieux de prévoir une solution de rechange.

Amigo s'était figé. Il toussa pour s'éclaircir la gorge.

— Pour nous en tenir au sujet, je tiens à rassurer de nouveau la population, nous mettons tout en œuvre pour la protéger.

Archie porta la main à son foie et appuya. Son estomac se retourna. Il leva les yeux. La caméra continuait de filmer et Amigo de débiter des fadaises. Archie tenta de se redresser, de prendre appui sur la table basse, de rendre la chose crédible. Ce n'était pas difficile, la douleur et la nausée le submergeaient, il suffisait de s'y abandonner. Il regarda de nouveau la caméra, attendant que le maire s'arrête et donne au caméraman le temps de réagir. Amigo finit par reprendre son souffle. Archie glissa du canapé et tomba à genoux.

— Nom de Dieu ! s'exclama Amigo.

— Filme, filme, aboya Charlene.

L'instant d'après, Debbie était à ses côtés. Elle étendit Archie sur la moquette et lui prit la tête dans ses mains. Il vit son visage penché au-dessus du sien, les traits tirés.

— Laisse-lui une minute, murmura Archie en lui pressant la main.

Elle inclina la tête, perplexe. Henry surgit entre Archie et la caméra.

— L'interview est terminée.

Archie entendit Charlene conclure :

— Archie Sheridan vient d'avoir un malaise. Nous vous tiendrons informés dès que nous aurons du nouveau. À vous, Jim.

La caméra devait avoir cessé de filmer, car elle ajouta :

— Putain de merde !

— Dehors, beugla Henry. Tout le monde dehors.

— J'appelle les secours ? demanda Amigo.

— Non, Fergus, rétorqua Archie, toujours allongé par terre.

Henry poussa Charlene et son équipe hors de la pièce, abandonnant le décor derrière le canapé.

La porte des enfants s'ouvrit et, une seconde plus tard, Sara s'était agenouillée à côté de son père.

— Papa?

— Tout va bien, ma chérie, dit-il en essuyant une larme sur la joue rose de la fillette. Tout va bien.

Sara baissa la tête et remarqua immédiatement ce que personne n'avait remarqué.

— Qu'est-ce que tu as à la main, papa?

Archie se redressa. Ben attendait au bout du canapé.

— Emmène ta sœur dans la chambre.

Ben tendit le bras vers elle. Sara regarda encore une fois son père, puis se leva et suivit son frère.

— Mais enfin, que se passe-t-il? demanda Debbie d'une voix blanche.

— Chut, chut, répondit Archie. Taisez-vous.

— Archie?

— Attendez.

Il ferma les yeux pour mieux percevoir le bruit familier.

Et il survint. Son portable.

Gretchen regardait les infos.

32

— Tu vas bien ? demanda Gretchen.

Archie héla Henry qui ouvrit aussitôt son portable pour faire localiser l'appel. Le cœur d'Archie battait la chamade et il devait lutter pour parler d'une voix normale.

— Tu te fais du souci pour moi ?

— Tu étais boursouflé, mon chéri. C'est l'œdème. Ton foie est en train de lâcher.

Il jeta un coup d'œil à sa main libre. La paume était écarlate, les doigts gonflés de liquide. Il serra le poing et le cacha sous son bras.

— Il faut que je te voie.

Il l'entendait respirer. Ses inspirations longues et légères trahissaient une respiration plus étranglée.

— Bientôt, lui assura-t-elle.

— Tu n'as pas quitté la région, alors ? demanda-t-il en regardant Henry pour s'assurer qu'il avait bien entendu.

Elle inspira de nouveau, souffla.

— Je veux être près de toi.

— Où es-tu ?

— Et toi, où es-tu ?

Henry secoua la tête. Archie comprit. Elle téléphonait avec un mobile à carte. Impossible à localiser. Elle allait raccrocher et reprendre le cours de ses joyeusetés sans que personne ne puisse l'arrêter.

— Gretchen, ne tue personne d'autre, d'accord ?

— Tu as mal ?

La main d'Archie retrouva le chemin de son foie, la douleur sourde le taraudait.

— Ouais.

Il lui sembla l'entendre sourire au téléphone.

— Bien.

La communication fut coupée et, à ce moment-là seulement, il se rendit compte qu'il avait serré le téléphone si fort qu'il en avait mal aux doigts. Il posa l'appareil sur la table et dénoua ses doigts crispés. Il ne portait plus son alliance depuis près de deux ans et sa main lui paraissait toujours nue sans cet anneau.

Henry qui faisait les cent pas, les mains entrelacées derrière la nuque, s'arrêta et donna un violent coup de poing dans le mur caca d'oie. Le bruit fit sursauter tout le monde.

— Putain de merde ! s'exclama-t-il en secouant la main.

Sous le choc, une minuscule fissure était apparue sur le mur.

Amigo s'assit sur le bras du fauteuil et les regarda tous tour à tour.

— Personne n'est au courant de ces appels téléphoniques. Ça ne sort pas de cette pièce.

Debbie, qui était assise sur le divan, les mains sur les genoux, se leva et gagna la chambre des enfants sans un mot. Archie avait trop de choses à lui dire, à lui expliquer, il devrait attendre un moment plus propice.

La porte de la suite s'ouvrit à la volée. Archie et Henry se retournèrent. Susan Ward apparut, tout de noir vêtue. Ses cheveux turquoise brillaient comme une flamme au-dessus de son visage rouge de colère.

— Putain, vous avez donné une interview à cette garce de Charlene Wood ?

33

— Quand avez-vous identifié votre inconnue ? demanda doucement Amigo.

Susan était blême.

— C'était mon scoop. C'est moi qui l'avais identifiée. C'était mon histoire.

Elle observa Archie, assis par terre, puis Henry qui se tenait la main, et la fissure en forme de toile d'araignée sur le mur.

— Que se passe-t-il ?

Archie s'assit sur le canapé à la place que Debbie venait de quitter. Il trouva le coussin encore chaud.

— Il fallait que ça passe à la télé, dit-il à Susan.

— Tu es sûr que c'est elle ? demanda Amigo.

— Vous étiez au courant, dit Susan en plissant les yeux. Vous étiez au courant pour Castle et Molly.

— J'avais entendu les rumeurs, comme tout le monde.

— Mais tu connaissais son nom, intervint doucement Archie.

— Il ne s'agissait que d'une liaison. Bon Dieu, ne sois pas aussi pudibond, Archie. Depuis le temps que vous êtes ensemble, Debbie et toi, tu n'as jamais eu envie d'aller tirer un coup ailleurs ?

La montée d'adrénaline causée par l'appel de Gretchen

s'estompait et Archie sentait de nouveau la nausée le gagner, des remontées acides envahir sa gorge.

— Elle avait quatorze ans, précisa Susan.

— Je la croyais plus âgée, répondit Amigo dont le visage s'empourpra. Dix-huit ans.

Un téléphone sonna. L'espace d'une seconde, Archie crut que Gretchen le rappelait, mais ce n'était pas la bonne sonnerie. Il appuya la tête contre le dossier du divan et ferma les yeux. Ses tempes bourdonnaient. La douleur lui déchirait le côté. Il avait l'impression qu'une armée de fourmis grouillait sur sa peau.

— C'est Susan qui l'a identifiée. On a vérifié les empreintes dentaires, c'est bien elle.

Il se tourna légèrement vers la chambre où se trouvaient Debbie et les enfants. La porte était toujours fermée.

Le téléphone continuait à sonner.

— Quelqu'un va-t-il se décider à répondre ? demanda-t-il d'un ton las.

— Ça peut attendre, répliqua Amigo en tapotant l'étui en cuir accroché à sa ceinture. Si cette liaison s'ébruite, mes amis, on est dans la merde. Une belle tempête politique.

— Il ne s'agit pas d'une liaison, protesta Susan. La fille avait quatorze ans et l'homme cinquante. Légalement, ça correspond à un détournement de mineur.

Archie poussa un soupir. Fallait-il vraiment qu'il mette les points sur les *i* ?

— C'est plus que ça, Amigo. C'est un motif de meurtre.

Susan s'avança vers lui, un pas minuscule. Sa voix à peine plus forte qu'un murmure.

— Vous pensez que Castle a tué Molly ?

Henry, qui suçait ses doigts endoloris, baissa la main et s'exclama :

— Et merde !

— Non, lâcha Amigo. J'ai travaillé pour Castle. Je ne l'ai jamais cru capable de tuer.

— Mais il était capable de sauter une gamine de quatorze ans et de tout dissimuler pendant quinze ans, contra Susan.

— C'est votre faute, répliqua Amigo en agitant un doigt manucuré sous le nez de la journaliste. Si vous n'étiez pas allée remuer la merde.

Il se reprit, serra le poing et retira sa main.

— De toute façon, cette histoire n'est pas encore sortie. Avec un peu de chance, personne ne reliera Molly Palmer et le sénateur, ajouta-t-il en hochant la tête plusieurs fois comme pour se convaincre.

— C'était la baby-sitter de ses gosses, fit remarquer Susan. Et puis je suis là. Bonjour. Je suis journaliste.

Amigo agita la main comme pour chasser une guêpe.

— Ça va prendre quelques jours avant que la presse réagisse. D'ici là, gardez l'affaire pour vous, demanda-t-il à Susan.

— Vous n'avez pas le droit de m'interdire de publier un article.

— Je l'ai déjà fait. Vous vous imaginez que le *Herald* a décidé tout seul de ne pas sortir ce truc après la mort du sénateur ?

— C'est de la censure, cracha Susan en jetant des regards désespérés à Archie. De la censure.

Ce dernier se pencha en avant dans l'espoir de calmer la douleur noire qui lui brûlait le ventre. En vain. Le téléphone d'Amigo qui n'arrêtait pas de sonner le rendait fou.

— Archie, ça va ? demanda Henry.

— Amigo, tu as appelé Fergus ? s'enquit Archie.

Fergus avait été son médecin dès l'instant où les secours l'avaient amené à Emmanuel après ses dix jours de captivité. C'était l'un des meilleurs chirurgiens des États-Unis, et en plus il était discret.

— On l'a envoyé chercher.

— J'ai cru que tu jouais la comédie, dit Henry en s'agenouillant près de son ami. Pour la forcer à appeler.

Archie regarda derrière Henry, la fente minuscule dans le mur s'agrandissait pour former une fissure en forme de cœur.

— À moitié.

34

Fergus promena sa main froide sur la peau nue d'Archie, juste en dessous des côtes. Le détective avait ouvert sa chemise et était assis sur le lit. Amigo avait emmené les enfants et Debbie manger un morceau au premier. Henry et Susan attendaient dans le salon.

Le chirurgien enfonça les doigts dans la chair meurtrie d'Archie.

— Votre foie est en train de lâcher.

Gretchen avait toujours raison.

Fergus palpa ensuite les ganglions sous la mâchoire. Ses mains ne se réchauffaient pas. Habituellement il arborait un nœud papillon, mais aujourd'hui il portait un pantalon de treillis kaki et une chemise de golf.

— Une cirrhose. J'ai besoin de faire quelques examens pour connaître son degré de gravité.

Voilà, on y était. Un marché de produits bio s'était installé dans le parc, de l'autre côté de la rue, et Archie entendait le bruit diffus de la foule qui s'y pressait, ainsi qu'un groupe jouant les tubes de Grateful Dead.

— Les cachets ? demanda-t-il.

— Il faut que vous arrêtiez d'en prendre.

— Mais je souffre.

— Il y a une chance, si vous arrêtez votre traitement maintenant, commença Fergus en ôtant ses lunettes et en les essuyant avec sa chemise, pour que votre foie réussisse à se régénérer.

Il porta ses lunettes vers la lumière qui filtrait entre les lames du store et les examina avant de poursuivre son nettoyage.

— Si vous continuez, vous devrez subir une transplantation, ou vous mourrez.

Il rechaussa ses lunettes et regarda Archie d'un air grave.

— Et pour bénéficier d'une greffe du foie, il faut être clean depuis six mois.

Archie entreprit de reboutonner sa chemise.

— Ça paraît raisonnable.

— Je ne plaisante pas.

Archie leva les yeux vers Fergus. Il avait de la peine pour lui. Le toubib l'avait soigné dès le début. Il lui avait sauvé la vie. Il avait contourné les règlements en lui rédigeant prescription sur prescription.

— Ralentissez l'évolution, ordonna Archie.

— Arrêtez les cachets. Arrêtez de boire. Continuez de prendre les diurétiques pour réduire l'œdème. Évitez le sel. Et si vous remarquez un gonflement du ventre, on peut vous faire une ponction pour retirer le liquide de la cavité abdominale.

— Ça va s'aggraver?

Fergus remonta la manche d'Archie, sortit un garrot en caoutchouc de son sac et le lui fixa sur le bras.

— Si vous commencez à vomir du sang, ou si vous remarquez des troubles mentaux, appelez-moi ou foncez aux urgences. Je refuse de vous prescrire un médicament qui vous tue, dit Fergus en tapotant une veine dans le bras d'Archie. Mais je vais vous préparer quelques ordonnances pour vous éviter le manque. Je peux aussi vous donner des adresses de centres de traitement.

Il tira une seringue de son sac, enleva la protection en plastique et enfonça l'aiguille dans la veine d'Archie. Celui-ci regarda son sang remplir lentement la seringue. Il avait vu davantage de sang ces dernières années qu'il ne l'aurait cru possible.

— Je ne veux pas que ça se sache.

Fergus retira l'aiguille et appliqua un morceau de coton pour arrêter le saignement.

— Il va falloir trouver quelqu'un pour s'occuper de vous.

Archie s'autorisa un petit sourire désabusé mais, le temps que Fergus relève la tête, son rictus avait disparu.

— Je pense à quelqu'un en particulier.

C'était un soulagement, vraiment. Car s'il devait mourir, il n'avait plus rien à perdre. S'il devait mourir, il pourrait l'arrêter.

35

Au bout du hall, Susan regardait une abeille se cogner à une fenêtre donnant sur la rue. Dehors les gens portaient des produits achetés au marché, promenaient leur chien, faisaient du vélo ou tournaient en cherchant à se garer. L'insecte heurta de nouveau la vitre. Un flic squelettique doté de grandes oreilles était assis dans un fauteuil sous le portrait d'un affreux vieux bonhomme. Il leva les yeux et sourit.

— Elle fait ça depuis une heure. L'abeille. C'est une vieille fenêtre, dit-il en grattant l'une de ses grandes oreilles. Les abeilles utilisent les rayons ultraviolets pour voir. Les nouvelles fenêtres ont des protections anti-UV, pas les anciennes. Les rayons traversent le verre. L'abeille ne le voit pas.

Susan tendit la main.

— Susan.

— Tod Bennett, répondit le flic. Tout le monde m'appelle Bennett.

— Vous en connaissez un rayon sur les abeilles, Bennett, lâcha-t-elle en ouvrant son portable.

— Je m'y connais surtout en fenêtres.

La journaliste ne se sentait pas d'humeur à discuter vitres, abeilles, ou même poètes-compositeurs protopunk féminisant des années 1970. Et pourtant, de ceux-là, elle était presque toujours partante pour en parler.

Elle appela un numéro au *Herald*. Ian décrocha.

— Rédaction.

Le son de sa voix lui donna la chair de poule. Dans son timbre doucereux elle retrouvait le goût de sa peau, de son savon. « *On ne couche pas avec des collègues de boulot* », lui avait dit sa mère. En fait elle avait déclaré : « *Ne chie pas là où tu dors* », mais Susan avait compris le message.

La jeune femme essayait de s'améliorer sur ce plan-là. C'était l'une des raisons qui l'avait conduite à rompre avec Derek.

Elle se détourna de Bennett et parla à voix basse.

— Ian, quand allez-vous sortir l'histoire de Castle et Molly Palmer ?

— Le moment venu.

L'abeille se cogna de nouveau contre la vitre.

— C'est-à-dire ?

— Les gens sont encore en train de pleurer le sénateur.

Susan eut envie de rire, ou alors de balancer son poing dans le plexus de Ian et de l'enfoncer jusqu'au cœur.

— Espèce d'enfoiré. Vous n'allez pas la publier.

La voix de Ian se fit plus doucereuse.

— Sois patiente, ma belle.

— Je ne suis pas ta belle. Je vais la proposer ailleurs. Quelqu'un la publiera.

L'abeille était posée sur le rebord de la fenêtre. Elle battait des ailes, se préparant pour un nouvel assaut.

— Tu as signé un contrat avec nous. Si tu veux perdre ton boulot..., libre à toi. Nous sommes le seul quotidien à Portland.

Il rit et Susan décida qu'au lieu de lui défoncer le plexus, elle allait lui casser le nez et lui crever les yeux. Comme ça, il passerait le reste de sa vie à maudire le jour où il l'avait rencontrée.

— Tu bosseras pour qui ? poursuivit Ian, hilare. *Le Mensuel de l'automobile* ?

— Alors tu vas les laisser enterrer l'histoire ? Comme ça ?

— Il est mort. Quelle importance ? Tu es brillante. L'affaire

Castle, c'est du passé. Tout le monde veut du Gretchen Lowell maintenant. Et toi, t'es en plein dedans.

— Je suis prisonnière de ce putain d'Arlington, s'écria Susan, plus fort qu'elle ne l'aurait voulu.

L'abeille se cogna de nouveau contre la vitre.

— Laisse tomber, souffla Susan.

— Quoi ?

— Je parlais à une abeille, expliqua-t-elle en portant une main à son front.

— Ah bon, rétorqua Ian en ricanant. Écoute, moi je couvre une chasse à l'homme. À la femme. Peu importe. On va mettre en place un blog pour toi sur notre site web. Tu peux le tenir à jour depuis l'Arlington.

— Un blog ?

D'après Susan, le site du *Herald* était une cause perdue. Elle jeta un coup d'œil à Bennett. Il lisait le *Portland Monthly*. Sur la couverture elle aperçut une photo du désert de l'Oregon et un gros titre *LES MEILLEURES DESTINATIONS EXOTIQUES*. Peut-être lisait-il un article sur les fenêtres.

Gretchen Lowell ou pas, Susan voulait sortir. Elle n'avait pas l'intention de tenir un blog. Surtout s'ils enterraient l'affaire Castle. Elle devait au moins cela à Molly.

— Écoute, ma belle, je dois filer. J'ai des documents sur le siège de l'école à mettre en ordre.

Elle entendait le tap-tap familier du clavier. L'abeille était partie. Peut-être vers un paradis regorgeant de pollen, comment savoir ?

— Au fait, quand je t'ai dit que tu avais un pénis de taille normale, c'était pas vrai.

Elle referma brutalement son portable. Parker lui manquait. Il aurait su quoi faire. Il se serait débrouillé pour que l'histoire soit publiée. Et figure en première page. Elle glissa son téléphone dans son sac et regagna sa chambre en passant devant Bennett qui ne leva pas les yeux, ce qui voulait dire qu'il n'avait pas perdu une miette de sa conversation. Il était assis juste en face de la suite d'Archie, la 602, et à côté de la chambre 603 que Susan partageait avec sa mère : deux lits jumeaux, un bureau, une télé, une salle de bains sans baignoire.

Pour l'instant, plus que tout, Susan aurait aimé prendre un bain. Elle ouvrit la porte de sa chambre et là, dans l'espace réduit entre les lits et le mur du fond, elle découvrit sa mère de cinquante-six ans, jambes serrées, bras levés, paumes jointes. Sa peau constellée de grains de beauté était pâle, la chair autour de sa taille et sous ses biceps un peu molle. Ses seins se balancèrent de gauche à droite quand elle se pencha pour toucher ses orteils, et ses dreadlocks décolorées frappèrent le sol comme un paquet de cordes. Susan s'empressa de fermer la porte derrière elle.

— Maman, qu'est-ce que tu fais ?

Felicity fit la planche, corps à plat, bras et orteils posés au sol, tétons frôlant la moquette.

— Salutation au soleil.

— Mais, tu es toute nue. Toute nue à l'Arlington.

Felicity se redressa en position de chien tête en haut, orteils au sol, poitrine bombée, bras à l'horizontale, regard dirigé vers Susan.

— Je fais toujours mon yoga nue…

Elle se pencha en avant pour adopter la posture chien tête en bas, fesses nues en l'air, dos arrondi. Puis elle passa une jambe entre ses mains, genou plié et se retrouva dans la posture du guerrier, en fente avant, les bras tendus au-dessus de la tête.

— … C'est très libérateur.

Elle avait un entrelacs de lierre tatoué sur le ventre. Il partait sous un sein et serpentait jusqu'au haut de sa cuisse. Susan suivait le tatouage des yeux quand soudain elle s'arrêta, bouche bée.

— Qu'as-tu fait à tes poils ?

Felicity baissa les bras pour prendre la pose du guerrier fier, un bras devant et l'autre derrière.

— Je me suis fait épiler.

Elle tendit la peau de son abdomen pour que Susan puisse

voir le motif soigneusement dessiné au milieu de la touffe grisonnante.

— C'est un symbole de paix. C'est Bodhi qui l'a dessiné.

— Mon Dieu !

Felicity leva de nouveau les bras pour tenir la pose un peu plus bas et ferma les yeux.

— Cette guerre est illégale, ma chérie.

Susan pivota brusquement sur elle-même et ouvrit la porte. Henry était là. Et Debbie. Et les deux enfants. Ils se retournèrent et la regardèrent. Et derrière elle, bien visible par la porte grande ouverte, Felicity nue en position de fente avant.

— *Namaste*, dit-elle en agitant rapidement la main.

Elle avança d'un pas et se pencha complètement, ses dreadlocks en tas sur la moquette.

Henry, Debbie, Ben et Sara restèrent un moment figés sur place.

— J'aime bien votre tatouage, dit Ben.

— Merci beaucoup, répondit Felicity en reprenant la posture de la planche.

Susan sortit dans le couloir et referma derrière elle. Bennett était toujours assis dans son fauteuil, le *Portland Monthly* ouvert sur les genoux. Ben et Sara tenaient chacun une main de leur mère. Henry fronça les sourcils.

— Vous avez bien déjeuné ? demanda Susan en s'efforçant de paraître naturelle.

— Essayez le saumon fumé, lui suggéra Debbie. Délicieux.

Le couloir était plongé dans le silence. On entendait seulement le bruit des pages de magazine que le flic tournait trop vite pour être vraiment en train de lire.

— Où allez-vous ? demanda Henry.

Susan portait un jean noir moulant, un débardeur noir et une ceinture assortie. Elle avait choisi un sac et des chaussures en vernis rouge.

— Travailler, répondit-elle.

— Vous ne pouvez pas partir. Vous êtes sous protection.

— J'ai des articles à écrire.

Sa voix sonnait trop désespérée, alors elle essaya de reformuler sa phrase pour lui donner un tour plus important.

— Journaliste, presse écrite.

— Écrivez dans votre chambre. Vous y serez en sécurité.

Elle jeta un coup d'œil à la porte fermée qui les séparait de sa mère en tenue d'Ève, puis revint vers Henry.

— Il faut que je sorte, siffla-t-elle entre ses dents serrées.

— J'en parlerai à Archie, soupira Henry.

Super ! Prisonnière à l'Arlington. Gretchen s'évade et on enferme Susan. Logique. Elle glissa un regard en direction de Bennett. Impossible de composer avec Henry, mais avec ce type, pourquoi pas ?

— Bon, d'accord.

Henry l'observa un long moment, puis hocha la tête et fit entrer Debbie et les enfants dans leur suite. Alors qu'ils franchissaient la porte, Susan entendit Debbie demander :

— C'était pas un symbole de paix ?

36

Archie tenait Sara au creux de son bras, sur son lit, au milieu d'une ménagerie d'animaux en peluche. Henry les avait apportés et ils occupaient le moindre espace libre, tapis mouvant de fausse fourrure, de griffes et de queues. Grâce aux cachets son corps lui semblait léger et détendu, et il luttait pour ne pas s'endormir à côté de sa fille.

— Relis-la. Encore une fois.

Il venait de terminer la lecture d'une aventure de Winnie l'ourson.

— Non, dodo, maintenant.

Dans l'autre lit, Ben lisait une histoire de Lemony Snicket.

Archie embrassa Sara sur la tête. Elle avait les cheveux de la même couleur que ceux de sa mère. Il adorait l'odeur de la fillette, et il blottit un instant son visage contre sa tête pour mieux la savourer. En revanche, il ignorait quand Ben l'avait laissé l'embrasser pour la dernière fois.

— Je t'aime, ma chérie, dit-il.

À certains moments, comme celui-ci, il se sentait complètement, merveilleusement, heureux. Pourtant il n'aurait su dire si c'était vrai. Ou l'effet de la Vicodine.

Il posa les pieds par terre et chercha ses chaussures.

La petite main de Sara s'accrocha à son bras.

— Reste avec moi. Jusqu'à ce que je m'endorme.

— Bien sûr, répondit Archie, trop heureux de prolonger cet instant magique.

Il s'allongea, croisa les pieds et passa un bras autour de sa fille. Le nez en plastique d'une peluche enfouie dans le lit s'enfonça dans son dos.

Elle ne le quitta pas des yeux en s'endormant. Ses paupières se firent de plus en plus lourdes et elle finit par céder au sommeil. Il attendit quelques minutes, puis se libéra et enfila ses chaussures. Ben posa son livre sur la table de chevet et se retourna pour ne pas lui faire face.

— Bonne nuit, p'pa, dit-il au mur.

— Bonne nuit.

*
* *

Il s'attendait à retrouver Henry et Debbie dans le salon, là où il les avait laissés, mais ils n'y étaient pas. Debbie l'appela de la chambre :

— Je suis ici.

Elle apparut à la porte, enroulée dans le peignoir Arlington blanc qu'elle avait adopté. Archie n'aurait pas été surpris de le voir glissé dans la valise le jour où elle rentrerait à la maison.

— Henry est parti il y a longtemps ? demanda-t-il en allant s'asseoir sur le lit.

Elle gagna la salle de bains et commença à se brosser les dents.

— Un quart d'heure, répondit-elle, la brosse à dents dans la bouche. Il m'a chargée de te dire au revoir.

Elle se rinça et cracha dans le lavabo. Depuis le lit il observait son reflet dans le miroir. Elle était superbe. Sara aussi en grandissant hériterait de cette beauté, ces cheveux châtains, ces taches de rousseur, ce regard vif.

Debbie rinça sa brosse et s'essuya la bouche dans une serviette blanche. Puis elle s'aperçut qu'il l'épiait et se retourna, le dos appuyé contre le lavabo.

— Qu'est-ce qu'il y a ?

— Rien.

— Je suis heureuse que tu ailles bien, dit-elle doucement.

— Juste un peu de stress.

— Tu m'as fait peur.

— Pardonne-moi.

Il termina sa phrase dans sa tête, *pardonne-moi pour tout.*

Elle lui adressa un de ses pauvres petits sourires tristes. Debbie lui survivrait. Ce serait dur, mais elle s'en remettrait. Les gosses aussi. Au bout du compte, ça serait sans doute mieux pour eux aussi.

— Pourquoi me regardes-tu comme ça ?

— Viens, lâcha-t-il en lui tendant les bras.

Après tout, les cachets n'y étaient peut-être pour rien. Il était peut-être vraiment heureux. Elle s'approcha de lui, pieds nus. Il dénoua le peignoir et glissa les mains à l'intérieur, caressant la courbe de ses hanches. Elle prit une courte inspiration et se mordit la lèvre.

— Il y a tellement longtemps.

Il l'embrassa dans le cou, s'enivrant de son odeur.

— À qui le dis-tu !

Il fit tomber le peignoir et l'attira contre lui. Il connaissait son corps. Ses seins, le gauche un peu plus gros que le droit ; les grains de beauté qui constellaient son ventre blanc ; le petit bourrelet, souvenir de ses grossesses. Il l'embrassa sur la bouche et se renversa sur le lit, l'entraînant sur lui. Son haleine avait le goût du dentifrice à la menthe. Elle gémit et entreprit de défaire la ceinture de son pantalon. Il l'arrêta, lui prit le poignet et porta sa main à sa bouche pour lui embrasser les doigts. Il voulait que son corps réponde, il voulait lui faire l'amour. Il l'aimait de toute son âme, mais son corps résistait. C'était comme ça depuis Gretchen. Il ignorait si ça venait du traumatisme physique suite à tout ce qu'il avait subi, ou du désir malsain qu'il éprouvait pour son bourreau et qui l'empoisonnait au point d'interdire à son corps de la trahir et de bander pour une autre femme.

Il avait décidé de faire l'amour à sa femme. Une dernière fois. Même si pour cela il devait tricher un peu. Il décida de laisser Gretchen se glisser dans sa tête. Il ferma les yeux et elle apparut. Mon Dieu, qu'elle était belle. Ses cheveux blonds, sa peau laiteuse, sa bouche ouverte. Elle l'attendait. Elle le désirait. Il suçota l'oreille de Debbie, et c'était celle de Gretchen. Il caressa les cheveux de Debbie, et c'étaient ceux de Gretchen. L'instant d'après il bandait. Il sentit Gretchen déboutonner son pantalon, glisser la main dans son caleçon et s'emparer de lui. Que c'était bon ! Il se demanda pourquoi il ne l'avait pas fait plus tôt. Elle lui picora le cou de légers baisers, comme Debbie le faisait autrefois. Mais ce n'était pas ce qu'il voulait. Sa langue força sa bouche, il arracha son pantalon, la retourna, s'enfonça en elle. Il se montrait brutal, et la force de son désir la fit tressaillir, ce qui l'excita davantage. Il poussa, plus fort, plus profond. Incapable de s'arrêter. Il voulait la baiser comme jamais personne ne l'avait fait. Comme aucun des hommes qu'elle avait eus ; ces hommes qui avaient tué pour elle ; ces hommes qu'elle avait tués. Il voulait l'atteindre au cœur.

Quelque part, très loin, il entendit sa femme dire :

— Tu me fais mal.

Soudain, il explosa. Les muscles de son dos se contractèrent, son corps tout entier fut saisi de tremblements. Toute la rage, toute la tension, toute la douleur qu'il avait refoulées déformèrent son visage. Il ouvrit les yeux. Debbie tremblait aussi, les yeux écarquillés.

— Mon Dieu, Archie !

Il roula sur le côté, un léger goût de menthe dans la bouche.

— Pardonne-moi, dit-il, écœuré de son comportement.

Debbie resta un long moment silencieuse, assise sur le lit, le drap enroulé autour de sa poitrine. Elle le serrait tellement fort qu'elle en avait les jointures blanches. Elle finit par lâcher :

— Tu vois ta psy. Demain.

Elle se leva et gagna la salle de bains en emportant le drap. Elle ouvrit le robinet et regarda l'image d'Archie dans le miroir. Il l'observait lui aussi.

— Tu vas voir ta psy, ou putain, je t'y traîne par les cheveux.

37

— Tu fumes ? demanda Susan.

Il faisait noir dans la chambre. La journaliste dormait lorsque l'odeur de la fumée de cigarette l'avait arrachée à un rêve merveilleux : Archie Sheridan et elle vivaient une aventure idyllique dans un lieu qui ressemblait fort à l'Atlantide. Elle resta allongée sans bouger un petit moment à inhaler la preuve accablante que sa mère s'offrait une pause cigarette à minuit.

— Maman ?

Pas de réponse.

Susan tendit le bras et alluma la lampe de chevet. Dans le triangle de lumière elle découvrit Felicity, penchée au bord du lit de son côté, son dos nu tourné vers sa fille, tenant une cigarette sous le bord du matelas afin de dissimuler le bout rougeoyant qui aurait révélé sa faute.

Elle avait noué ses locks blondes en un paquet emmêlé qui descendait presque jusqu'à sa taille. Elle jeta un coup d'œil à Susan.

— Juste une bouffée. Je n'arrive pas à dormir.

— Tu n'as pas le droit de fumer ici. Tu vas déclencher l'alarme incendie. Tiens-la à la fenêtre.

Felicity porta la cigarette à sa bouche et tira une longue bouffée.

— Les fenêtres ne s'ouvrent pas.

Susan rejeta la tête en arrière dans un accès de frustration.

— Maman, s'il te plaît.

Felicity soupira et s'allongea en travers du lit pour écraser la cigarette dans un verre posé sur la table de chevet. Elle portait une culotte noire en coton et des chaussettes montantes rayées rouge et orange.

— T'es un vrai flic.

Susan consulta sa montre. Il était un peu plus de trois heures. Le moment était peut-être venu de tenter sa chance et de se tirer de là. Elle se leva et gagna la porte sans faire de bruit. Elle portait une culotte et son T-shirt *Je déconne.* Pas vraiment la tenue idéale pour s'échapper, mais elle allait juste en reconnaissance. Elle entrouvrit la porte et glissa un œil dans le couloir. Bennett leva aussitôt la tête et lui adressa un signe de la main.

Merde et merde. Ce type ne rentrait donc jamais chez lui. Il ne lui arrivait même pas de s'assoupir.

Elle lui rendit son geste en s'efforçant de ne pas avoir l'air trop déçue.

— Je n'arrive pas à dormir.

Puis elle rentra dans la chambre et se jeta sur le lit.

— Il se peut que je me fasse virer, dit-elle. Tu sais, cette fille sur laquelle je préparais un article, Molly Palmer, elle est morte. C'est son corps qu'on a trouvé dans le parc samedi.

Felicity leva les yeux, intéressée.

— Comment est-elle morte ?

— Ils l'ignorent. Ils ont pensé à une overdose. Mais le sénateur est mort. Et Parker. Encore un tragique accident. Il y a forcément un lien. Le *Herald* refuse de publier l'histoire. Ian a commencé par dire que c'était parce que Castle venait de mourir et qu'ils voulaient attendre un peu avant de l'attaquer. Maintenant il prétend qu'ils ne peuvent pas sortir ce papier si Molly ne confirme pas ses déclarations. Je crois qu'il subit des pressions.

Susan avait promis à Molly que tout irait bien. Elle lui

avait promis des tas de choses. Elle aurait promis n'importe quoi pour la faire parler.

— Tu as des notes ? Des enregistrements de tes interviews ?

— J'ai tout donné à Archie.

Felicity fronça les sourcils.

— Tu as filé toutes tes preuves à la police ?

Susan se mordit les lèvres. Elle n'avait pas vraiment vu les choses sous cet angle.

— Ouais.

Felicity tendit le bras et éteignit la lampe, plongeant de nouveau la chambre dans le noir.

— Parfois, je me dis que toutes ces manifestations où je t'ai emmenée quand tu étais gosse ne t'ont rien appris du tout.

38

— Tout ce remue-ménage est-il bien nécessaire ? demanda Sarah Rosenberg.

Elle avait accepté de recevoir Archie le matin aux aurores et avait encore les cheveux mouillés après la douche. Ses cheveux châtains faisaient des taches sombres sur les épaules de son pull à col cheminée gris. Aucun maquillage, une chope de café posée sur un guéridon près de son fauteuil. Sur le mug on pouvait voir un gros cœur rouge et ces mots : *Meilleure Maman du Monde.*

Archie but une gorgée de café dans un gobelet en carton. Henry attendait de l'autre côté de la porte du bureau de Rosenberg. Deux voitures de patrouille étaient garées devant la maison. Un flic faisait le pied de grue sur la terrasse.

— C'est au cas où vous voudriez m'assassiner, rétorqua Archie.

Les rideaux de velours vert étaient tirés et il ne voyait pas les cerisiers. L'inquiétude plissait le front de la psy.

— Vous allez bien ?

Impossible de faire semblant. Il s'était vu dans le miroir le matin même. Sa peau ressemblait à de la paraffine. Il avait des cernes noirs sous les yeux et ses mains tremblaient.

— Est-ce que je vais bien ? Non.

— Et votre famille ?

Il jeta un coup d'œil à la pendule de grand-mère. Elle

indiquait toujours trois heures et demie. Un jour il paierait pour la faire réparer.

— Un peu secouée.

Rosenberg resta un moment sans rien dire. Elle attrapa la chope, but une gorgée et la reposa. Du thé, Archie en reconnut l'odeur. Pas du café.

— J'ai lu ce qui s'est passé à l'école. Ça a dû être très difficile pour vous.

Il refusait de croire que Gretchen pourrait éliminer ses enfants. Les terroriser, oui, mais pas leur ôter la vie. Elle ne tuerait pas la chair et le sang d'Archie.

— Elle a tué un gamin un jour, dit-il doucement. C'est remarquable parce qu'elle n'a tué que deux enfants. Autant que nous le sachions.

Qui essayait-il d'abuser ?

Il posa le coude sur le bras de son fauteuil et appuya son menton sur sa main. Rosenberg, assise droite comme un *i*, l'observait.

— Il avait dix ans. Il a disparu en revenant du parc à côté de chez lui. Elle lui a fait boire de la soude et l'a épluché au scalpel.

Ça s'était passé dans l'État de Washington. Archie était monté pour l'autopsie.

— Ensuite, elle l'a abandonné, pieds et poings liés, dans le jardin de sa maison, pour que sa mère le trouve.

Rosenberg demeura impassible.

— Vous avez vu beaucoup de violence, lâcha-t-elle simplement.

Archie but une gorgée de café. Après ses dix jours aux mains de Gretchen, il avait mis des mois avant de parvenir à avaler quoi que ce soit sans que son œsophage brûlé par la soude ne le fasse atrocement souffrir.

— C'est horrible de boire de la soude. On finit par tout revomir.

Compte tenu de la quantité retrouvée dans son organisme, elle avait dû l'immobiliser et la lui enfourner dans la gorge avec un entonnoir.

Il sortit sa boîte à pilules sans même chercher à se cacher, l'ouvrit et mit deux cachets dans sa bouche.

— Moi, j'ai eu de la chance, elle me l'a fait prendre à petite dose, à la cuiller.

— Vous n'avez pas eu de chance, Archie. Et puis vous n'aviez rien fait pour mériter cela.

Pourtant, ça s'était passé ainsi.

— Il faut que je l'arrête.

Il ne pouvait pas rendre sa famille heureuse, mais la protéger, ça, oui.

— Comment ? demanda Rosenberg.

Il sourit en se rappelant l'inscription au-dessus de la porte de l'école de Ben et de Sara :

— *L'éducation, ce n'est pas remplir un seau, c'est allumer un feu*, dit-il.

Rosenberg ne réagit pas.

— Yeats, précisa Archie.

— Je sais qui a dit cela, mais je ne suis pas sûre de comprendre à quoi vous l'appliquez.

— Elle va continuer à tuer.

Son plan lui plaisait de plus en plus. Il se persuadait qu'il n'était pas si fou.

— Elle est incapable de s'arrêter seule. Elle brûle tout ce qu'elle touche. Comment fait-on pour éteindre un feu ? On le nourrit et on le laisse s'éteindre tout seul.

— Ou on court le plus vite possible et on appelle les pompiers.

— Oui, aussi.

39

Debbie Sheridan ouvrit la porte. Elle portait un peignoir blanc en éponge avec le logo *Arlington Club* brodé en fil d'or sur la poitrine. Dans sa chambre, Susan n'avait pas trouvé de peignoir, pas même de shampooing.

— Archie n'est pas là, annonça Debbie.

Susan se tordit le cou pour voir si le carton qu'elle avait confié au policier était toujours là où elle l'avait laissé. Elle entendait les voix des enfants à l'intérieur.

— Je lui ai donné un carton de notes que j'ai besoin de consulter.

— Revenez plus tard, répondit Debbie, guère impressionnée par l'argument.

Susan tiqua en voyant la porte se refermer à dix centimètres de son nez. Elle regagna sa chambre mais, au moment où sa main se refermait sur la poignée de porte, elle changea d'avis et se dirigea vers les escaliers. Une voix l'interpella. Bennett.

— Où allez-vous ?

— Vous n'êtes jamais de repos ? demanda-t-elle en se retournant pour lui faire face.

— Je me suis porté volontaire pour prendre deux gardes.

Assis dans son fauteuil, il ne semblait même pas fatigué.

— Où allez-vous ?

— Dehors.

Il se leva, marqua soigneusement la page du magazine qu'il était en train de lire, et s'approcha d'elle.

— Vous êtes censée rester à cet étage.

Susan écarta les mains, l'air désespéré.

— J'ai besoin d'une cigarette.

— Mauvaise habitude.

— On a déjà fait votre portrait psychologique ? Je pourrais écrire un article sur vous. Dans le journal. Quelque chose d'héroïque, précisa-t-elle dans un battement de cils.

— On m'a chargé d'une mission, répondit Bennett en croisant les bras. Rester assis ici dans ce couloir et vous protéger, vous et le détective Sheridan.

Elle plongea la main dans sa poche et en sortit un paquet de cigarettes qu'elle agita sous son nez.

— Je peux partager.

— Je ne fume pas.

— Alors, qu'est-ce que je suis censée faire ?

Il plongea à son tour la main dans sa poche et en sortit un paquet fatigué de Big Red.

— Vous voulez un chewing-gum ?

*
* *

— Archie n'est pas là, dit Susan à sa mère.

— Tu en as mis du temps. Où as-tu trouvé ce chewing-gum ?

Le portable de Susan sonna. C'était le journal. Elle décrocha.

— Je viens de voir les rédacteurs, dit Ian. Ils sont tout excités à propos du blog.

Il marqua une pause, une pause très théâtrale.

— J'ai trouvé le titre : *EN DIRECT DU BUNKER*. Tu as de la matière ?

— Est-ce que le journal subit des pressions pour enterrer l'affaire Molly Palmer ?

Ian resta silencieux. Elle l'entendit se lever et fermer la porte de son bureau. Il finit par répondre :

— Oui.

— Est-ce que tu te bats pour moi ? En coulisse ?

— Je sais que tu ne vas pas me croire, mais oui.

Elle le crut. Pas parce qu'elle ne le considérait pas comme un con, mais parce que c'était d'abord et avant tout un journaliste. Ensuite seulement un con.

— D'accord pour le blog, mais je veux des articles écrits, pas ces conneries sur le web. Et je le fais uniquement parce que je tiens à ce que tu publies l'affaire Castle.

— On compte plus d'internautes que de lecteurs.

— Ah bon, dit Susan. Je te poste quelque chose dans la demi-heure.

⁂

Il faisait nuit le temps qu'elle envoie son dernier post de la journée. La police avait conclu que Gretchen entretenait une liaison avec B.D. Cavanaugh, le gardien qui s'était suicidé. Et aussi qu'elle avait tué la femme chargée de la convoyer avant de s'enfuir avec l'autre maton. À supposer que ce dernier soit toujours en vie. Comme elle était enfermée, Susan devait effectuer tout son travail de recherche par téléphone et par mail. Pendant ce temps Felicity, allongée sur le lit voisin, regardait la télé. Elle n'avait pas de poste chez elle, question de principes, mais quand elle en trouvait un, elle était littéralement fascinée.

Bien sûr, les chaînes suivaient la chasse à l'homme de minute en minute. À la façon dont ils en parlaient, on aurait dit que les journalistes souhaitaient voir Gretchen s'échapper.

Susan referma son ordinateur. Gretchen Lowell en cavale. Archie Sheridan au bout du couloir. Et elle, au cœur de l'affaire du siècle. Un million de personnes avaient lu son blog. Elle aurait dû s'en réjouir, mais elle ne parvenait pas à chasser Molly Palmer de son esprit.

Elle fit glisser l'ordi sur le lit. Il lui avait chauffé les jambes.

— Tu vas attraper un cancer des cuisses avec ce truc, dit Felicity sans quitter la télé des yeux.

— Le cancer des cuisses, ça n'existe pas.

— Pas encore.

Susan se sentait raide et crispée. Il fallait qu'elle bouge.

— J'ai besoin d'une cigarette. Tu pourrais distraire le garde-chiourme ?

— Qui ça ? demanda Felicity en se tournant vers sa fille.

— Le flic dans le couloir.

— Je fais comment ?

— Tu discutes avec lui, répondit Susan en enfilant son sweat-shirt.

— Qu'est-ce que je lui dis ?

— Parle-lui de fenêtres, lança Susan en haussant les épaules.

Charlene Woods continuait de tenir le micro tandis que des photos des victimes de Gretchen défilaient sur l'écran.

— Tu es sûre que ce n'est pas dangereux d'aller dehors ?

Susan glissa ses cigarettes et son briquet dans la poche de son sweat et remonta la capuche.

— Tends l'oreille. Si Gretchen Lowell m'attaque, je hurle.

*
**

Ce fut presque trop facile. Felicity sortit papoter avec Bennett et Susan se glissa dans l'escalier. Le flic était trop absorbé pour la remarquer. Peut-être avait-il entendu parler du symbole de paix.

Susan était libre et n'avait rien à faire. Elle n'avait pas emporté ses notes et Ian voulait qu'elle reste à l'Arlington pour alimenter le blog. Tant qu'il avait le pouvoir d'enterrer l'histoire Castle, elle préférait lui obéir. Elle alluma une cigarette et inspira. La première bouffée était toujours la meilleure. Elle sentit son corps tout entier se détendre, un peu comme lorsqu'elle faisait l'amour. Elle essayait de se convaincre qu'elle fumait parce qu'elle appréciait les pauses cigarette, ces courts instants de solitude et de contemplation, mais en vérité, c'était la nicotine qu'elle aimait.

On venait d'allumer les lampadaires décoratifs du centre-ville et elle entendait les cris de quelques mouettes dans le parc. Portland se trouvait à une heure de la côte pacifique, et elle ne comprenait pas ce que ces oiseaux venaient faire si loin à l'intérieur des terres, mais il y en avait toujours dans le coin, près de la rivière, chiant sur l'esplanade ou explorant les parcs. Un ado couvert de tatouages et de piercings passa à toute allure sur son skate-board sans que les volatiles daignent lui accorder un regard.

Il faisait dans les vingt degrés. Le ciel offrait un dégradé de tons pastel en cette belle soirée d'été. La lumière brillait dans certains des immeubles du centre ; des acharnés qui travaillaient tard, des employés d'entretien, ou des amours clandestines.

Susan tira une autre bouffée. Tout compte fait, la deuxième était peut-être bien la meilleure.

Molly fumait des Kool. Susan se demandait si sa famille oubliée organiserait une cérémonie pour son enterrement. S'ils le faisaient, Susan se jura d'apporter un paquet de Kool pour le mettre dans le cercueil.

— Vous ne pouvez pas fumer ici, m'dame.

Elle leva les yeux et découvrit le concierge fantomatique de l'Arlington qui agitait la main comme un éventail. Elle se retourna pour voir s'il s'adressait à quelqu'un d'autre. Après tout, elle était dehors, sur le trottoir. Elle ne dérangeait personne. Et en plus elle lui avait dit de ne pas l'appeler M'dame. Il continuait d'agiter la main. Elle tira une nouvelle bouffée et demanda :

— Pourquoi ?

— Vous risquez de gêner les membres, dit-il comme si c'était l'évidence même.

Elle fit un grand geste, montrant la façade sombre de l'immeuble, l'auvent vert, le parc, les voitures.

— Je suis dans la rue.

— Mais ils sont obligés de passer devant vous, en entrant et en sortant.

Elle regarda sa cigarette. La cendre menaçait de se détacher. Elle craignait de la faire tomber sur le trottoir, en face de ce mec. Il allait sûrement lui demander de la ramasser.

— Où suis-je censée aller ?

Du doigt il désigna le parc, de l'autre côté de la rue.

Elle se résigna et traversa rapidement pour aller s'asseoir sur un banc de bois en face de l'Arlington, non loin d'une fontaine publique entourée d'un petit muret de pierre qui portait un médaillon représentant Simon Benson. On appelait ces fontaines les Bouillons de Benson, il y en avait partout dans le centre de Portland. Selon la légende, Simon Benson, magnat du bois à la fin du XIXe siècle, les avait fait construire pour dissuader ses ouvriers de boire de la bière au milieu de la journée. Susan ignorait s'il avait atteint son objectif mais, cent ans plus tard, des pancartes disposées un peu partout dans le parc rappelaient que l'alcool était interdit.

Elle secoua la cendre de sa cigarette sur les pavés hexagonaux à ses pieds. Elle fumait des American Spirits. Molly était morte et elle, elle fumait. Il fallait qu'elle revienne à Molly. Le blog attendrait. Le livre sur Gretchen aussi. Elle devait rester concentrée, trouver un moyen de faire paraître l'histoire de Molly dans le *Herald*. Elle était de plus en plus persuadée que sa mort n'était pas due à une overdose accidentelle. Il fallait qu'elle découvre qui l'avait assassinée. Et aussi qui essayait de couvrir le meurtre. Elle était à peu près sûre qu'une découverte en entraînerait une autre.

Un clochard hirsute vint s'asseoir à côté d'elle avec un paquet de journaux *Street Roots*. Il empestait la crasse et la transpiration, mais elle était décidée à ne pas réagir. Il laissa tomber les journaux entre eux sur le banc et commença à renifler, puis il se tourna vers Susan en grimaçant.

— Ça vous ennuierait ?

— Quoi ?

— De ne pas fumer.

40

Le castor mesurait un mètre et on l'avait empaillé debout sur les pattes arrière, sa queue plate, aussi large qu'une assiette, étalée sur la moquette, la tête tournée comme s'il venait, du coin de l'œil, de repérer un danger. Il était mort depuis une centaine d'années et sa fourrure était pelée, mais l'étincelle de peur qui brillait dans ses yeux de verre noirs le faisait paraître presque vivant. Archie pouvait en témoigner.

On l'avait placé dans le restaurant de l'Arlington, à côté du pupitre du maître d'hôtel. Archie avait de la peine pour ce dernier car l'endroit réservé aux membres et à leurs invités ne comptait jamais plus de sept clients en même temps. Le policier l'avait lui-même constaté. Le maître d'hôtel passait le plus clair de son temps à feuilleter le livre de réservations relié de cuir. Sinon il ramassait les plumes minuscules qui tombaient du faisan empaillé posé sur la cheminée et voletaient jusque sur la moquette.

Debbie leva les yeux vers la tête de cerf accrochée au-dessus de la porte de la salle à manger.

— Cet endroit me donne la chair de poule, dit-elle.

Il n'y avait qu'une autre table occupée pour le dîner, et le cliquetis des couverts des convives portait davantage que celui de leurs voix.

— Il n'y en a plus pour très longtemps, lui assura Henry. Quelques jours encore.

Elle regarda Archie, comme si elle voulait un genre de confirmation, un signe de tête, quelque chose. Ils n'avaient pas reparlé de la nuit précédente. Qu'aurait-il pu lui dire? « Pardonne-moi? »

Archie demeurait le nez dans son assiette. Après sa séance avec Rosenberg, il avait passé quelques heures au bureau pour aider à coordonner la chasse à l'homme, puis le reste de la journée à feindre d'être normal devant ses enfants. Pour l'instant, Claire les gardait pour permettre au couple de profiter un peu l'un de l'autre. Mais, même cela, ils ne pouvaient le faire sans Henry.

La nourriture était bonne. Archie prit une autre bouchée de saumon grillé accompagné d'un pesto à la coriandre, tout en continuant d'éviter le regard de Debbie. La carte ne proposait quasiment que du saumon : tourte au saumon, salade de saumon, filet de saumon, steak de saumon. C'était la pleine saison de la Copper River. Des centaines de pêcheurs se ruaient vers l'embouchure du fleuve, en Alaska, pour tenter d'attraper les poissons qui remontaient le courant pour aller frayer. À cet endroit les poissons étaient gras. Plus on les pêchait loin de l'embouchure, plus ils étaient amaigris et leur chair sans goût.

Archie sentit son estomac se retourner, pris de crampes. Il avait déjà réduit les cachets auparavant. Il connaissait les symptômes du manque. Il posa sa fourchette en argent et sa serviette blanche, repoussa sa chaise et se leva.

— Je vais aux toilettes.

Henry l'imita pour l'accompagner. Ils s'occupaient trop de lui et pas assez d'arrêter Gretchen. Si cela n'avait tenu qu'à lui, il aurait fait appel à l'armée. Mais on lui avait enlevé l'affaire. Hormis la petite escapade chez la psy, il avait passé la journée sous surveillance à l'Arlington, sans regarder Debbie dans les yeux. Il soupira :

— T'as l'intention de me regarder chier?

Henry jeta un coup d'œil au restaurant désert et aperçut les toilettes au fond de la salle. Il haussa les épaules et se rassit.

— Merci.

Les toilettes des hommes se composaient de cabines dont les portes fermaient. Classieux. Il fit ce qu'il avait à faire et se lava les mains. Le savon liquide était parfumé au lilas. À moins que ce ne fût l'effet de son imagination ? Il se sentait vaseux à cause du manque de sommeil. Dans le miroir, ses yeux lui parurent jaunes. Il s'essuya les mains dans une vraie serviette qu'il jeta dans une corbeille en osier sous la paillasse en marbre.

Le gamin l'attendait à la porte. Enfin pas tout à fait un gamin. Il devait avoir dans les vingt ans. Archie vit le trou dans sa lèvre, là où il mettait son piercing lorsqu'il ne travaillait pas. Sa veste blanche de serveur était amidonnée et, quand il s'approcha, Archie respira une forte bouffée de fumée de cigarette.

Le gamin parlait du coin de la bouche, comme s'il révélait un secret.

— Votre amie vous cherche. Elle m'a dit d'attendre que vous soyez seul pour vous parler.

Il avait un piercing récent en haut de l'oreille, dans le cartilage. Rien qu'un minuscule clou en argent perdu sous ses cheveux, si petit que le directeur ne l'avait probablement pas repéré. Archie ne l'aurait pas remarqué non plus sans la goutte de sang qui glissait sur le bord extérieur de son oreille gauche. Ce genre de piercing mettait un certain temps à cicatriser.

— Où est-elle ?

— Dans sa voiture, dans l'impasse.

Le gamin fit un geste en direction d'une porte battante, comme s'il lui indiquait le chemin des boutiques.

— Là-bas derrière. Il faut traverser la cuisine.

Archie comprit à l'étincelle espiègle dans l'œil du jeune serveur qu'il pensait que Gretchen était sa maîtresse.

— Vous saignez, lâcha Archie.

Le gamin sursauta et porta la main à son oreille gauche. Il tressaillit en découvrant la traînée de sang au bout de ses doigts.

— Dégueulasse !

— Vous avez des projets pour ce soir ? s'enquit Archie en pensant aux heures d'interrogatoire qu'Henry allait lui infliger.

— Non.

Archie s'éloigna vers la porte menant à la cuisine. Loin d'Henry. Loin de Debbie. Loin de tout.

— Tant mieux !

41

Susan Ward était bien la dernière personne qu'Archie s'attendait à trouver en sortant dans l'impasse. Elle fumait près d'un conteneur à ordures vert. Elle leva les yeux, prit sa cigarette entre deux doigts et lui dit bonjour comme si elle n'était pas surprise de le voir. L'espace d'une longue seconde Archie fut troublé. Puis, derrière Susan, plus loin dans l'impasse, il aperçut le halo des feux arrière d'une Jaguar dans la pénombre, deux yeux ensommeillés et sinistres.

— Vous allez bien ? demanda-t-il.

Elle fit tomber sa cendre dans une grosse boîte qui avait autrefois contenu de la sauce tomate destinée au restaurant, et qui à présent récupérait les cendres et les mégots de centaines de pauses cigarette.

— Ouais. C'est le seul endroit où l'on puisse fumer, bougonna-t-elle en montrant le conteneur qui empestait la nourriture pourrie. Attention, ne marchez pas dans l'urine.

La présence de Susan tenait simplement du hasard. Étourdi par le soulagement, il trébucha et dut se rattraper au conteneur pour ne pas tomber.

— Oups, on a trop bu ?

Elle sourit, du rouge à lèvres sur les dents, et inspira une longue bouffée. Des mégots traînaient partout sur le bitume, comme des allumettes dans un jeu d'enfants. Les mégots offraient une excellente source d'ADN.

— Donnez-m'en une, demanda Archie.

— Sérieux? demanda Susan visiblement surprise.

Il tendit la main. Elle tremblait légèrement, mais pas assez pour que quelqu'un le remarque. Elle tira une cigarette de son paquet jaune et la lui donna.

— Vous avez déjà fumé?

Il lui prit son briquet en plastique noir, alluma la cigarette et inspira. La fumée lui brûla les poumons mais il réussit à ne pas tousser. Il jeta un coup d'œil à la Jaguar toujours arrêtée au bout de l'impasse, moteur tournant quasiment sans un bruit. La seule voiture digne de ce nom que les Anglais aient jamais fabriquée.

— J'ai essayé quelquefois. J'ai jamais accroché. Je me souviens de la première, malgré tout. C'est celle qui marque le plus. Première cigarette. Premier baiser. Premier cadavre dans un parc.

— D'ac… cord…

Elle portait des leggings, des bottes marron, un T-shirt vantant un groupe qu'il ne connaissait pas, et un sweat à capuche. Elle s'était fait des couettes.

— Dites. Je sais que je viens de vous le donner, mais j'ai besoin de récupérer le carton de notes sur l'affaire Castle.

Il enregistra à peine sa demande. Il avait d'autres choses en tête.

— Il faut que j'y aille, lança-t-il.

Susan regarda la porte coupe-feu tout écaillée qui menait à la cuisine.

— Où est Henry?

— Ils se débrouilleront très bien, rétorqua Archie, davantage pour lui-même que pour Susan.

Il fit quelques pas en direction de la voiture, se retourna, regarda la jeune fille et lui sourit, avant de jeter sa cigarette par terre. Il entendit Susan l'appeler d'une voix suraiguë mais continua d'avancer. Une fois arrivé à la Jaguar, il se retourna encore une fois et ouvrit la portière. Susan resta sur place, mains sur les hanches, tête inclinée sur le côté. Entre eux, la cigarette qu'il avait jetée rougeoyait sur la chaussée. Il n'avait pas mis le pied dessus, ne l'avait pas écrasée. Il ne voulait pas gâcher leur chance de récupérer son ADN grâce à elle.

Il ne fit aucun signe d'au revoir à Susan, cela lui paraissait trop morbide. Il lui tourna le dos et monta résolument dans la voiture. La nausée l'avait quitté à présent, il était presque soulagé, certain que son plan fonctionnerait. De plus la cigarette les aiderait plus tard.

S'ils devaient identifier un corps.

La voiture démarra aussitôt.

Il sentit sa main sur le haut de sa cuisse avant d'entendre sa voix.

— Bonsoir, mon chéri.

Il la regarda. Elle avait attaché ses cheveux blonds en queue de cheval. Sa main gauche était placée à midi sur le volant. Il la trouva éblouissante, éblouissante et terrifiante. Étrangement pleine de vie aussi. Si son plan marchait, ça vaudrait le coup. Sinon, eh bien tant pis.

— Bonsoir, Gretchen.

42

Le tableau de bord de la Jaguar était en ronce de noyer verni, tellement brillant qu'Archie y voyait son image. Son visage apparaissait flou, hagard, et il préféra s'en détourner.

— Vide le chargeur de ton revolver, retire la batterie de ton portable et jette-les par la fenêtre.

Sa voix mélodieuse avait la pureté du cristal. Archie se tourna vers elle. Son cœur battait la chamade, l'adrénaline envahissait son corps. C'était bon. Il planait.

— Gare à la pollution, lança-t-il.

Gretchen lui adressa un sourire enjôleur. La regarder lui avait manqué. Elle avait trente-trois ans mais paraissait curieusement à la fois plus jeune et plus vieille. Sa peau parfaite. Ses traits sans défaut. Il avait l'impression de contempler un tableau dans un musée après n'en avoir vu que des reproductions. Jamais la copie n'égalerait l'original.

— Les flics qui te recherchent les trouveront demain matin.

Il sortit le téléphone de sa poche, fit sauter le dos et enleva la batterie bleue. Puis il tira son revolver dans son holster et fit glisser les balles dans sa main. Gretchen appuya sur un bouton et la vitre commença à descendre. Il passa la main par la fenêtre et laissa balles et batterie tomber sur la chaussée. Les munitions rebondirent sur l'asphalte avec un bruit sec.

Elle tourna à gauche en direction de la rivière.

— Belle voiture, commenta Archie.

— J'avais un peu d'argent de côté. Sous un autre nom.

Sa main remonta imperceptiblement sur la cuisse d'Archie. Quelques millimètres, mais il eut l'impression que c'était beaucoup plus.

— Regarde dans la boîte à gants, lui ordonna-t-elle.

Il ouvrit le compartiment et découvrit cinq grands flacons ambrés pleins de comprimés.

— Enlève les médicaments et mets ton arme et ton téléphone à la place. Il y a de l'eau dans le porte-gobelet.

Il suivit les instructions. De toute façon, le revolver et le portable ne servaient plus à rien désormais. Il attrapa la bouteille d'eau et ôta la capsule. Puis il ouvrit l'un des flacons. Même dans la pénombre de la voiture il reconnut les cachets à la forme et au toucher. Il en avala quatre avec un peu d'eau.

Elle récupéra trois petits comprimés jaunes dans le tiroir à monnaie du tableau de bord et les lui tendit.

— Qu'est-ce que c'est ?

À présent ils roulaient sur Bill Naito Parkway en direction du sud. La rivière sur leur gauche. Dans les années 1970 une autoroute longeait la Willamette, mais on avait décidé de la démanteler et de construire un parc qui s'étendait aujourd'hui jusqu'au centre-ville en suivant le bord de l'eau.

— Nous avons une longue route devant nous.

Gretchen ne voulait pas qu'il sache où elle l'emmenait, c'était bon signe. Si elle avait souhaité le tuer tout de suite, elle n'aurait pas pris cette précaution.

— Est-ce que je vais me réveiller attaché sur un lit d'hôpital ?

— Non.

Il plaça les comprimés sur sa langue. Il les trouva amers, mais pas comme la Vicodine. Le goût était différent. Il but une gorgée d'eau pour le chasser.

— Tu m'as manqué, mon chéri, dit Gretchen.

Archie sourit et appuya la tête contre la vitre tandis qu'ils s'engageaient sur la I-5 en direction du sud.

43

— C'était quel genre de voiture? demanda Henry.

Susan farfouilla dans son sac d'une main tremblante pour prendre une autre cigarette. Henry avait jailli dans l'impasse au moment où la Jaguar disparaissait. Et depuis il n'arrêtait pas de lui crier dessus.

— Je vous l'ai dit. Elle était argent.

Elle pensa aux échantillons de peinture que sa mère rapportait à la maison et appliquait sur différents murs pendant des années avant de se décider.

— Pas bleu argent; ni glacier; ni métal; ni neutre.

Elle se creusa la tête pour être plus précise, elle voulait aider du mieux qu'elle pouvait.

— Elle était argent avec une touche de gris, comme le chemisier en soie... que je porte parfois. Argent chic. Platine.

Soudain, la réponse lui vint :

— Un ton plus clair que le Macbook Pro.

Henry ne semblait pas apprécier ses efforts de précision. Elle voyait palpiter la veine de son front.

— S'agissait-il d'une voiture neuve?

— Une voiture neuve?

Il la rendait nerveuse. Elle jeta un œil à son paquet de cigarettes. Plus que deux. Merde, pourquoi n'arrivait-elle pas à faire plus attention aux détails?

Il posa la main sur son bras, elle le regarda.

— Était-ce une voiture américaine ? Une berline ? Est-ce qu'elle avait des plaques d'immatriculation ? Des stickers sur les pare-chocs ? Combien de feux arrière ?

Elle sentit ses yeux se remplir de larmes.

— Je ne sais pas, je ne sais pas.

Derrière Henry, de l'autre côté de l'impasse, elle aperçut Debbie dans l'embrasure de la porte de la cuisine, encadrée par deux flics. Trois voitures de patrouille étaient déjà arrivées, éclairant l'obscurité de l'impasse de leurs gyrophares.

— Vous êtes journaliste, nom de Dieu.

— J'y connais rien en bagnoles.

Elle étouffa un sanglot et tira une nouvelle bouffée de sa cigarette.

— Je m'y connais en vêtements, en musique, en agro-tourisme.

— En agro-tourisme ?

— J'ai écrit un article là-dessus.

Henry ferma les yeux.

— Que vous a-t-il dit ?

— Je vous l'ai déjà dit et répété : *ils se débrouilleront très bien*, rien d'autre.

— Putain de merde ! s'exclama Henry.

Susan vit Debbie s'éloigner des autres flics et courir vers eux. Elle gardait une main plaquée sur sa bouche comme pour refouler un sanglot.

— Que se passe-t-il, Henry, c'est elle ? demanda-t-elle entre ses doigts.

Susan écarta machinalement sa cigarette de Debbie, avant de la dévisager.

— La cigarette. Il a jeté sa cigarette là-bas, lança-t-elle en désignant un point à quelques mètres d'eux.

— Archie ne fume pas, répliqua Debbie en secouant la tête.

Susan se dirigea vers l'endroit où Archie avait jeté son mégot. Elle scruta le sol et le trouva rapidement, consumé jusqu'au filtre. L'odeur persistait.

Henry sortit un sac en plastique Ziploc de sa poche, le

retourna, s'accroupit, et prit le filtre avec le sac avant de remettre celui-ci à l'endroit, la cigarette à l'intérieur.

— Que se passe-t-il ? l'interrogea Debbie.

Henry contempla la cigarette et se frotta le front de sa grosse patte en murmurant « *espèce de crétin* ».

— Pas toi, précisa-t-il à Debbie avant de se passer la main sur le visage. Archie voulait nous laisser un échantillon de son ADN. Mais on n'en avait pas besoin, ajouta-t-il dans un soupir, on a sa rate dans un bocal de formol.

Debbie se mit à trembler. Elle suffoqua, ses épaules se courbèrent en avant, et elle dut s'appuyer sur le bras d'Henry pour ne pas tomber.

— On était heureux. On s'aimait, murmura-t-elle comme pour elle-même. Mon Dieu, Henry, que vais-je dire aux enfants ?

Henry ne répondit pas.

— Que va-t-il se passer, maintenant ? demanda Susan.

— On va les trouver.

Un flic en uniforme s'approcha, accompagné d'un jeune homme en tenue d'apprenti serveur.

— Ce gamin prétend qu'une femme blonde lui a demandé de dire à Archie Sheridan qu'elle l'attendait ici.

Le serveur porta la main à son oreille gauche.

— Qu'est-ce qui se passe ?

— Quel genre de voiture conduisait-elle ? demanda Henry.

— Coupé Jaguar XK argent métallisé, modèle 2007. Jantes Sabre chromées.

— Vous voyez, c'était pas compliqué, lâcha Henry en se tournant vers Susan.

44

Susan but une gorgée de café froid dans la chope posée sur son bureau. Il macérait depuis six heures et avait un goût d'écorce, mais elle s'en fichait. Elle s'appuya contre le dossier de son fauteuil. Il était quatre heures du matin et on s'affairait comme dans une ruche au quatrième étage du *Herald*. La rumeur courait que Howard Jenkins en personne était à son bureau. Même les stagiaires étaient venus. Gretchen Lowell partie avec Archie Sheridan, c'était du lourd. Tout le monde se moquait de l'incendie qui ravageait le centre de l'Oregon, du petit avion disparu au large de la côte, et de l'habituel cortège de mauvaises nouvelles. Gretchen faisait vendre si vite que Hearst lui-même en aurait rougi de honte. Le *Herald* n'avait pas connu pareille agitation depuis qu'Archie avait été kidnappé. La première fois.

— Quelqu'un refait du café ? lança Susan.

Personne ne réagit. Elle bouchonna une feuille de papier et la lança sur Derek qui surfait sur Internet trois bureaux plus loin.

— Ouille, dit-il en se frottant l'oreille.

— Tu refais du café ?

Derek se leva et se dirigea vers la salle de repos en traînant les pieds.

Susan avait passé la nuit au journal. Elle avait insisté pour être autorisée à travailler à condition de retourner dormir à l'Arlington. Gretchen Lowell était en cavale et Susan était persuadée que l'Artiste se souciait d'elle comme d'une guigne. Felicity, elle, ne quittait pas le club. Elle prétendait se sentir toujours menacée. Susan aurait juré que sa mère aimait surtout le room service.

Susan était installée devant son ordinateur. À force de taper elle avait effacé les touches *L* et *S* du clavier et ses mains avaient laissé des traces noirâtres sur la carcasse du portable.

Elle disposait d'un PC de bureau au journal, mais elle ne s'en servait pas. C'était un Pentium II. Parker, qui avait plus d'ancienneté que n'importe qui, travallait sur un Pentium III, et tout le monde attendait l'occasion de l'essayer.

Le *Herald* avait révélé la disparition d'Archie sur son site web huit minutes avant que Charlene Wood n'intervienne en direct de l'impasse. C'était toujours ça de gagné. Susan avait cessé de harceler Ian à propos de l'affaire Castle. Au lieu de cela elle avait rédigé un long témoignage personnel sur les événements de l'impasse. Ian aimait suivre l'exemple du *New York Times*, où le journaliste parlait toujours de lui à la troisième personne. Par exemple : *Selon notre reporter, la voiture était de couleur argent*, ou encore : *Notre reporter se trouvait dans l'impasse en train de fumer une cigarette et a assisté à toute la scène.*

Susan estimait que cette méthode la faisait passer pour une idiote. Elle ignora donc Ian pour écrire son article à la première personne et s'abstint juste de parler de la cigarette.

La police avait réussi à contrôler les faits. Susan s'était mise d'accord avec Henry pour omettre qu'Archie était monté dans la voiture de lui-même. Pour l'instant. En fait l'histoire officielle sous-entendait que Gretchen l'avait enlevé de force. Ce qui s'avérait plausible. Elle avait très bien pu le menacer d'une arme que Susan n'avait pas vue. Ce n'était pas un mensonge. On évitait juste d'explorer tous les scénarios possibles. Et Dieu sait que la presse procédait ainsi tout le temps.

Ian vint s'asseoir près d'elle sur son bureau. Trop près.

Il avait pris cette habitude quand ils couchaient encore ensemble; à l'époque elle appréciait cette promiscuité qui avait un goût de défendu. Elle pensait que c'était leur petit secret. Aujourd'hui elle se demandait si tout le monde avait appris leur liaison. Probablement.

— Il y a une conférence de presse à six heures. Tu veux venir?

Il portait un jean et un T-shirt acheté à la boutique du MoMa. Essayait-il de détourner son attention?

— Oui, bien sûr.

— Alors, rentre chez toi.

Elle n'avait pas envie de rentrer chez elle. Et elle ne voulait surtout pas retourner à l'Arlington.

— J'attends une info.

— Rentre, Susan, lui ordonna gentiment Ian. Va te reposer, prends une douche. Change-toi et sois au palais de justice à six heures.

Il posa une main sur son épaule.

— Je sais à quel point Sheridan compte pour toi.

Susan se crispa en comprenant son insinuation.

— Je ne couche pas avec lui, cracha-t-elle.

— Ça ne me regarde pas.

— Non, ça ne te regarde pas, et ne rends pas cela sordide.

Elle n'aimait pas qu'il considère Archie comme un autre de ses amants mal choisis.

— C'est mon ami.

Elle se pencha sous le bureau et arracha le cordon d'alimentation du portable d'un geste sec.

— Rien à voir avec notre histoire.

Derek apparut, une chope *Herald* dans chaque main. Dans l'une une cuiller en plastique et tellement de lait qu'on aurait dit du Nesquik. L'autre café était noir. Il le tendit à Susan.

— Noir et amer, c'est bien ça?

45

Susan s'immobilisa, la main levée, prête à frapper à la porte de Debbie Sheridan. Bennett, depuis son fauteuil, l'observait d'un air bienveillant.

Elle avait presque trouvé le courage nécessaire pour mener à bien son projet, elle voulait prendre des nouvelles de Debbie sans paraître la harceler. Soudain, la porte s'ouvrit et elle se retrouva face à Henry Sobol. Elle aperçut Debbie sur le canapé, les yeux rouges, ses enfants blottis contre elle, avant qu'il ne referme la porte derrière lui.

— Ce n'est vraiment pas le moment, lâcha-t-il d'un ton qui n'invitait guère à la discussion.

Elle passa la main dans ses cheveux turquoise.

— Quelles sont les dernières nouvelles ?

Elle se rendit compte qu'il n'avait pas dormi non plus. Il portait les mêmes vêtements que la veille et une couronne grise ombrait son crâne rasé. Il parlait d'une voix pâteuse, d'un ton las.

— Il y a une conférence de presse à six heures.

— Ce n'est pas votre faute si…

À peine sorties de sa bouche, elle regretta ses paroles, mais poursuivit maladroitement.

— … si vous n'étiez pas avec lui. S'il voulait vraiment s'échapper, il aurait trouvé une autre occasion pour le faire.

Le regard bleu d'Henry s'assombrit. Il jeta un coup d'œil à la porte fermée et sa voix gronda rageusement.

— Il ne s'est pas échappé. Elle l'a emmené de force. Compris ?

Susan recula d'un petit pas.

— Compris.

Henry fronça ses épais sourcils, se détourna et commença à s'éloigner.

— Je veux en être, lâcha Susan, surprise par son propre courage.

— Quoi ?

Les mots jaillirent de sa bouche avant qu'elle pût les retenir.

— Je veux participer à l'enquête. C'est mon prix. Je pourrai vous aider. Je ne serai pas dans vos pattes. Je veux juste me rendre utile.

Henry ferma les yeux un moment.

— Épargnez-moi ces conneries, dit-il.

Susan se sentait de plus en plus confiante.

— Je déballe tout si vous me refusez l'accès à l'enquête. Je connais Archie. J'en sais beaucoup sur le dossier Gretchen. Je peux vous aider à les trouver.

À cet instant, elle croyait ce qu'elle disait. Molly était morte. L'affaire Castle au point mort. Mais dans cette enquête, elle pouvait aider. Elle pouvait faire cela pour Archie.

— Il faut que je vous aide à les retrouver, je vous en prie.

Bien sûr, elle n'aurait jamais trahi Archie, mais elle pariait sur le fait qu'Henry ne prendrait pas ce risque. Elle voulait qu'il accepte et, en même temps, qu'il l'accuse de bluffer. Parce que s'il acceptait, cela signifiait qu'il n'avait pas confiance en elle.

— D'accord. Vous en êtes.

*
* *

Elle n'était pas revenue dans les bureaux de la Brigade Spéciale depuis la fin de l'affaire de l'Étrangleur. C'était une ancienne banque à l'est de la ville que la municipalité avait acquise pour agrandir les locaux de la police. Un bâtiment carré de plain-pied au milieu d'un parking. De chaque côté on trouvait encore des distributeurs de billets en état de marche.

On avait réalisé quelques travaux : la vieille moquette avait été arrachée, le guichet du caissier retiré et on avait installé partout des bureaux équipés d'ordinateurs à écran plat. Malgré tout l'endroit continuait de ressembler à une banque. Sur la vieille pendule, le slogan n'avait pas changé : *Prenez le temps de venir nous voir.* Les tubes fluorescents éclairaient assez pour que l'on puisse compter les taches de rousseur d'un pilleur de banque sur les bandes des caméras de surveillance. Pas très flatteur, cet éclairage ! Susan tira sur son T-shirt. Elle était partie avec Henry sans repasser dans sa chambre pour se changer. À présent elle regrettait de ne pas avoir veillé à mettre un soutien-gorge.

Claire Masland s'assit à côté d'elle à la table de conférence de l'ancienne salle de repos de la banque. La pièce grouillait de flics. Personne n'avait dormi. On se serait cru dans les vestiaires d'un gymnase. Susan porta un gobelet de café à ses lèvres. Elle s'était servie à un Thermos posé sur le comptoir. Il était aromatisé à la noisette. Quel genre de flics pouvait bien boire un truc pareil ?

— New Kids on the Block ? dit Claire.

Susan baissa les yeux sur son T-shirt.

— C'est de l'humour[1].

1. Groupe pop-rock très populaire aux États-Unis dans les années 1980-1990. Jeu de mots sur les différents sens de *Block* : Les gamins du *quartier*, mais aussi sur le *billot* (du bourreau, ou du commissaire-priseur à l'époque où les esclaves étaient vendus aux enchères). *(N.d.T.)*

— Bon, dit Henry. Allons-y.

Il déroula une carte de l'Oregon sur la table. Elle était couverte de Post-it.

— Les barrages routiers sont indiqués. On a alerté les aéroports, les stations d'autobus, les gares, les ports. On a diffusé leur photo à tous les deux. La couverture médiatique est lancée. Qu'est-ce qu'on a oublié ?

Jeff Heil étudia la carte par-dessus l'épaule d'Henry.

— Vous pensez qu'elle n'a pas quitté l'État ?

La carte ne montrait qu'une bande de l'État de Washington, au nord, et de la Californie, au sud ; du côté de l'Idaho, à l'est, la frontière formait un vague profil humain tourné vers le Pacifique.

— Elle n'est pas allée bien loin la dernière fois, intervint Claire.

— On devrait peut-être fouiller tous les sous-sols de Gresham[1], lança quelqu'un.

Henry secoua la tête et étudia la carte.

— Ne croyez pas que j'ai éliminé cette possibilité.

Il inspira profondément, ses épaules se soulevèrent, puis retombèrent. Il parcourut la salle des yeux puis s'arrêta sur Lorenzo Robbins, le légiste. Il était entré pendant qu'Henry parlait et attendait près de la porte.

— Alors, qu'est-ce qu'on a sur le cœur ?

Robbins croisa les bras et s'appuya contre la porte. Il avait plusieurs classeurs coincés sous le bras. Susan ne le connaissait pas, mais elle l'avait aperçu ici ou là. Avec ses dreadlocks, on pouvait difficilement le rater.

— Un homme. La trentaine. On a comparé son ADN avec un échantillon prélevé au domicile du maton disparu. C'est lui. Il s'appelait Rick Yost.

— Il est mort comment ? demanda Henry.

— Pas d'une crise cardiaque.

Henry soupira et se tourna vers Mike Flannigan.

1. Petite ville historique située non loin de Portland dans la vallée de la Willamette. *(N.d.T.)*

— On a tiré quelque chose de la batterie du portable et des balles ?

Susan se sentit mieux réveillée tout à coup. Elle se redressa sur sa chaise. Ces éléments n'avaient pas été communiqués à la presse. Elle leva la main. Henry remarqua son intervention et tiqua.

— On a trouvé la batterie du portable d'Archie et une poignée de balles dans un caniveau non loin du parc. On peut attendre un peu pour les questions ?

Susan baissa la main et prit son gobelet de café à la noisette.

— Rien que ses empreintes, poursuivit Flannigan. Il a dû tout balancer par la fenêtre.

Elle détestait le café à la noisette, presque autant que le café à la vanille, c'est-à-dire que tous les cafés aromatisés. Elle en avala néanmoins une gorgée. *Rien que ses empreintes.* Il était monté dans la voiture de son plein gré, puis il avait jeté la batterie et les balles lui-même.

— C'est entendu, lâcha Henry en se frottant l'arête du nez, on n'ébruite pas cela pour le moment.

Il regarda les flics rassemblés dans la pièce. Susan lui trouva l'air fatigué. Il avait les yeux injectés de sang et les rares cheveux qui repoussaient sur son crâne chauve étaient gris.

— Préparons-nous pour la conférence de presse, ordonna-t-il.

Il s'éloigna de la table et tous les flics se levèrent et commencèrent à quitter la salle. Susan se perdit dans la contemplation de son café. Soudain, elle sentit quelqu'un lui frôler le bras. Elle leva les yeux et découvrit Lorenzo Robbins entre elle et Claire. Il tendit un dossier à sa voisine.

— C'est à vous que je dois remettre ça ? Mes conclusions sur les morts du parc.

Susan se retourna.

— C'est l'enquête sur laquelle travaillait Archie ?

Robbins dévisagea Claire qui haussa les épaules.

— Allez-y, elle fait pratiquement partie de la maison.

— Un couple, un homme et une femme ; petite trentaine. Morts depuis deux ans environ.

— Est-ce qu'il y a un lien avec le meurtre de Molly ? demanda Susan.

Claire récupéra le dossier et le feuilleta.

— Je ne sais pas. Il y a des tas de détraqués dans ce monde. Et c'est l'endroit rêvé pour se débarrasser d'un corps.

— Que comptez-vous faire ?

— C'est de l'histoire ancienne, ça peut attendre quelques jours.

Susan revit le corps de Molly à la morgue.

— Le meurtre de Molly n'est pas de l'histoire ancienne.

Claire s'approcha de Susan. Elle était plus petite, mais plus trapue, et la journaliste dut prendre sur elle pour ne pas reculer. La pièce était vide, à l'exception d'une poignée de flics qui étudiaient la carte. Claire baissa néanmoins la voix.

— Archie est perdu dans la nature avec Gretchen Lowell.

Elle parlait d'un ton calme, en regardant Susan dans les yeux, mais son attitude avait quelque chose d'implacable qui noua les tripes de la jeune journaliste.

— Elle l'a eu toute la nuit en son pouvoir. Combien de clous croyez-vous qu'elle lui a déjà plantés dans le corps à l'heure qu'il est ?

Susan n'avait pas l'intention de renoncer aussi facilement.

— Il se peut que la mort de Molly soit liée aux meurtres de Parker et du sénateur.

Claire leva les yeux au ciel.

— Ils n'ont pas été assassinés, Susan. Leur voiture a quitté la route. Il pourrait s'agir d'un suicide. Ou d'un accident. On n'a aucune preuve dans un cas comme dans l'autre.

— Gretchen s'est débarrassée d'Heather Gerber dans le parc. Un tueur a balancé un couple là-bas il y a deux ans. Et maintenant Molly Palmer.

— Ce n'est pas parce qu'on entend un bruit de sabots qu'il s'agit forcément d'un zèbre.

— Qu'est-ce que vous voulez dire ?

— Que les bruits de sabots, c'est presque toujours un cheval. Il faut que j'aille faire un brin de toilette, ajouta-t-elle en passant la main dans ses cheveux courts. Henry tient à ce que j'assiste à la conférence de presse.

— Moi aussi. J'en ai pour une minute.

Elle se retourna pour récupérer son calepin et renversa son gobelet. Le café se répandit sur la table, éclaboussant la carte. Susan poussa un cri d'horreur et se précipita vers le comptoir pour prendre des serviettes en papier.

— Mon Dieu ! s'exclama Claire. On se retrouve là-bas.

Sur quoi elle fit demi-tour et quitta la pièce.

Deux flics, dont Mike Flannigan, soulevèrent la carte et la posèrent sur la moquette. Susan lança des serviettes sur la mare de café, puis entreprit d'éponger la carte par terre.

Elle réussit à étaler du café sur tout le centre de l'Oregon. Santiam Pass, Bend, Prineville, en prenant soin toutefois de ne pas déplacer les Post-it indiquant les barrages routiers. Soudain elle remarqua que l'intersection de l'I-5 et de la 22 n'en comportait pas.

— Il n'y a pas de barrages sur la 22, signala-t-elle.

— Elle ne mène nulle part, expliqua Flannigan. Elle grimpe dans la montagne. Tout brûle là-haut.

— Je croyais que le feu était maîtrisé, dit Susan.

— Le vent a tourné. Il y a deux cents hectares en feu. On n'a pas besoin de barrage. Les Eaux et Forêts ont fermé la route ce matin.

46

Quand Archie s'éveilla, il était couché sur le dos dans un lit. Il faisait noir, mais la porte était ouverte et la lumière coulait à flots de ce qui semblait être un couloir. Un ventilateur tournait au-dessus de sa tête; mal fixé, il cognait doucement le plafond à chaque rotation. Le plafond et les murs étaient en cèdre, comme dans un chalet. Il y avait une coiffeuse en bois, un vieux poster encadré représentant un rodéo, une fenêtre au store tiré. Il était seul, pourtant il sentait l'odeur d'un feu de bois. Gretchen n'était pas loin.

Il avait dormi longtemps. Il le savait car tout son corps lui faisait mal, il avait froid et il tremblait. Il lui fallait ses cachets. Il posa les pieds sur la moquette. Elle lui avait enlevé ses chaussures qu'il aperçut près du lit. Il se baissa pour les attraper, mais sa tête tournait et il dut rester assis un moment avant de pouvoir bouger. Il les enfila, les laça et se redressa. Il chercha des yeux les flacons de médicaments qu'il avait vus dans la voiture, mais ils ne reposaient pas sur la table de chevet, ni sur la coiffeuse. La porte du placard était elle aussi en cèdre. Il l'ouvrit et trouva tout un assortiment de vêtements. Il se demanda à qui ils pouvaient bien appartenir jusqu'à ce qu'il s'aperçoive qu'ils n'avaient jamais été portés. Gretchen les avait achetés pour lui. Soit dans l'intention de le garder ici un moment, soit dans celle de le lui faire croire. Un pantalon en velours côtelé marron clair. Des chemises bleues, des blanches. Des pull-overs et quelques vestes sport. Il se serait cru chez lui devant son armoire. Il s'était toujours montré beaucoup trop prévisible, une de ses faiblesses.

Il alla jusqu'à la fenêtre et remonta le store. C'était le soir, ou le matin de bonne heure. Il ne voyait que des arbres. Des pins Ponderosa qui ne poussaient pas à l'ouest des Rocheuses. Elle l'avait emmené vers l'est. Dans les montagnes. Peut-être se trouvaient-ils toujours en Oregon. Peut-être pas.

Il entendit de la musique. De la musique classique. Aucun doute, elle provenait de quelque part dans la maison. Il regarda de nouveau par la fenêtre. Il pouvait l'ouvrir. Sauter. S'en aller. Ils étaient peut-être à des kilomètres de tout lieu habité, mais il pouvait tenter le coup. Il pouvait encore renoncer à son plan, abandonner Gretchen, essayer de rentrer chez lui.

Il réfléchit un instant et se dirigea vers la lumière. Le couloir aux lambris de cèdre desservait plusieurs portes. Au sol, une moquette chinée grise, comme on en trouve dans les maisons de location ou de vacances. La musique venait de la pièce à vivre sur laquelle s'ouvrait le couloir. Il s'avança d'un pas résolu.

Dans le salon, une rangée de fenêtres donnait sur une terrasse et d'autres arbres. La lumière avait encore baissé. C'était le soir, pas le matin. Un escalier doté d'une rampe en fer forgé menait à une mezzanine qui dominait le salon. Archie découvrit un canapé en cuir et une cheminée avec un grand manteau en pierre dans laquelle un feu crépitait. Gretchen était assise près de l'âtre dans un fauteuil en cuir, un portable sur les genoux. Elle avait défait ses cheveux et n'était pas maquillée. La lueur du feu donnait à sa peau parfaite un aspect angélique.

Elle leva les yeux et lui sourit.

— Tes cachets sont dans la cuisine.

Elle tourna la tête vers la gauche et, en suivant son mouvement, il repéra la cuisine ouverte sur le salon. Les flacons étaient alignés sur la paillasse à côté de l'évier. Il s'approcha et ouvrit plusieurs placards avant de trouver un verre. Il le remplit au robinet et avala quatre Vicodine. Puis il se ravisa et en prit un de plus.

— Je t'offre un verre?

Il se retourna et la découvrit près d'un petit bar en rotin. Elle portait un pull en cashmere gris et un pantalon moulant assorti. Elle leva une bouteille de quelque chose.

Ce n'était pas réel. Il rêvait.

— Volontiers.

— Scotch?

— Avec plaisir.

Il resta immobile, les mains derrière le dos, agrippées au bord de la paillasse. Il l'observa prendre des glaçons dans un seau et verser le whisky dessus, sans eau, sa longue chevelure blonde flottant librement sur ses épaules.

Elle se retourna et lui tendit la boisson.

Il demeura encore un moment sans bouger, puis s'avança vers elle et récupéra le verre. Leurs doigts se touchèrent. Ce contact lui fit tourner la tête, son regard se brouilla, mais il parvint à ne pas broncher, à ne rien laisser paraître. Il leva son verre et but le Scotch à petites gorgées. Il ne connaissait pas grand-chose en matière de whisky mais celui-ci descendit facilement et lui parut de grande qualité. Quand il l'eut vidé, il lui rendit le verre dans lequel ne restait que la glace et s'essuya la bouche d'un revers de main.

— Je prendrais bien une douche.

— Dans le couloir, deuxième porte à gauche. Tu trouveras tout ce qu'il faut.

— Ma santé mentale?

Elle se pencha en avant comme pour l'embrasser, mais au lieu de cela, elle approcha ses lèvres de son oreille, sa joue tout contre celle d'Archie. Son parfum lui donna le vertige. Son haleine, pourtant brûlante, le fit frissonner, un long frisson froid lui parcourut le dos.

— Il y a longtemps que tu l'as perdue, mon chéri.

*
* *

Il se doucha et s'habilla avec les vêtements trouvés dans le placard. Chaussettes, sous-vêtements, chemise, pantalon, tout lui allait parfaitement. Il avait ressenti l'effet des cachets sous la douche, son corps lui faisait moins mal et la douleur au foie s'était estompée, laissant place à un bourdonnement sourd. Il avait l'impression d'évoluer dans un cocon familier, doux et confortable.

Lorsqu'il retourna dans le salon, la nuit était tombée et il faisait complètement noir dehors. Gretchen s'était installée sur le canapé de cuir. Le feu s'éteignait doucement, mais sa chaude lueur orange continuait de baigner la pièce. Archie s'assit dans le fauteuil. L'ordinateur portable avait disparu.

— Un autre verre ?

— Pourquoi pas ?

Elle se leva et se glissa entre le canapé et le fauteuil. Au passage elle lui effleura le bras du bout des doigts. Il posa les yeux loin devant lui, s'efforçant de ne pas la regarder. Il l'entendait dans son dos mettre les glaçons dans les verres, verser le Scotch. Le whisky craquelait la glace qui tintait contre les parois des verres. Elle se retourna et lui tendit son verre avant de s'asseoir sur le bras de son fauteuil. Son corps se raidit malgré lui. Sa main se crispa sur son verre, ses genoux se contractèrent.

Elle rit joyeusement et s'appuya contre lui, un bras sur le dossier du fauteuil. Il sentit le cashmere lui caresser la nuque. Le verre semblait figé dans sa main.

— Plus tu boiras, plus vite ça arrivera…

Il se concentra sur son verre. En cristal épais avec un liseré argenté. Il but une gorgée, lentement cette fois, mâchant l'alcool pour en savourer le goût.

— … La défaillance hépatique. C'est pour ça que tu es ici, n'est-ce pas ?

Le corps d'Archie se détendit légèrement. Il leva son verre et lança :

— À ma santé !

Elle s'empara de sa main libre et la retourna dans la sienne. Ses ongles étaient blancs, sa peau un peu trop jaune.

— Ce ne sera plus long maintenant, dit-elle doucement.

Il avait besoin de temps, de jours peut-être.

— Combien de temps ?

— Quelques jours, quelques semaines.

Elle passa au-dessus de lui pour s'emparer de son verre, ses seins frôlant son torse, son cou contre son menton. Puis elle se rassit. Son parfum ne correspondait pas à celui dont il gardait le souvenir. Une autre fleur, la rose. Peut-être n'avait-elle jamais senti le lilas ? Peut-être l'avait-il imaginé ? Cette idée le fit sourire au moment où elle buvait une gorgée dans son verre.

— Tu sens bon.

Elle lui rendit son verre qu'il accepta.

— Ça pourrait être plus rapide. Tout dépend de la vitesse à laquelle tu t'empoisonnes.

Il regarda le verre délicat dans sa main. Pas le genre d'objet que l'on trouve dans une maison de location. Une maison de vacances, alors. Elle l'avait louée. Ou bien elle avait tué toute la famille. Son estomac se noua. Il préférait ne pas penser à cela pour l'instant.

Le verre. Si tout marchait bien, son équipe le trouverait plus tard. Avec les deux jeux d'empreintes. Des copains de beuverie.

— Tu as vraiment travaillé comme infirmière urgentiste ?

Gretchen inclina la tête, sourit et glissa la main à l'intérieur de sa chemise. Ses doigts trouvèrent très vite la cicatrice, là où elle lui avait ouvert le ventre pour lui enlever la rate.

— Tu doutes de mes talents ?

Archie sentit sa respiration s'accélérer, sa poitrine se soulever. Il se servit un autre verre.

— C'est en forgeant..., dit-il.

Elle laissa sa main à l'intérieur de sa chemise et leva la jambe droite pour la placer sur la jambe gauche d'Archie, cuisse contre cuisse.

Il chercha quelque chose à dire, n'importe quoi, et se souvint du portable.

— À quoi travaillais-tu tout à l'heure?

La question ne parut pas la surprendre. Il comprit. Elle attendait justement qu'il la pose.

— Un cadeau pour toi.

— Ton autobiographie?

— Quelque chose du genre. Il faut que tu patientes encore un peu pour savoir.

Elle tendit la main et replaça une mèche de cheveux derrière l'oreille d'Archie, la lissant du bout des doigts.

— Est-ce que tu continues de penser à moi? murmura-t-elle.

Il pouvait à peine parler. Il parvint à articuler :

— Oui.

Elle le regarda droit dans les yeux, le reflet du feu dansait dans son regard.

— Crois-tu qu'Henry se doute de quelque chose?

Il vida la dernière goutte de Scotch et posa le verre sur le bras du fauteuil. Il trouvait bizarre de parler de cela. Il avait gardé le secret si longtemps. Assis en face d'elle à la prison, conscient de ce qu'elle savait et ne disait pas. La culpabilité le rongeait.

— Henry a une trop haute opinion de moi pour soupçonner quoi que ce soit.

— Il ne t'a jamais posé de questions sur tes longues soirées de travail? l'interrogea-t-elle en souriant. Ni demandé pourquoi j'avais ton numéro de portable? Il n'a jamais cherché à savoir pourquoi tu étais venu chez moi le soir où je t'ai kidnappé?

— Je voulais l'avis d'un psy à propos du dernier cadavre.

— Et si une chose n'en avait pas entraîné une autre?

— Je n'avais jamais trompé ma femme. J'aimais ma famille.

Combien de fois au cours des trois dernières années ne s'était-il pas répété cela? Et pourtant il n'arrivait toujours pas à les regarder en face. Il était certain que son fils savait.

Comment ? Il l'ignorait. Personne d'autre ne le soupçonnait. Mais Ben savait qu'il les avait trahis.

Le souffle de Gretchen balayait sa joue, léger comme une plume.

— Tu étais surmené, mon chéri. Tu avais besoin d'une soupape.

Elle approcha la bouche de son oreille. Ses mots déclenchèrent une onde de frissons dans son cou. Elle lui mordilla le lobe, un chatouillement agréable. Puis elle lui suçota l'oreille un moment et le rythme de son cœur s'accéléra.

— Beaucoup d'hommes ont des maîtresses, murmura-t-elle.

— La mienne s'est révélée être la personne que j'étais censée arrêter, dit-il en essayant de sourire.

— Le péché va rarement sans complications.

Elle se pencha vers lui et l'embrassa. Leurs langues se mêlèrent, il goûta la saveur du Scotch. À cet instant il n'y eut plus qu'elle. La chaleur de sa bouche, sa main contre sa poitrine. Elle devait sentir les battements de son cœur, son sexe en érection contre sa jambe.

Elle détacha ses lèvres des siennes et recula de quelques centimètres pour le regarder au fond des yeux.

— Tu voudrais l'effacer, demanda-t-elle, la première nuit où tu es venu chez moi ?

Il était deux heures du matin. Il revenait d'une scène de crime. Il aurait pu rentrer chez lui retrouver sa femme, mais au lieu de cela, il était allé chez Gretchen. C'était prémédité. Il y avait pensé pendant tout le trajet. Et quand elle avait ouvert la porte en robe de chambre, il était entré et l'avait embrassée.

C'était lui. Lui qui avait commencé. Il avait cherché tout ce qui lui était arrivé.

Et il avait savouré chaque seconde. Plus tard, quand elle l'avait torturé, il n'avait pu s'empêcher de penser qu'il l'avait mérité. Que c'était bien fait pour lui, et qu'au moins il allait mourir et que Debbie ne connaîtrait jamais la vérité.

— Pourquoi as-tu fait cela ? demanda-t-il.

— Par amour.

Il ne savait trop si Gretchen comprenait ce à quoi il faisait allusion. Leur liaison ? La torture ? Le fait qu'elle se soit livrée pour lui sauver la vie ? Il plongea dans ses grands yeux bleus en quête d'une réponse.

— Je voudrais tout effacer, dit-il. Je voudrais ne jamais t'avoir rencontrée.

Il le pensait. De tout son cœur, de toute son âme.

— Je donnerais n'importe quoi pour qu'il ne se soit rien passé.

Elle inclina la tête, ses cheveux blonds caressèrent ses épaules et, dans son regard, il crut voir un éclair de vérité, un aperçu fugitif de ce qu'elle était vraiment, un être triste et désespéré.

Savait-elle pourquoi il était venu là, ce qu'il projetait de faire ?

Elle lui demanda :

— Est-ce que tu veux me faire l'amour, maintenant ?

Il attira son visage vers le sien et l'embrassa.

— Oui.

47

Susan était assise dans sa voiture à deux rues des bureaux de la Brigade Spéciale. Vu le nombre de véhicules de presse agglutinés autour de l'ancienne banque pour la conférence de presse, elle avait eu de la chance de trouver à se garer aussi près. Les vitres étaient remontées, mais elle jeta néanmoins un coup d'œil pour s'assurer qu'aucun journaliste ne rôdait dans les parages, puis elle ouvrit son téléphone et appela le *Herald*. Derek Rogers décrocha.

— C'est moi. Il faut que tu appelles toutes les stations service sur la 22 jusqu'au-delà de Santiam Pass.

— Hein? Quoi?

— Il n'y en a pas tant que ça, dit Susan en abaissant le pare-soleil et en fouillant dans son sac pour trouver son nécessaire à maquillage. J'ai déjà pris cette route, rien que des villes de bûcherons. Une station toutes les demi-heures. Elle s'arrêta le temps d'appliquer un rouge à lèvres framboise.

— Ça consomme combien, une Jag? Quinze-vingt litres? Il faudra qu'elle fasse le plein.

Susan tamponna le rouge à lèvres avec un vieux reçu qui traînait au fond de son sac. Derek paraissait sceptique.

— Tu veux que j'appelle toutes les stations d'essence sur la 22 et que je leur demande s'ils ont vu Gretchen Lowell?

— Non, pas elle. La bagnole. Demande-leur s'ils ont vu une Jag couleur argent. Ça, ils s'en rappelleront.

— Il y a un incendie de forêt là-bas. On évacue les gens. Tu la crois assez dingue pour se cacher là-haut ?

— Assez dingue, et rusée comme un renard.

Derek n'était pas convaincu.

— Ça va me prendre des heures.

Susan défit ses nattes, pêcha une brosse dans son sac et entreprit de se brosser les cheveux.

— Oui, je sais.

— Tu serais pas en train de te brosser les cheveux ?

— Encore une faveur, Derek.

Une phrase qu'Archie avait prononcée dans l'impasse avant de s'en aller la taraudait.

— Quoi encore ? soupira Derek.

— Peux-tu chercher dans la base de données du *Herald* les couples disparus il y a deux ans environ ? Ils avaient dans les vingt ans.

— Quel rapport avec Sheridan et Lowell ?

— Aucun.

— Tu te rends compte de la concurrence qu'on a sur ce coup-là. C'est une affaire nationale. Ian va nous faire un caca nerveux s'il apprend qu'on travaille sur autre chose, ajouta Derek en baissant la voix.

— Je pense que ça pourrait avoir un rapport avec Parker.

— J'en ai pas pour longtemps. J'te rappelle.

*
* *

Susan avait ouvert la vitre et fumait une cigarette, histoire de se débarrasser du goût de café à la noisette, quand Derek rappela.

— J'ai trouvé une histoire qui date de septembre 2005. Stuart Davis et Annabelle Nixon, sa petite amie. Ils vivaient ensemble. Quand ils ont disparu on a retrouvé leur voiture garée sur la 23. Aucune trace depuis. L'histoire a fait pas mal de bruit parce qu'il s'agissait d'un des collaborateurs du sénateur Castle.

— Un zèbre, murmura Susan.

— Quoi?

Elle jeta sa cigarette dans la rue et descendit de voiture, la conférence de presse allait commencer d'une minute à l'autre.

— Maile-moi tout ce que tu as trouvé.

Tout conduisait au sénateur Castle. Susan se creusa la tête, à la recherche d'une piste, de quelqu'un qui aurait eu un comportement suspect. En tout, elle avait interviewé une centaine de personnes. Et franchement, elle les avait toutes trouvées bizarres. Mais il y avait un gamin en particulier, un lycéen qui connaissait l'un des fils Castle. Le moment était peut-être venu de lui rendre une petite visite.

48

Archie était assis au pied du lit de Gretchen. Le matelas était ferme et la couette de satin gris douce sous sa main. Le plafond voûté de la chambre la faisait paraître immense et incongrue. La perspective inclinée lui tournait la tête.

Gretchen se déshabilla. De manière parfaitement naturelle, comme s'il s'agissait d'une chose habituelle, comme s'ils avaient toujours été amants. Une fois ses vêtements soigneusement pliés sur une chaise près du placard, elle se tourna vers lui. Nue.

Archie sentit tout son sang affluer dans la partie inférieure de son corps. Gretchen était couverte d'hématomes. Ses côtes et son ventre portaient les traces de son agression, sa clavicule gauche était à vif et toute enflée. Pourtant elle restait belle. La prison, à défaut d'autre chose, laissait beaucoup de temps pour l'exercice physique. Gretchen avait le corps mince et musclé. Mais seul un merveilleux mélange de gènes donnait ce visage et cette silhouette parfaits. L'ADN qui avait fait d'elle un monstre, en avait aussi fait une beauté. Sans sa carte génétique qui lui avait donné son visage de madone, qui sait, peut-être serait-elle devenue quelqu'un d'autre, quelqu'un de bon?

Au-dessus de leurs têtes le ventilateur dessinait des ombres sur le plafond, la moquette, leur figure. À la périphérie de son champ de vision, Archie voyait défiler des formes étranges.

Elle s'approcha de lui et lui prit le visage, relevant son menton pour qu'il la regarde. Leurs jambes se touchèrent. Il s'agrippa au satin qui glissait sous ses doigts.

— Veux-tu que je te fasse mal? demanda-t-elle d'un ton aguicheur.

— Non.

Elle inclina la tête et sourit.

— Et toi, tu veux me faire mal?

— Non, répéta Archie dans un soupir.

— Que veux-tu, alors?

Il posa les mains sur les hanches de Gretchen. Malgré le peu de lumière, il vit la chair de poule naître sous ses doigts.

— La rédemption. À part cela, l'oubli.

— L'oubli? Je pourrais peut-être faire quelque chose pour toi.

Elle se pencha et lui déposa un léger baiser sur la joue.

— Tu sais, je suis capable de sentiments humains.

Il aurait aimé la croire et savoir qu'il y avait entre eux quelque chose de vrai; un genre de lien, tordu et pervers. Il l'attira vers lui et elle passa les mains derrière son cou. Ils s'embrassèrent. Le contact du corps nu de Gretchen dans ses bras était plus qu'il n'en pouvait supporter. Il s'éclaircit la gorge.

— Tu sens bon.

— Ce n'est pas moi, c'est toi. Ton organisme n'élimine plus les toxines comme il le devrait.

— Déshabille-moi.

Il leva les bras et elle déboutonna une manchette, puis l'autre, avant de s'attaquer aux boutons de devant. Elle procédait à l'instinct, sans le quitter des yeux, faisant glisser ses doigts d'un bouton au suivant. Quand la chemise fut ouverte, elle la lui enleva et la tint un moment en l'air avant de la laisser tomber sur la moquette.

Les yeux toujours rivés sur ceux d'Archie, elle dégagea le maillot de corps de la ceinture du pantalon. Il leva de nouveau les bras et elle le lui arracha pour l'envoyer rejoindre la chemise sur la moquette. Son regard se porta aussitôt sur sa poitrine. Il la vit scruter ses cicatrices, évaluer les supplices qu'elle lui avait infligés. Sa chair n'était qu'un champ de bataille. Même les infirmières avaient dû s'armer de courage la première fois qu'elles l'avaient vu. Pas Gretchen. Son visage trahissait sa satisfaction. Elle admirait son œuvre comme s'il s'agissait d'un Picasso.

— Laquelle tu préfères ? demanda-t-elle.

Il crut qu'elle plaisantait.

— Je ne voudrais en vexer aucune.

— Moi, j'aime bien le cœur, rétorqua-t-elle en faisant courir ses doigts sur les boursouflures de la cicatrice. L'un de mes plus réussis. Ce n'est pas facile de tracer des lignes régulières dans les pectoraux.

Elle se pencha vers sa clavicule. Il pensa qu'elle voulait admirer son travail de plus près, mais elle se contenta de suivre les contours de la cicatrice du bout de sa langue.

Le contact chaud et humide sur sa chair tendre le fit sursauter. Elle recula la tête pour l'observer. Il glissa une main derrière sa crinière blonde et lui plaqua le visage contre sa poitrine. Elle recommença à lécher sa cicatrice. Ses cheveux étaient doux et lisses sous ses doigts. La chaleur de la langue de Gretchen déclenchait des frissons qui lui parcouraient tout le corps. Il se renversa sur le lit et elle se mit à califourchon sur lui, longeant la cicatrice avec sa bouche humide, lentement, délicieusement.

Puis sa langue passa sur la cicatrice verticale, là où elle lui avait enlevé la rate, descendant jusqu'à sa ceinture qu'elle entreprit de défaire.

Le sexe en érection d'Archie palpitait de désir, brûlant d'être délivré. Il avait mal à la tête, son corps n'était que douleur. Mais il était moins déchiré qu'il l'aurait cru. Chaque fois qu'il avait fantasmé sur elle, il avait été dévoré de culpabilité, bien plus que durant leur liaison. Il avait payé ses fantasmes au prix fort. Mais pas cette fois.

— Viens sur moi, je veux te voir.

Elle avait défait la ceinture et lui enlevait son pantalon et son caleçon avec une habileté et une rapidité qui témoignaient d'une grande pratique.

— Je serai la dernière femme à qui tu feras l'amour, lui annonça-t-elle en enfonçant son sexe en elle.

Il en eut le souffle coupé et ferma un moment les yeux, perdu dans le contact du corps de Gretchen, s'efforçant de ne pas jouir trop vite comme un adolescent. Puis il s'autorisa à la regarder, les hanches tendues vers l'avant, la tête rejetée en arrière, le visage rayonnant de plaisir. Jamais il n'avait vu femme aussi belle. Il posa les mains sur ses hanches graciles et la tira vers lui afin de se perdre plus profondément en elle.

— Ce n'est pas de l'amour, dit-il.

49

Susan trépigna d'impatience durant toute la conférence de presse et Claire s'ennuya ferme. Un truc de fous. On avait dressé une estrade sur le parking devant la banque. Claire et Henry prirent tous deux la parole. Ils passèrent en revue tous leurs efforts pour retrouver Archie, encouragèrent les citoyens à leur fournir des tuyaux. Ils traitaient l'affaire comme un enlèvement. Personne ne mentionna le fait qu'Archie était monté dans la voiture de son plein gré. Ni qu'il avait jeté ses balles et la batterie de son téléphone par la portière. D'après les questions, il était évident que la moitié des journalistes présents pensaient qu'Archie était déjà mort. Ce n'était qu'une vaste comédie, tout le monde le savait. Ils ne retrouveraient pas Gretchen. À moins qu'elle n'en décide autrement.

Susan était arrivée en retard, si bien qu'elle n'avait pu trouver une chaise métallique pliante devant l'estrade. Elle resta dans le fond, balançant le poids de son corps d'un pied sur l'autre en attendant la fin.

La conférence terminée, elle courut après Henry qui regagnait la banque. Elle le rattrapa au moment où il poussait la porte :

— Il faut que vous veniez avec moi à Cleveland High School pour convaincre l'administration de nous laisser parler à un gamin du nom de Justin Johnson.

— C'est qui ce Justin Johnson ?

— Je l'ai rencontré au cours de mon enquête sur Castle. Il était copain avec l'un des gosses du sénateur. Il sait des choses sur son histoire avec Molly Palmer. Il prétend qu'on lui a interdit de me parler. Peut-être que celui qui l'a fait taire a aussi réduit Molly au silence.

Henry se retourna vers elle.

— Si j'ai bien compris, vous voulez que j'utilise mon insigne et intimide des professeurs pour qu'ils vous laissent harceler un mineur sans l'autorisation de ses parents, c'est bien ça ?

— Exactement.

— Vous savez que l'école est finie.

— Il suit des cours d'été.

— En quoi cela peut-il m'aider à retrouver Archie ? demanda Henry en frottant ses yeux injectés de sang.

— À cause de son enquête, répondit Susan en s'efforçant d'adopter un ton convaincant. Les meurtres du parc. Il voulait que je résolve cette affaire.

— Je suis plutôt occupé en ce moment, Susan. Que fait-on de cette histoire de tueuse en série en cavale ? Et de l'enlèvement de mon meilleur ami ?

— Vous pouvez attendre un coup de fil aussi bien avec moi qu'ici. Ou vous pouvez aider Archie…

Elle s'approcha de lui pour éviter que quelqu'un ne surprenne leur conversation.

— … Il me l'a dit. Il a un plan. Vous aussi vous l'avez dit. Alors peut-être que cela en fait partie. Peut-être que si on approfondit l'affaire du parc, ça nous permettra de le retrouver.

Henry secoua la tête, peu convaincu.

— Des conneries, tout ça.

— Avant de partir il m'a signalé que je n'oublierai jamais mon premier cadavre dans le parc. Ce sont ses paroles. Première cigarette. Premier baiser. Premier cadavre. Et alors ? Vous croyez qu'il parlait de façon métaphorique ? Non, il voulait que j'enquête sur les meurtres du parc. Et tous semblent liés à Castle.

Henry s'arrêta, la main sur la porte, mâchant dans le vide et dévisageant Susan. Elle voyait bien qu'il ne l'aimait pas beaucoup, mais elle avait besoin de son aide et elle avait le sentiment étrange qu'Archie aurait voulu qu'elle le sollicite.

— Pourquoi vous n'avez pas parlé de ça avant ?

— Parce que je ne suis pas sûre d'avoir raison. Mais on n'a rien d'autre, alors merde, pourquoi pas ?

Henry mâcha encore un peu dans le vide.

— Ça m'excite de brutaliser les ados, finit-il par lâcher.

— C'est marrant, hein ? lança Susan, soulagée.

*
* *

Tout était calme à Cleveland High, à peine quelques voitures sur le parking. Une banderole sur la façade continuait de proclamer : *FÉLICITATIONS AUX HEUREUX LAURÉATS*. Henry gara sa voiture à une place réservée aux visiteurs, de l'autre côté de la rue, en face du grand bâtiment de briques. Ils descendirent.

— Vous leur dites qu'il y a urgence, d'accord ?

Elle s'imagina déjà faire irruption dans les bureaux de l'administration, Henry brandissant son insigne.

— Qu'on doit lui parler immédiatement. Qu'il s'agit d'une enquête.

Elle leva les yeux. Dix mètres plus loin, un bel ado blond descendait de sa BMW orange, sac à dos à la main, ses cheveux hirsutes de surfeur noués en une minuscule queue de cheval, son short tombant sur ses hanches. Susan s'arrêta net.

— C'est lui ? demanda Henry.

Susan acquiesça. Henry fonça.

— La dame, là-bas, a besoin de te parler. Il y a urgence. Il s'agit d'une enquête.

Tant pis pour l'irruption dans les bureaux.

— Merci, dit-elle.

L'ado jeta un coup d'œil à Susan, baissa la tête et grimaça.

— Bon Dieu ! vous n'acceptez pas qu'on vous dise non, vous.

Susan s'approcha.

— Qui t'a interdit de me parler ?

— Lisez le journal, répliqua Justin en passant une des bretelles de son sac à dos sur son épaule. Castle est mort. Laissez tomber.

Le visage d'Henry s'empourpra. Il prit une profonde inspiration et rejeta ses épaules en arrière.

— Écoute-moi bien, espèce de sale gosse de riche. Je te déconseille de faire le malin avec moi. Réponds à la dame.

— Eh, mec, c'est de l'abus de pouvoir.

— Tu veux que je te fouille les poches, Einstein ? Parce que je sens comme une odeur d'herbe. Et quand je sens de l'herbe, tes droits, je m'assieds dessus, il faut que je sache d'où elle vient. T'as déjà rempli les formulaires d'inscription en fac qui te demandent si t'as un casier ? Ce serait con de devoir tout recommencer.

J.J. se mordit la lèvre un moment avant de hausser les épaules.

— L'ancien copain de ma mère. Sous prétexte qu'il a été chef de la police autrefois, il continue à jouer les flics.

Henry regarda tour à tour Susan et J.J., puis demanda :

— Le maire ?

— Ouais, lâcha le gamin en haussant de nouveau les épaules et en glissant son sac sur l'autre épaule. Je peux y aller maintenant ? J'ai trois trimestres de bio à rattraper cet été, sinon, ils ne me donneront pas mon diplôme.

Il commença à s'éloigner, mais Susan l'arrêta.

— Tu connaissais Suart Davis et Annabelle Nixon ?

— Qui ?

— Davies travaillait pour Castle. Il a disparu il y a presque deux ans. Des articles sont parus là-dessus dans le *Herald*.

J.J. enfila la deuxième bretelle de son sac et se dirigea vers le lycée.

— Je n'ai pas revu Aidan Castle, ni son père depuis

qu'Aidan a été envoyé en prépa à Andover[1]. Et puis je lis pas le *Herald*; à la maison on achète le *New York Times*.

— Davies et Nixon? s'enquit Henry quand J.J. fut trop loin pour entendre.

— Les cadavres dans le parc. D'après le légiste, il s'agit d'un homme et d'une femme. L'âge correspond à celui de Davies et Nixon.

Henry mit les mains sur les hanches.

— Vous comptiez m'en parler quand?

— Je viens de l'apprendre.

— Ils vont trouver leur ADN dans le fichier des disparus, rétorqua Henry en se dirigeant vers la voiture. Je vais demander qu'on vérifie, ne serait-ce que pour calmer vos ardeurs journalistiques.

— Pourquoi le maire demanderait-il à J.J. de se taire?

— Il se contentait peut-être de lui donner un bon conseil. Pour tenir sa famille en dehors de cette affaire et éviter que le gamin ne s'incrimine lui-même. S'il avait connaissance d'un crime et n'avait rien dit, ça aurait pu être grave.

Susan monta dans la voiture. Le siège en skaï était brûlant.

— Je ne l'aime pas, cracha-t-elle.

Henry démarra et sortit du parking.

— Amigo? Il a fait beaucoup pour Archie. Il l'a protégé ces deux dernières années.

Susan baissa la vitre. L'air était chaud et sec. La journée s'annonçait torride.

— Ouais, il l'a drôlement protégé.

Réalisant brusquement combien ses sarcasmes étaient déplacés, elle ajouta :

— Je suis désolée.

1. Prestigieuse école située dans le Massachussetts qui prépare les étudiants aux concours d'entrée dans les universités les plus renommées. *(N.d.T.)*

50

Il fallut un moment à Henry pour reprendre ses esprits avant de frapper à la porte de Debbie. Il était encore tout essoufflé d'avoir dû se frayer un chemin au milieu d'une meute de journalistes pour franchir la porte de l'Arlington. Leur jubilation devant l'ampleur que prenait l'affaire était palpable. Des vautours assoiffés de sang. Il avait déposé Susan à sa voiture juste avant de recevoir un appel des gars du labo. Bill, le caniche, avait déféqué. Et dans l'étron, ils avaient trouvé une bague de promotion. Terminale à Benson, 1997. Il avait passé un coup de fil qui confirmait les soupçons de Susan : Annabelle Nixon était sortie de Benson cette année-là. Il passa la main sur son crâne râpeux, l'y laissa reposer un moment, puis se pinça l'arête du nez. Ses yeux le brûlaient à cause du manque de sommeil. Il lui fallait du café. Il avait l'estomac chamboulé et la bouche amère. Et, en plus, la journée promettait d'être l'une des plus chaudes de l'année. À dix heures du matin son T-shirt était déjà taché de sueur. S'il trouvait Archie à temps, il se promettait de lui en coller une bonne.

— Putain de merde ! lâcha-t-il à mi-voix.

Il cligna plusieurs fois des paupières et s'efforça d'avoir l'air réveillé et optimiste. Il frappa deux fois à la porte. Un flic ouvrit.

Amigo était assis sur le canapé, là où Henry l'avait laissé, un conseiller à ses côtés. Ils regardaient un portable posé sur la table basse. Le maire n'avait pas dû dormir beaucoup, mais curieusement, il semblait parfaitement reposé. Il montra les deux chambres.

— Tout le monde a fini par s'endormir.

— Merci d'être resté avec eux, rétorqua Henry en refermant la porte derrière lui.

— Du nouveau ?

— Je peux vous parler seul à seul une minute ? demanda Henry en regardant le flic et le conseiller.

— Je prépare un communiqué pour la presse. Brian Williams, le présentateur vedette de NBC, nous rend visite.

— Ça ne prendra qu'une minute.

Henry vit un éclair d'agacement traverser le regard du maire, mais l'instant d'après, il haussait les épaules en disant :

— D'accord, vieux.

Le conseiller se leva et se dirigea vers la porte en compagnie du flic.

— Nous serons dans le couloir, monsieur.

— Merci, Jack. Super le communiqué. Vraiment.

Jack faillit rougir.

Après leur départ, Henry alla à la fenêtre et regarda en bas. La clim fonctionnait mais il sentait la chaleur oppressante de l'autre côté de la vitre. Plusieurs véhicules de presse étaient garés devant l'immeuble sur une zone de livraison. Il se dit de penser à les signaler.

— Vous êtes sorti avec Beverly Overlook autrefois, non ?

Amigo croisa les mains derrière sa nuque.

— Mon Dieu, il y a des années de cela.

— Avez-vous conseillé à son fils de ne pas parler de l'affaire Molly Palmer à Susan Ward ?

— Oui. Je ne voulais pas qu'ils soient mêlés à cette histoire merdique.

Henry n'avait jamais été proche d'Amigo. Archie le connaissait mieux. Il avait travaillé sous ses ordres, au début de la Brigade Spéciale. Amigo adorait qu'on lui demande de parler de lui.

— Vous avez travaillé pour Castle, n'est-ce pas? À la sécurité.

— Ouais, quand j'étais flic. Avant la Brigade Spéciale. Ça remonte au déluge, vieux.

— Vous connaissiez ces gamins qui ont disparu? Stuart et Annabelle?

Amigo esquissa un geste dédaigneux de la main.

— J'ai connu Stuart, vaguement. On raconte qu'il a disjoncté et tué sa copine avant de se suicider. La police n'a jamais retrouvé les corps. J'ai toujours pensé qu'il l'avait emmenée dans les bois. Vous savez, pour la liquider avant de se flinguer. Le gamin était toujours un peu dépressif.

Cette théorie tient à peu près la route, se dit Henry. *Ils se garent sur la 23 et s'enfoncent dans les bois. Sauf que c'est le corps du garçon qui est passé dans le broyeur. Alors peut-être que c'est elle qui le tue et se débarrasse du corps. Ensuite, ne supportant pas son crime, elle se suicide dans les buissons. Ou peut-être que ce n'est pas eux. Peut-être que Stuart et Annabelle se sont enfuis et que, à présent, ils habitent une cabane sur une plage de Malaisie.*

— Vous étiez au courant de la liaison entre Castle et la baby-sitter de ses gosses?

— Pas vraiment, dit-il sans hésiter, sans broncher. Bien sûr, au fil du temps, j'ai entendu des rumeurs. Comme tout le monde. Mais, je vous jure, j'ai toujours cru qu'elle était plus âgée. Beaucoup d'hommes politiques batifolent, ça va avec la fonction. Vous ne devriez pas être en train de chercher Archie?

Henry regardait par la fenêtre. Un autre véhicule de presse arriva et se gara.

— Quand l'avez-vous appris? Juste par curiosité.

— Le sénateur Castle a augmenté les crédits de l'éducation de trente pour cent, permis à un demi-million d'enfants de bénéficier d'une couverture médicale, réinventé la manière de prendre en charge les personnes âgées et décidé de la protection d'un million d'hectares d'espaces naturels.

C'était un grand sénateur et un homme bien. C'est cette image que je veux garder de lui.

Les deux hommes se dévisagèrent un moment. Castle avait remporté de justesse deux de ses cinq élections, mais depuis sa mort, tout le monde prétendait avoir toujours voté pour lui.

Henry reporta son attention vers la fenêtre.

— Vous pouvez partir, je vais rester un moment.

Il entendit le maire fermer son portable, puis le bruit de ses chaussures de luxe claquant sur la moquette tandis qu'il quittait la suite. Amigo était un manipulateur et un animal politique. Henry ne doutait pas une seconde qu'il avait conseillé au gamin de ne pas parler à Susan. Il était également persuadé que ce type lui avait menti sur ce qu'il savait, ou depuis quand il le savait. Seulement Henry ne voyait pas comment les rumeurs politiques, même les rumeurs condamnables, pouvaient l'aider à retrouver Archie.

La porte de la chambre s'ouvrit et Debbie apparut, enfilant un peignoir par-dessus sa chemise de nuit. Ses cheveux courts étaient plaqués sur un côté de sa tête et les plis de l'oreiller avaient tracé des sillons sur sa joue.

— Du nouveau?

— Rien.

Elle s'approcha et posa la tête sur l'épaule d'Henry. Il lui caressa doucement les cheveux. Elle ne pleurait pas, ne tremblait pas. Sa respiration était régulière.

— Je vais demander à quelqu'un d'autre de venir vous tenir compagnie. Amigo est reparti travailler.

Elle leva la tête. Il remarqua ses yeux rouges.

— Est-ce que je peux me brosser les dents? Emprunter un peu de déodorant?

Debbie hocha la tête et lui montra la chambre.

— Par là.

La pièce était sombre et fraîche, le lit fait. Un creux dans l'oreiller marquait encore l'endroit où elle avait dormi.

— Tu peux t'allonger et te reposer, si tu veux.

Il passa rapidement dans la salle de bains, prit la brosse à dents d'Archie et se pencha au-dessus du lavabo.

— Je ne peux pas rester.

Quand il eut fini ses ablutions, il regagna la chambre. La lumière était allumée à présent, et il repéra plusieurs valises à moitié défaites ainsi qu'un carton plein de carnets de reporter et de gros classeurs à anneaux. Debbie avait enfilé un jean et un T-shirt puis s'était assise sur le lit.

— Qu'est-ce que c'est que ça ?

— Les notes de Susan Ward sur Castle.

Henry jeta un nouveau coup d'œil au carton. Ce n'était pas rien. Et au point où il en était, tout pouvait lui être utile.

— Tu m'autorises à les prendre ?

— Brûle-les si tu veux, je m'en moque.

Il s'approcha et s'accroupit pour ramasser le carton. Il sentit la main de Debbie sur son épaule et leva les yeux.

— Je veux aider. Si tu souhaites que je fasse une déclaration à la presse, ou n'importe quoi, dis-le-moi. Je l'implorerai de revenir.

— Je ne crois pas que cela changerait quoi que ce soit.

— Il est parti pour une sorte de mission-suicide, réussit-elle enfin à articuler.

Henry se détourna, incapable de la regarder. S'il s'était mieux occupé d'Archie, il aurait pu empêcher cela. S'il l'avait obligé à entrer en cure de désintoxication. S'il avait interdit les visites à Gretchen. Si, si, si… Mais tout le monde s'était montré trop gourmand. L'affaire durait depuis tellement longtemps. Tant de victimes demeuraient introuvables.

— Je sais, rétorqua-t-il.

51

Archie lissa les cheveux de Gretchen. Elle était couchée au creux de son bras, la tête sur sa poitrine. Il éprouva une grande tendresse pour elle, son souffle, ses seins contre ses côtes, la courbe de ses hanches. Illusion d'après l'amour, il le savait. L'ensemble de sa relation avec Gretchen n'était qu'une longue illusion. Il retira la main de ses cheveux. Elle avait recommencé à enfler. Il ouvrit et ferma le poing plusieurs fois afin de faire circuler le sang avant de la reposer sur la tête de sa maîtresse. Elle respirait régulièrement, et il se demanda même si elle ne s'était pas endormie.

Il pouvait la tuer. Prendre l'oreiller, lui couvrir la tête et l'étouffer.

Elle se débattrait, mais il se mettrait sur elle et utiliserait son poids. Il appuierait l'oreiller sur son visage de toutes ses forces jusqu'à ce qu'elle perde connaissance, puis lui couvrirait la bouche et le nez de sa main jusqu'à être certain qu'elle soit morte.

— À quoi penses-tu ? demanda-t-elle.

— Nous avons trouvé trois corps dans Forest Park.

Elle se retourna et leva les yeux vers lui. Chaque fois, sa beauté lui causait un choc. Il avait passé des heures devant sa photo, à l'imaginer, et pourtant il n'était jamais prêt à se retrouver devant elle.

— Je crois que quelqu'un a tué le sénateur Castle et essaie d'enterrer l'affaire.

— T'ai-je déjà dit que la défaillance hépatique provoquait souvent la confusion mentale ? lui lança-t-elle en souriant.

— Il y a dix ans il a entretenu une relation coupable avec une gamine de quatorze ans. Susan Ward s'apprêtait à le révéler. La gamine a été tuée la semaine dernière. On a jeté son corps dans le parc...

Il hésita avant d'ajouter :

— ... non loin de l'endroit où tu avais abandonné Heather Gerber.

Le secret du sénateur ne sembla guère la troubler. Pas plus que le nom d'Heather Gerber.

— À qui le secret risque-t-il de profiter ?

— À l'agent publicitaire de Castle, répondit sèchement Archie.

Gretchen se redressa et s'installa au bord du lit. Elle se déplaçait lentement. Elle était cabossée et couverte de bleus, mais c'était la première fois qu'elle donnait l'impression de vraiment souffrir.

— Son agent adorerait. Il facture à l'heure, tu sais.

— Tu n'as jamais tiré profit d'un de tes meurtres ?

Elle se leva et alla jusqu'à la coiffeuse récupérer un flacon de cachets.

— Tuer me procure une satisfaction émotionnelle complète.

Elle revint s'allonger à côté de lui sur le lit, ouvrit la boîte et fit tomber cinq cachets sur la poitrine d'Archie.

— Tout n'est qu'une question de pouvoir. Le pouvoir, c'est bon. C'est comme la drogue. On peut toujours pontifier sur la responsabilité de la société, mais les gens se droguent uniquement parce qu'ils aiment ça. Ça leur fait du bien.

Elle disposa les pilules en une ligne bien droite qui se soulevait et retombait avec la respiration d'Archie.

— Et le sexe ? s'enquit-il.

— Le sexe n'est qu'une affaire de pouvoir.

Elle prit un des comprimés entre ses dents et le lui tendit.

Ils s'embrassèrent un moment, la Vicodine coincée entre leurs lèvres.

— Avale, murmura-t-elle.

Il s'empara du cachet et l'avala. Il lui aurait fallu de l'eau, mais il n'avait pas envie qu'elle le quitte.

— Tu as vraiment été abusée par ton père?

Elle lui avait raconté cela dans le sous-sol, pendant sa captivité, et il avait voulu croire que c'était vrai. Personne ne savait rien d'elle, en fait. Ses empreintes digitales ne figuraient pas dans le fichier informatique. Il y avait des quantités de Gretchen Lowell, mais aucune ne correspondait. À un moment ou à un autre, elle s'était forgé ce nom. Son visage était placardé sur tous les journaux d'Amérique et personne n'était venu apporter le moindre renseignement sur elle. Elle avait prétendu avoir trente-quatre ans, mais elle avait tout aussi bien pu mentir sur ce point.

— Non, répondit-elle en souriant. Mais c'est ce que tu voulais entendre, pas vrai?

Ses doigts lui effleurèrent le torse, le ventre, le haut des cuisses, avant de se refermer sur ses couilles.

— Que c'était la faute d'un homme. Pourquoi les femmes tuent-elles? À cause d'un petit ami, d'un père, d'un mari. Une femme ne peut pas devenir criminelle toute seule.

— Donc tu es une tueuse psychopathe, et en plus, féministe.

— Je suis la Betty Friedan[1] des tueuses en série.

Elle abandonna ses bourses pour s'emparer de son sexe qu'elle saisit entre deux doigts tout en lui donnant un autre cachet de sa main libre.

— Avale.

Il se força à l'avaler. Il lui restait juste assez de salive pour le faire descendre dans sa gorge.

— S'il veut étouffer l'affaire, dit-elle en portant la main à

1. Féministe américaine (1921-2006). Auteur notamment de *La Mystique féminine. (N.d.T.)*

sa bouche avant de l'humecter avec la langue, il faut qu'il se débarrasse de Susan Ward.

Archie sentit sa respiration s'accélérer, la chaleur monta de son sexe et irradia jusqu'à son cou.

— Comment sais-tu que c'est un homme ?

Elle caressa lentement son membre de sa main humide.

— Les femmes ne sont pas capables de meurtre, mon chéri. Tu le sais bien.

Le moment était presque venu de mettre son plan à exécution. Gretchen l'ignorait, mais elle ne partirait pas libre du chalet. Et si tout se passait comme il le souhaitait, Archie ne quitterait pas le chalet du tout. Pas vivant en tout cas.

Henry s'occuperait de protéger Susan.

Elle lui fit avaler les trois derniers cachets un par un. Puis sa bouche glissa lentement sur sa poitrine, sur son ventre, ses cuisses, et elle entreprit de lui titiller le gland du bout de la langue. Finalement elle enfourna son sexe dans sa bouche. La respiration d'Archie devenait de plus en plus haletante. Son cœur battait à tout rompre. Il avait le visage en feu, une sueur suave et froide perlait sur sa lèvre supérieure. Sa main se posa sur la tête de Gretchen, il sentit ses doux cheveux sous ses doigts. Il n'avait rien à perdre. Tant qu'à commettre un péché, autant en profiter.

Il enroula les cheveux de Gretchen autour de ses doigts et guida le mouvement de sa tête selon son propre rythme, sans cesser d'observer son visage. Les yeux pleins de larmes, les joues empourprées, la salive au coin des lèvres, elle le prenait et le reprenait. Chaque fois que ses cheveux retombaient, il les écartait pour mieux voir ses lèvres, mieux se voir en train de la posséder. Il la détestait. Il l'aimait. Quand il commença à jouir, elle chercha à se dégager, mais il lui maintint la tête d'une main ferme.

— Avale, ordonna-t-il.

52

Susan rapporta le courrier : *La Nation*, des prospectus, deux factures et des étiquettes à coller au dos des enveloppes au nom de l'ACLU, l'Union Américaine pour les Droits Civiques. Elle posa le tout sur la table de l'entrée avec les clés. On étouffait chez Felicity. Toutes les fenêtres étaient fermées. Voilà comment on luttait contre la chaleur pendant la journée. On fermait les fenêtres et on tirait les rideaux en attendant que le soleil descende. Ensuite on ouvrait, tout en priant pour que souffle une petite brise. Susan se demandait comment les gens avaient survécu à l'époque victorienne.

Les yeux de Susan brûlaient de fatigue. Quelques heures de sommeil et elle serait en forme pour retourner travailler. Elle monta dans la chambre de sa mère. Elle n'avait pas l'intention de dormir dans le hamac si elle pouvait faire autrement. La chambre de Felicity était peinte en rouge et équipée de ce qui constituait probablement le dernier matelas à eau de toute la région de Portland. Susan mit en route le ventilateur électrique posé sur la coiffeuse.

Elle ne s'était pas couchée aussi tard depuis des années, et elle avait oublié l'effet que ça faisait. Elle se sentait nauséeuse. Elle s'allongea sur le lit de Felicity, mais les remous de l'eau sous le plastique ne faisait qu'aggraver les choses. Elle resta immobile un moment. Pourtant chaque fois qu'elle se retournait, une lame de fond agitait le lit. À présent elle avait mal à la tête, comme si on lui enserrait le crâne dans un bonnet d'acier. Une seule solution : un bon bain. Elle jeta un coup d'œil à sa montre : presque une heure du matin.

Susan se leva et gagna la salle de bains. Elle ouvrit le robinet au-dessus de la baignoire en fonte et la remplit d'eau fraîche agrémentée d'une bonne rasade de gel moussant à l'eucalyptus. Tout autour de la baignoire, Felicity avait soigneusement disposé des dizaines de bougies de couleurs et de parfums différents afin de créer l'ambiance parfaite.

Susan approcha la flamme d'un briquet de l'une des mèches. Elle s'alluma un instant, puis s'éteignit. La jeune femme essaya de nouveau. Même résultat. Elle tenta sa chance avec une autre bougie. Elle s'éteignit. La jeune femme s'autorisa un juron indigné. C'était sa mère tout craché : elle avait dû acheter les bougies les moins chères au bazar. Elle considéra un instant le briquet, puis haussa les épaules et le reposa près d'une des bougies.

Quel bonheur de se débarrasser des vêtements qu'elle portait depuis vingt-quatre heures. Elle les fourra dans le panier d'osier guatémaltèque que sa mère utilisait pour le linge sale. Elle avait vraiment très mal au crâne à présent. La douleur avait même gagné ses yeux. Ce n'était pas seulement le manque de sommeil, mais aussi le stress. Parker. Archie. Il fallait qu'elle prenne les choses moins à cœur. Qu'elle se ménage. Dans son état elle n'aiderait personne.

Elle entra dans le bain et se glissa dans l'eau fraîche, laissant le parfum mentholé de l'eucalyptus l'envelopper. Susan remarquait que le vernis de ses orteils était écaillé quand elle entendit l'abeille. Elle bourdonna au-dessus de sa tête et se posa sur le lavabo. Elle trouva cela étrange, ne voyant pas comment l'insecte avait pu entrer dans la maison fermée depuis deux jours. Elle réfléchissait à ce mystère, la tête appuyée contre le rebord de la baignoire, quand l'abeille fit quelque chose de curieux. Elle s'envola, tourna en rond en bourdonnant, puis s'arrêta en plein vol et tomba par terre.

Susan s'assit dans la baignoire et baissa les yeux. Felicity avait peint le sol en bleu clair et là, tel un bateau au milieu de l'océan d'azur, la jeune femme vit l'abeille, sur le dos, pattes en l'air, morte.

Susan était dans le brouillard. L'espace d'un instant, elle oublia même ce qu'elle fabriquait là, pourquoi elle était chez elle. Archie avait disparu, il fallait qu'elle regagne les bureaux de la Brigade Spéciale. Il fallait qu'elle aille rejoindre Henry.

Et où était passée sa mère ?

Elle regarda l'abeille. Elle avait écrit un article sur une famille de cinq personnes à Lake Oswego qui avait échappé de peu à un empoisonnement au monoxyde de carbone. Une fuite. Inodore. Les animaux domestiques, un hamster et un oiseau, morts. La mère avait eu la présence d'esprit de sortir tout le monde de la maison. Selon les sauveteurs, une demi-heure plus tard, toute la famille aurait subi le même sort.

Susan s'arracha de la baignoire. Le corps dégoulinant de mousse, elle glissa et se cogna la tête contre le lavabo. Le choc lui éclaircit les idées. Elle empoigna une serviette, l'enroula autour de sa poitrine et se rua vers le rez-de-chaussée.

Sors de la maison. Il fallait qu'elle se répète cela sans relâche, parce que, dès qu'elle arrêtait, elle ne pensait plus qu'à dormir. Comme ce serait bon de fermer les yeux, rien qu'une seconde, et de sortir de la maison au réveil. Sauf qu'elle ne se réveillerait pas.

Sors de la maison.

Elle perdit la serviette sans même s'en rendre compte. Elle avait dû tomber. Et elle dévalait l'escalier, toute nue, le visage ruisselant de larmes. Non, pas de larmes, de sang. Elle saignait. Le lavabo. Le sang lui coulait dans la bouche, poisseux et douceâtre.

Elle atteignit la porte d'entrée et aperçut quelqu'un de l'autre côté de la vitre. Elle mit une bonne minute pour le reconnaître sans son uniforme. C'était Bennett, le flic chargé de leur sécurité à l'Arlington.

Il était venu la sauver.

Elle voulut ouvrir la porte, mais la poignée refusa de tourner. Fermée à clé. Elle était prisonnière dans la maison. Elle fit signe à Bennett en montrant la poignée pour lui signifier qu'elle était coincée, pour qu'il l'aider à sortir.

Il ne réagit pas.

Elle tenta de nouveau de tourner la poignée. Elle ne bougea pas d'un pouce. Quelque chose clochait. La porte aurait dû s'ouvrir. Elle frappa des deux mains sur la vitre, laissant des empreintes mouillées sur le verre et cria :

— L'abeille est morte.

Bennett, de l'autre côté du battant, se contentait de la regarder sans bouger. Puis il lui montra les clés de la maison. Le soleil brillait et, derrière le flic, Susan apercevait le ciel bleu sans un nuage, ainsi que le bambou que sa mère avait planté dans un pot verni sur la terrasse. Elle vit aussi son rhododendron préféré, illuminé de fleurs écarlates.

Elle avait la tête qui tournait, comme à la fac, la fois où elle avait abusé de *space cake* et s'était évanouie sur le fauteuil d'un copain. Elle avait dormi le visage sur la main et s'était réveillée avec l'empreinte de sa montre sur la joue. Susan commença à glisser par terre.

Il fallait qu'elle fasse quelque chose. Sortir de la maison. Téléphoner. Mais le téléphone était si loin.

Elle entendit un bruit et vit le visage de Bennett aplati contre la vitre, les yeux fermés. Il resta là un moment comme un gosse appuyant son nez contre une fenêtre pour rire. Puis il glissa le long de la glace et disparut de son champ de vision. L'instant d'après elle crut entendre le bruit d'un corps s'écroulant lourdement sur le plancher de la terrasse.

La porte s'ouvrit et quelqu'un la releva et la traîna à l'extérieur de la maison. Elle sentit ses talons cogner contre le pas de la porte, puis contre les marches, et elle atterrit sur la pelouse. Elle trouva l'herbe fraîche et douce, et fut heureuse de pouvoir enfin dormir. Quand Susan leva les yeux et découvrit sa mère.

— Bonjour, m'man, dit-elle d'une voix pâteuse.

— Je l'ai frappé avec le Bouddha.

Susan se força à ne pas dormir. *Respire, respire.* Sa poitrine se souleva, ses poumons s'emplirent d'oxygène ; son esprit s'éclaircissait un peu plus à chaque inspiration.

— Mon Dieu, m'man, t'as tué un flic.

Elle ferma les yeux.

— Appelle le 911. Appelle Henry. N'entre pas dans la maison. Il y a une fuite de monoxyde de carbone. Bennett. Il m'a enfermée.

— Je n'ai pas de téléphone, gémit Felicity.

La mère de Susan n'était pas douée pour résoudre les problèmes. Ce genre d'obstacle insurmontable pouvait la paralyser pendant des heures. Et elles n'avaient pas le temps de s'offrir ce luxe. Susan se redressa et empoigna Felicity par les revers de sa veste en polyester à motifs cachemire.

— Va chez les voisins, merde !

Puis elle se recroquevilla sur elle-même et s'évanouit.

53

Quand elle se réveilla, Susan avait un masque à oxygène sur la bouche, et deux infirmiers s'affairaient autour d'elle. Un nuage maigrichon passa dans le ciel. On aurait dit un lièvre des plaines. Susan tourna la tête et vomit dans l'herbe.

— Pardon, lâcha-t-elle aux infirmiers.

Un flic passa avec le Bouddha dans un grand scellé en plastique, Felicity sur ses talons.

— Vous allez me le rendre, dites ?

Henry s'accroupit à côté de Susan. Elle entendit ses genoux craquer quand il se baissa. Son jean noir remonta, et elle repéra un motif indien représentant un aigle sur le cuir repoussé de ses santiags.

— Ça va mieux ?

Susan enleva le masque à oxygène.

— Il est mort ?

— Inconscient.

Elle éprouva un léger soulagement. Sa mère ne l'avait pas tué.

— Felicity vous a-t-elle raconté ce qui s'est passé ?

On lui avait remis le masque et le plastique étouffait ses paroles. Henry se frotta la nuque.

— Elle m'a dit qu'elle était revenue soigner la chèvre et qu'elle vous avait trouvée nue en train de tambouriner à la porte, et que Bennett regardait.

Henry jeta un coup d'œil en direction de Felicity, en pleine discussion avec le flic qui tenait le Bouddha, et fronça les sourcils.

— Elle a jugé qu'il vous menaçait et elle l'a séché.

Susan aperçut un autre flic qui entrait dans la maison.

— Je pense qu'il y a une fuite de monoxyde de carbone.

— Oui. La chaudière du sous-sol fuyait. On l'a arrêtée.

Elle se laissa aller en arrière. Bouger lui avait de nouveau donné le vertige et elle respira un moment l'oxygène. Ça n'avait aucun sens. Rien de tout cela n'avait de sens. Une fois qu'elle se sentit mieux, la jeune femme enleva le masque.

— Je suis rentrée faire un somme. J'ai commencé à avoir des nausées et j'ai voulu sortir. Bennett avait pris mes clés et m'avait enfermée.

Dans le ciel, le lièvre efflanqué avait dérivé et ne ressemblait plus à rien.

— Vous aviez dû drôlement le contrarier, plaisanta Henry, pince-sans-rire.

— C'est pas drôle.

Il regarda l'ambulance, les voitures de patrouille, les flics. Il semblait perplexe.

— Pourquoi Bennett voudrait-il vous tuer ?

— Je ne sais pas, mais c'est ce qu'il a fait. J'en suis sûre.

Henry secoua la tête.

— Ça aurait pu être Gretchen. Je vais vous remettre sous protection vingt-quatre heures sur vingt-quatre, votre mère et vous. Vous aurez tout le temps un flic avec vous.

Susan prit soudain conscience qu'elle était complètement nue sous la couverture.

— Il faut que je m'habille.

— Il faut que vous alliez à l'hôpital.

Non, pas question. Il n'allait pas l'envoyer à l'hosto et la mettre sous clé. Pas avec tout ce qui se passait. Elle protesta :

— Je dois retourner au boulot.

Henry leva la main et se toucha le nez.

— Vous avez le nez cassé.

C'est alors que Felicity réapparut. Susan vit aussitôt le

rouge à lèvres écarlate dont elle s'était barbouillée. Quand celle-ci aperçut sa fille, elle tressaillit et afficha une moue de dégoût. Elle n'avait jamais supporté la vue du sang.

Le lavabo. Susan avait dû se fracasser le nez sur le lavabo en tombant.

— D'accord, dit-elle à Henry. Mais je ne vais nulle part sans mon sac à main.

— Je vais risquer sans plus attendre la vie d'un de mes hommes pour le récupérer.

— Merci. Emmenez-moi à Emmanuel, ajouta-t-elle en direction des infirmiers.

Tant qu'à aller à l'hôpital, elle voulait au moins aller là où travaillait le médecin d'Archie.

54

— Tu avais quel âge quand tu t'es cassé le nez? demanda Gretchen.

Elle fit courir son doigt sur le front d'Archie et le long de son nez. Il était allongé sur le dos dans le lit. Ils venaient de refaire l'amour et il se sentait bizarrement faible. Il planait, mais autrement. Pas comme avec les cachets. Les cachets le mettaient dans un doux brouillard, une brume brillante. À présent tout s'était obscurci, une noirceur qui brouillait son champ de vision.

— Dix-sept ans. Un accident de voiture.

— Quelqu'un a été tué?

Il n'avait pas parlé de cela depuis si longtemps qu'il fut surpris de s'entendre lui dire la vérité. Mais ça n'avait plus d'importance et le fait qu'elle lui ait posé la question lui faisait penser qu'elle connaissait plus ou moins la réponse.

— Ma mère.

— Ah, ah!

— Comment ça?

— Tu conduisais?

— Je n'ai jamais raconté cette histoire. Pas même à Henry.

Il n'en avait parlé qu'à Debbie. À personne d'autre. Pas depuis qu'il avait quitté la maison familiale. C'était son plus vilain secret. Avec Gretchen.

— C'était ta faute?

— J'ai grillé un stop.

Gretchen lui caressa le visage. Tendrement, pensa-t-il, mais peut-être pas.

— Ton père n'a jamais dû te pardonner.

— Je ne l'ai pas revu depuis que j'ai quitté la maison.

Ils restèrent un long moment silencieux. Archie contemplait les ombres dessinées par le ventilateur.

— Ma mère est morte quand j'avais quatorze ans, finit par lancer Gretchen.

Il se demanda si c'était la vérité.

— Tu l'as tuée ?

— Non.

Elle se redressa sur les coudes et l'observa. Elle paraissait soucieuse, une petite ride creusait son front.

— Tu as peur ?

Il savait ce qu'elle voulait dire.

— De mourir ? Pas pour l'instant.

— À la fin, ça se passe toujours bien, rétorqua-t-elle en lui prenant la main. Ils ont l'air paisibles. Tu paraissais apaisé.

— Peut-être la fin des tortures.

Il retira sa main et s'assit sur le bord du lit.

— Je me lève. Il faut que j'aille aux toilettes. Et puis j'ai faim, je mangerais bien quelque chose.

Il mentait, mais s'il voulait que son plan fonctionne, il fallait que Gretchen retourne dans le salon.

55

— Vous allez faire quoi ? demanda Susan.

Elle se trouvait dans une salle de consultation aux urgences d'Emmanuel, vêtue d'une fort seyante blouse d'hôpital verte. Elle enleva son masque à oxygène et répéta :

— Vous allez faire quoi ?

— Je vais remettre votre nez en place, répondit le médecin.

Susan aurait juré qu'il avait quatre-vingts ans. En le voyant arriver, elle avait cru qu'il s'agissait d'un de ces retraités employés par les centres hospitaliers pour tenir les boutiques.

— Avec vos mains ? s'exclama-t-elle, horrifiée.

— Bien sûr.

Avant qu'elle ait le temps de réagir, il lui avait empoigné le nez. Elle ressentit une douleur fulgurante et poussa un cri étouffé. Il baissa les mains et sourit.

— Voilà. Ce n'était pas si terrible, hein ?

Susan porta les mains à son visage.

— Waouh !

— L'infirmière va vous poser un bandage de contention et vous pourrez partir.

— Vous ne me donnez pas d'antalgiques ?

Le vieux toubib lui tapota la main.

— De la glace et de l'Advil. Bientôt il n'y paraîtra plus. C'est votre mari ? demanda-t-il en se tournant vers Henry qui avait insisté pour accompagner Susan et qui attendait, assis à côté de la table d'examen.

Tous deux répondirent en chœur :

— Ah non !

Le médecin quitta la salle en grommelant :

— Plus personne ne se marie aujourd'hui.

L'infirmière sourit. Elle était grande, les cheveux retenus en arrière par des barrettes, et tous ses traits semblaient être écrasés au centre de son visage.

— Il est de la vieille école. Il n'a pas encore découvert l'anesthésie.

Susan se toucha le nez. Le moindre frôlement le faisait palpiter. Deux flics avaient reconduit Felicity à l'Arlington. Sa mère ne supportait pas les services d'urgences de toute façon. Susan ne savait trop si ses anges gardiens étaient censés la protéger ou la tenir en garde à vue.

L'infirmière commença à lui bander le nez avec de la gaze blanche et du sparadrap. Henry se leva.

— Je vais voir où en est Bennett. Ne partez pas.

— Est-ce que le docteur Fergus travaille aujourd'hui ? demanda Susan dès qu'Henry fut parti.

— Oui, répondit l'infirmière. Vous le connaissez ?

Susan lui adressa un sourire angélique qui lui arracha une grimace de douleur.

— Oui. Je suis une amie de la famille. Vous pouvez lui demander de passer me voir ?

*
* *

Elle était assise jambes croisées, le masque à oxygène sur le nez, occupée à lire *People*, quand Fergus entra. Il n'avait pas changé depuis la dernière fois qu'elle l'avait vu pour l'interviewer et écrire sa série d'articles sur Archie Sheridan. Même coupe en brosse blanche. Même silhouette massive. Même air supérieur. Il avait accepté de collaborer à contrecœur, et seulement après qu'Archie eut signé une décharge.

Il la dévisagea un moment sans la reconnaître, avec ses cheveux turquoise et son nez bandé. Puis il blêmit et retroussa la lèvre supérieure.

— Ah, c'est vous!

Elle ne lui laissa pas le temps de s'en aller. Elle savait qu'Archie prenait beaucoup de médicaments, et elle pensait qu'il aurait peut-être besoin de renouveler son ordonnance. Ce serait peut-être un moyen de le trouver. Elle posa le masque à oxygène sur ses genoux.

— Les médicaments? Archie en a assez, ou il lui en faudra d'autres?

Fergus soupira et enfonça les mains dans les poches de sa blouse de médecin.

— Je n'ai pas le droit de parler de mes patients avec vous.

— Il a des ennuis. C'est grave.

— Le détective Sobol m'a contacté. Si quelqu'un tente de renouveler les médicaments d'Archie, il sera aussitôt prévenu.

— Ah oui, bien sûr.

Elle aurait dû se douter qu'Henry y penserait.

Fergus s'apprêta à partir.

— Il est très malade, dites-moi? demanda-t-elle.

Le toubib s'arrêta. Ses épaules se soulevèrent, puis retombèrent. Elle crut qu'il allait lui dire quelque chose, comme pour se soulager d'un poids. Elle se pencha en avant, prête à écouter.

— N'oubliez pas de mettre de la glace là-dessus.

***

Henry retrouva Claire dans la salle d'attente des urgences. Elle avait trouvé le temps de rentrer se changer. Elle portait un T-shirt avec un ours grizzly, un jean et des bottes rouges. Lui se sentait crasseux, crevé, et son crâne pas rasé le démangeait. Une explication simple, voilà ce qu'il voulait. Une fuite de monoxyde de carbone accidentelle. Un malentendu. Quelques points de suture sur la tête de Bennett.

Que tout le monde rigole un bon coup. Et surtout qu'il puisse aller dormir quelques heures.

Claire téléphonait sous la pancarte *PORTABLES INTERDITS*. En apercevant Henry, elle raccrocha.

— Des nouvelles ?

— Il est en salle d'op. Ce Bouddha a fait des dégâts, un os du crâne a pénétré dans le cerveau.

Adieu la sieste.

— Il survivra ?

Claire mit les mains sur les hanches et secoua lentement la tête.

— Peut-être. En tout cas c'est bien Bennett. Heil vient d'appeler. On a retrouvé ses empreintes sur la chaudière. Il a desserré le bidule.

— Le bidule ?

— Il existe sûrement un mot plus élégant. En tout cas, dans une maison fermée comme ça, le poison a vite fait d'envahir l'espace. Quelques heures plus tard et Susan serait morte trois minutes après être entrée.

Non. Ça ne pouvait pas être aussi simple. Surtout si Susan Ward était impliquée. Henry essaya de trier ces informations. Pourquoi Bennett voudrait-il éliminer Susan ? Il se frotta le crâne. Le manque de sommeil avait envahi son cerveau comme un épais brouillard.

— Il est arrivé le premier sur la scène de crime de Molly Palmer. Peut-être n'est-il pas tombé.

— Tu penses qu'il essayait de détruire des preuves ?

— Imaginons qu'il ait tué Molly Palmer et essayé de camoufler le crime. Ça pourrait lui donner une raison de s'en prendre à Susan.

— Et pourquoi ?

— Elle travaille sur une histoire liant Molly et Castle.

Claire écarquilla les yeux.

— C'est la gamine dont tu m'as parlé, celle que le sénateur sautait ?

— Il me semble avoir employé un mot plus élégant.

Il fallait qu'il protège Susan. Il pouvait le faire. Archie

l'aurait souhaité. Il allait la protéger. S'il parvenait à s'empêcher de la tuer lui-même.

— S'il se réveille, préviens-moi. On fouille sa baraque ?

— On vient de demander un mandat.

Le téléphone de Claire sonna.

— C'est Flannigan, annonça-t-elle en portant l'appareil à son oreille.

Flannigan était retourné au bureau de la Brigade Spéciale et dirigeait les recherches pour retrouver Archie.

— Répète ça, lâcha Claire.

Elle posa la main sur l'épaule d'Henry et souffla :

— Peut-être de bonnes nouvelles.

56

— Ça va te plaire, dit Gretchen. Dessine une étoile.

Ils étaient installés dans le canapé du salon. Elle avait enfilé un chemisier blanc et un pantalon. Archie portait une chemise bleue et un pantalon de velours. Il avait allumé un feu pendant qu'elle lui confectionnait un sandwich et à présent il était assis, le sandwich dans une assiette posée sur ses genoux. Elle avait trouvé un stylo et un calepin dans son sac et les lui tendait.

Il ouvrit le carnet et essaya de dessiner une étoile. Pas très réussie, un côté plus long que l'autre. On aurait dit un triangle. Il refit un essai. Même résultat.

— Je n'y arrive pas, dit-il en examinant le stylo.

— Tu vois, ce sont les signes des premières déficiences neurologiques. Ça va s'aggraver.

Elle se leva, laissant Archie songeur devant son grossier dessin informe, et se dirigea vers le bar.

— J'ai voulu faire l'amour à Debbie hier, je n'ai pas réussi à bander, lança-t-il en posant le calepin sur le sol à côté du sandwich.

Il n'arrivait pas à avaler, et ses urines étaient teintées de sang. Gretchen leur servit deux verres, revint vers le canapé et lui en tendit un. Puis elle s'allongea, les pieds sur les genoux d'Archie.

— Tu as essayé de penser à moi ?

Il regarda un moment le whisky avant de boire une gorgée.

— Oui.

— Elle s'en est rendu compte? demanda-t-elle en souriant.

— Oui.

— Bien.

Elle bougea le pied, venant l'appuyer contre son sexe.

— Je vais peut-être avoir notre bébé d'amour.

— Tu t'es fait ligaturer les trompes. J'ai vu ton dossier médical.

Un éclair fugitif brilla dans les yeux de Gretchen.

— Oui. À l'âge de dix-sept ans déjà, je savais qu'il valait mieux que je n'aie pas d'enfant.

C'était peut-être la chose la plus responsable qu'elle eût jamais faite. Et pourtant, quelle tristesse! Prendre pareille décision si jeune.

— Tu as trouvé un docteur pour t'opérer?

— Celui qui m'avait avortée un mois plus tôt.

Gretchen roula sur le côté, face au feu. La lumière orange du foyer se refléta sur sa peau lisse.

— C'est la première personne que j'ai tuée.

— Le bébé?

— Non, le docteur.

57

Le téléphone de Susan sonna. C'était interdit et elle se dépêcha de le récupérer au fond de son sac avant que l'infirmière ne vienne l'engueuler. Le *Herald*. Elle décrocha.

— Tu vas bien ? demanda Derek. (Il paraissait essoufflé.) J'ai capté ça par le scanner. Ta mère a flingué un flic ?

— Ça va.

— T'as quelque chose au nez ?

Elle se sentit rougir. Super. Voilà qu'elle parlait du nez.

— Il est vaguement cassé.

— Oh, merde !

L'infirmière allait rappliquer d'un instant à l'autre.

— Il faut que je garde ce masque à oxygène, expliqua Susan pour abréger la conversation.

— Il y a une station Texaco dans un bled appelé Mills Crossing, sur la 22. Une heure et demie après l'embranchement de la 5. Soixante-cinq habitants. Le mec à qui j'ai parlé se souvient avoir fait le plein d'une Jag hier soir vers vingt-trois heures. Il ne se souvient pas du conducteur, mais il dit que la bagnole était équipée de jantes spéciales. Laisse-moi retrouver ça dans mes notes.

Susan eut soudain la bouche sèche.

— Des Sabre ? dit-elle doucement.

— Ouais, tout juste. Qu'est-ce que c'est ?

— Aucune idée. Écoute, il faut que j'y aille.

— D'accord. Ian envoie quelqu'un à l'hôpital. Tu sais, pour vous interviewer, ta mère et toi.

— Dis à Ian d'aller se faire foutre.

Susan sortit sa brosse et commença à se peigner les cheveux. Le masque à oxygène ronronnait dans le vide sur la table d'examen.

— Je trouverai une meilleure formule. T'es encore en train de te brosser les cheveux?

Henry arrivait en se grattant la tête.

— Il faut que je file, déclara Susan en raccrochant.

— Qu'est-ce qui se passe? demanda Henry.

Susan entreprit d'ouvrir les tiroirs des placards de la salle de consultation.

— Il y a une station Texaco sur la 22. Un pompiste a vu une Jaguar avec des jantes Sabre, hier soir, vers vingt-trois heures. Ça colle avec l'horaire.

— Mills Crossing?

Susan se tut, bouche bée.

— Nous aussi, on fait notre boulot. Flannigan vient d'appeler Claire. On a contacté toutes les stations service de l'État. Une bagnole comme ça, il arrive que les gens la remarquent.

Elle ouvrit un autre tiroir et trouva ce qu'elle cherchait, un *cold pack*, un coussin de froid. Elle l'écrasa et se l'appliqua sur le nez.

— Envoyez un flic local avec une photo de Gretchen, lâcha-t-elle en fermant son sac et en passant la bandoulière sur son épaule.

— Où allez-vous? s'enquit Henry.

— Il faut que je fasse le plein, répondit-elle en pressant le *cold pack* sur son nez.

— Vous avez besoin de repos et d'oxygène. Il y a un feu de forêt là-bas. Le temps que vous arriviez, Mills Crossing aura probablement été évacué.

Elle se tourna vers Henry. Son visage lui faisait mal. Elle avait envie de vomir. Tout cela commençait à affecter sa bonne humeur.

— Bennett a essayé de me tuer pour m'empêcher d'écrire l'histoire de Molly Palmer.

— Peut-être, admit Henry en passant un doigt sur ses lèvres.

— Ce n'était pas nécessaire. Le *Herald* a enterré l'affaire. Je vais retrouver Archie, aller voir dans les montagnes, incendie ou pas. Vous pouvez rester ici ou m'accompagner.

— Comme vous voulez.

Sur quoi elle lui tourna le dos et sortit.

— Susan?

— Oui?

— Vous ne souhaitiez pas vous arrêter à l'Arlington pour vous changer?

Elle regarda la blouse d'hôpital verte qu'elle portait.

— Si.

58

— Retournons dans la chambre, proposa Archie.

Il se leva et lui tendit une main gonflée jaunie par l'hépatite. Alanguie sur le canapé, sans maquillage, sa clavicule meurtrie visible dans l'échancrure de son corsage, elle paraissait vulnérable. Peut-être quelque chose, ou quelqu'un, l'avait-il transformée en monstre. Peut-être était-ce simplement sa nature. Archie s'en moquait à présent. Cela n'avait plus d'importance. L'obscurité le gagnait. Il lui fallait agir vite.

Elle prit sa main et se leva. Il lui fit faire le tour du canapé.

— J'essaie d'être gentille. Tu le sais, dis ?

— Oui, répondit doucement Archie.

Ils se trouvaient près de la rampe à présent, et il s'arrêta pour relacer sa chaussure. En s'agenouillant il récupéra la paire de menottes qu'il avait cachée dans la salle de bains, puis fourrée dans sa chaussette. Il avait misé sur son orgueil démesuré, persuadé qu'elle ne le fouillerait pas. Elle croyait avoir sur lui un contrôle absolu. Fatale erreur. Presque absolu, pas total.

D'un geste vif il referma une des menottes sur le frêle poignet de Gretchen, et l'autre autour d'un barreau de la rampe. Elle réagit aussitôt, fouettant l'air de son bras prisonnier, tirant sur les menottes comme quelqu'un enchaîné au fond de l'océan, en train de se noyer. Pur instinct animal.

Archie choisit cet instant pour se reculer hors de portée. Elle tenta de lui porter un coup de tête. Gretchen avait les lèvres humides, les yeux flamboyants. Elle lança son bras libre, ses ongles effleurèrent la chemise d'Archie. Elle regardait de tous les côtés, son esprit travaillait, cherchant une solution. Les taches rouges sur ses joues ne faisaient que la rendre plus belle encore.

Elle se reprit et passa la main dans ses cheveux.

— Mon chéri, commença-t-elle lentement, c'est une... très... très... mauvaise... idée.

Archie ne répondit pas. Il avait besoin de se concentrer au maximum sur ce qu'il avait à faire. Il gagna la salle de bains. Une petite salle de bains : des toilettes, une vasque, une cabine de douche, le tout dans un espace réduit. Au-dessus des toilettes une aquarelle représentant un cerf dans la neige ; au-dessus de la vasque, de gros spots ronds. Il lui fallut s'agripper à la vasque une minute, pour surmonter une vague de vertige. Il avait l'impression que son cœur ne battait pas assez vite. La douleur lui vrillait le ventre. Il essuya la sueur qui perlait sur son front et s'agenouilla pour ouvrir le tiroir sous le lavabo. Derrière les rouleaux de papier toilette il trouva le petit portable et le papier plié en quatre qu'il y avait cachés le premier soir, avec les menottes.

Il emporta le tout dans le salon où Gretchen se contorsionnait pour tenter de se libérer des menottes.

— C'est le modèle de la police. Elles ne céderont pas.

Elle cessa de s'agiter et le regarda. Sa poitrine se soulevait. Il lui montra le téléphone et appuya sur *ON*. L'appareil s'alluma avec une série de petits carillons joyeux. Il alla poser le portable sur le bar. Ça leur prendrait quelques heures ou quelques jours, mais ils finiraient par localiser le signal. Il aurait pu appeler Henry, mais il ne voulait pas qu'on le trouve trop tôt, avant que les cachets aient eu le temps de l'achever. Il sortit la clé des menottes de sa poche et la rangea près du téléphone. Henry la trouverait.

Puis il versa le contenu d'un flacon de Vicodine sur le bar. Les cachets rebondirent sur le granit avec un petit bruit agréable. Enfin, il y était. Il avait tellement pensé à ce moment ces dernières années qu'il lui parut soudain presque décevant, familier, naturel. Depuis sa sortie de l'hôpital il se tuait à petit feu. Il s'était contenté d'accélérer un peu les choses. Il lui suffirait juste de trouver le bon rythme, de ne pas régurgiter les cachets qui allaient le tuer. Il en colla un dans sa bouche et le laissa sur sa langue, le suçotant jusqu'à ce que son amertume lui chatouille les sinus. Il tenait à s'imprégner du goût. Les yeux grand ouverts. Il souhaitait vivre chaque seconde. S'il devait mourir, il voulait en avoir conscience. Gretchen lui avait appris cela.

Il prit deux autres cachets et les mit dans sa bouche, léchant ses doigts pour en ôter la poudre blanchâtre au goût amer.

— Archie ! Ne fais pas ça ! La forêt est en train de brûler. Tu ne le sens pas ?

Il renifla et perçut l'odeur de l'incendie. On aurait dit un feu de camp. Il éclata de rire. Ils se trouvaient sur le chemin d'un feu de forêt. Parfait, putain.

— Tu ne peux pas me laisser ici, geignit-elle.

— Ils te trouveront. Et s'ils ne te trouvent pas, alors nous mourrons tous les deux.

59

— Vous n'allez pas vomir, dites? s'inquiéta Henry.

Susan avait baissé la vitre et appuyait la tête contre la portière de la voiture. Ils roulaient depuis une heure dans les virages de la 22, au milieu des bois, et elle commençait à avoir la nausée. L'air était chaud et sec, et le vent qui s'engouffrait dans l'habitacle ne faisait que la décoiffer et lui dessécher les lèvres. À chaque cahot son nez se rappelait à son bon souvenir.

— Ça va, rétorqua-t-elle en parlant du nez et en avalant une boule de salive chaude qui s'était formée au fond de sa gorge.

Elle ne savait pas si elle devait accuser l'empoisonnement ou la conduite d'Henry, mais elle aurait parié sur Henry.

Ils avaient bien roulé. Une file ininterrompue de voitures descendait de la montagne mais, à l'exception des véhicules des Eaux et Forêts et des camions de pompiers, presque personne ne montait. Pour l'instant elle n'avait pas vu la moindre trace de flamme.

Susan aperçut une pancarte verte sur laquelle elle lut : *MILLS CROSSING, 52 habitants. SOYEZ PRUDENTS, MERCI.*

— On y est, lança-t-elle en se redressant.

Mills Crossing ne comptait qu'une station-service, un relais routier, quelques baraques, et un prétendu magasin d'antiquités proposant des vieilles assiettes et des livres de poche posés sur des draps au milieu du parking du relais.

Henry mit son clignotant pour traverser la nationale et s'approcher de la station, mais les voitures descendant de la montagne ne semblaient pas le voir. Il finit par coller la sirène sur le toit et appuyer sur un bouton. La sirène hurla une fois. Comme par miracle, les voitures s'écartèrent aussitôt pour le laisser passer.

— Ça doit être chouette, commenta Susan.

— C'est chouette.

Il traversa et se gara à côté de la station. Susan repéra huit voitures qui attendaient. Un seul pompiste pour deux pompes. Les stations de l'Oregon ne proposait plus de libre service depuis une loi datant des années 1940. À l'époque, l'État avait eu peur que les gens fassent tout sauter. Aujourd'hui, la loi était censée protéger l'environnement, les emplois, et les personnes âgées qui auraient risqué de s'asphyxier avec les vapeurs d'essence.

Quant au pompiste, il aurait manifestement volontiers laissé les clients courir le risque.

Henry et Susan descendirent et se glissèrent entre les pare-chocs de deux 4×4 pour s'approcher de la pompe.

Le pompiste faisait à peu près la taille de Susan et ne devait pas peser beaucoup plus. Il avait la peau bronzée et tannée et portait un T-shirt avec l'inscription : *La chouette tachetée a le même goût que le poulet.*

— C'est vous Big Charlie ? demanda Henry.

— Ouais, répondit le nabot.

Il mâchonnait un cure-dent et le faisait passer d'un coin de sa bouche à l'autre tout en parlant.

— Espèces seulement, lança-t-il au chauffeur d'un minibus Volkswagen. La machine est en panne.

L'homme lui tendit un billet de dix dollars tout chiffonné et Big Charlie enfonça l'embout de la pompe dans le réservoir. Le compteur commença à tourner lentement. Une femme qui s'impatientait au volant d'une Honda Element klaxonna deux ou trois fois. Big Charlie l'ignora royalement.

Une caravane de Mitsubishi Montero, de breaks Subaru et de Jeep Wagoneers des années 1960, descendait la 22, agrémentée de temps à autre par un camion de bois incongru. Certains des 4×4 tiraient des hors-bord. D'autres avaient trois ou quatre vélos sur la galerie. Susan remarqua néanmoins d'autres véhicules lourdement chargés qui ne rentraient pas de vacances, d'énormes sacs et des caisses fixés au toit par des cordes.

Big Charlie enleva sa casquette de base-ball, se tamponna le front avec un chiffon sale et remit son couvre-chef.

— Ils évacuent. Encore un abruti qui a jeté sa cigarette sans l'écraser. Ça arrive tous les étés, précisa-t-il.

Ses yeux gris se posèrent sur l'American Spirit de Susan. Elle la dissimula derrière sa jambe.

— Quoi ? Ce n'était pas moi.

Le pompiste tendit un pouce douteux vers une pancarte *DÉFENSE DE FUMER* accrochée à la pompe.

— Désolée, marmonna la journaliste.

Elle tira rapidement une dernière bouffée et éteignit sa clope dans une poubelle métallique qui regorgeait de bouteilles de soda vides, de couches pleines d'urine et de toutes les saletés que les gens gardent dans le coffre de leur voiture pendant leurs voyages.

Henry montra son insigne à Big Charlie.

— Vous avez vu une Jaguar argent ?

— Ouais. Belle bagnole. Hier soir. Je lui ai fait le plein de super.

Le réservoir du minibus rempli, il raccrocha la pompe et donna une petite tape amicale sur le pare-brise. Le véhicule repartit.

— Vous vous souvenez du conducteur ?

— Une femme. Je l'ai dit au mec au téléphone. Je me souviens surtout de la caisse.

— Je peux vous montrer une photo ? demanda Henry en sortant une photo d'identité de Gretchen.

Big Charlie releva la tête pour voir le cliché sous la visière de sa casquette.

— Ça aurait pu être elle. Ça aurait aussi bien pu être vous, lança-t-il en regardant Susan. Qu'est-ce qu'elle a fait ?

— C'est Gretchen Lowell.

Big Charlie salua l'information d'un regard morne.

— L'Artiste, précisa Susan.

La femme dans la Honda klaxonna de nouveau. Charlie ne broncha pas. Et ne se dépêcha pas non plus.

— En ce qui me concerne, je suis plutôt du genre John Wayne Gacy[1], dit-il. Vous devriez mettre de la glace sur votre nez, ajouta-t-il à l'attention de Susan.

1. Célèbre tueur en série surnommé le « Clown maléfique ». Inculpé pour le meurtre de 33 jeunes hommes. Exécuté en 1994. *(N.d.T.)*

60

C'était plus facile qu'il ne l'avait cru. Peut-être que son corps s'était habitué. Ou que son esprit était prêt à lâcher prise. Il avait déjà vidé deux flacons de cachets. Méthodiquement. Trois par trois. En les faisant descendre avec trois gorgées de Scotch. Au bout d'un moment, on prend le rythme. De plus il s'était mis à aimer le goût du whisky. Sa chaleur l'enveloppait comme un bain chaud. Il regrettait de n'avoir pas su l'apprécier davantage de son vivant. Cette idée lui arracha un sourire. Son salaire ne lui aurait sans doute pas permis de s'offrir du Scotch de cette qualité.

— Je t'en prie, lança Gretchen. Arrête.

Le reste des comprimés étaient sur le bar. Il les aligna comme pour dessiner un petit train. Puis il les avala, un par un. Quand il eut terminé, il se tourna vers Gretchen.

Elle le dévisageait, pétrifiée, lèvres entrouvertes, la tête légèrement inclinée. Ses grands yeux étaient rouges d'avoir pleuré. Elle semblait égarée, telle une enfant qui ne comprend pas pourquoi on la punit. Son désespoir lui faisait presque de la peine.

— Désolé, lâcha-t-il. Question de principe.

— Détache-moi.

Il secoua la tête.

— Je leur dirai tout.

Son visage était rouge à présent, des larmes ruisselaient sur ses joues.

— Non, tu ne diras pas tout. J'ignore pourquoi, commença-t-il en frottant ses paupières qui devenaient de plus en plus lourdes, mais tu ne diras pas tout.

— Je leur dirai tout, cria Gretchen. Je détruirai ta carrière, ton mariage, ta famille, tes enfants. Libère-moi.

— Tu ne peux pas être libre. Libre, tu fais trop de mal.

— Non. Je peux me contrôler. Je peux.

Il s'approcha d'elle. Elle se redressa, pleine d'espoir, ramena ses cheveux derrière ses oreilles et essuya le maquillage qui maculait ses joues. Il sortit une feuille de papier de sa poche, la déplia et la lui tendit avec un stylo.

Une ride se creusa sur le front de Gretchen.

— C'est une confession disant que tu as tué Heather Gerber. Signe-la.

Elle prit le papier et le stylo, se rassit et signa. Il récupéra le tout et retourna au bar.

— La clé, cracha-t-elle en tirant sur ses menottes. L'incendie.

— Non, dit Archie.

— Ça n'est pas ce qui était prévu.

Archie fouilla dans le bar en quête d'une autre bouteille de Scotch. Il se laissa tomber, dos contre le bar, ouvrit la bouteille et la porta à sa bouche. Il n'en avait plus pour très longtemps.

Les battements de son cœur avaient recommencé à ralentir. Il déboutonna sa chemise et posa la main sur sa poitrine pour voir s'il sentait le rythme sous sa peau.

— Il va falloir que tu passes un autre accord. Que tu leur en donnes davantage. Sinon ils veilleront à ce que tu n'échappes pas à la seringue.

— Donne-moi mon sac !

Une douce obscurité l'envahit. L'air était noir d'encre. Sous la cicatrice qu'elle avait sculptée sur son torse, son cœur luttait pour pomper le sang. Il parvint difficilement à articuler :

— Je me sens bizarre.

À quelques mètres de lui, Gretchen s'écroula sur le sol, enchaînée à la rampe, son bras libre battant l'air au-dessus de sa tête. Sans la voir il la sentait, même de là, même comme ça, tant son désir pour elle était fort.

Il tenta de se redresser et tomba à genoux, vaincu par une vague de vertige. Elle tendit sa main libre vers lui, étirant son bras au maximum. Et Archie se traîna vers elle. À quatre pattes d'abord puis, quand ses muscles refusèrent de lui obéir, que sa peau devint froide, il rampa sur les coudes.

Il s'effondra en la rejoignant et elle posa sa tête sur ses genoux.

— Espèce d'idiot, lui souffla-t-elle.

— Je sais.

61

Gretchen Lowell croise les jambes et se penche en avant sur son fauteuil.

— Alors, comment on procède ? demande Archie.

Il se sent déplacé dans la maison de Gretchen. Il a accepté les séances individuelles qu'elle lui a proposées surtout par politesse. Il ne pensait pas qu'elles se tiendraient chez elle. Ça lui semble vaguement incongru.

Elle ouvre grand ses yeux bleus.

— Vous n'avez jamais suivi de thérapie ?

Il ne la connaît que depuis quelques semaines, depuis qu'elle a déboulé aux bureaux de la Brigade Spéciale pour leur offrir son aide afin de capturer l'Artiste. Elle le met mal à l'aise. Il est resté dix minutes assis dans sa voiture avant de trouver le courage d'entrer.

— Non, à part les séances de groupe que vous avez dirigées.

Elle sourit. Gretchen porte une jupe et a noué ses mains autour d'un genou, découvrant quelques centimètres de sa cuisse.

— Eh bien, c'est facile. Vous me dites ce qui vous tourmente et nous en parlons.

Archie se tortille sur son fauteuil, son revolver lui meurtrit la hanche. Il y a quelque chose qui le tourmente. Quelque chose dont il n'a même pas parlé à Henry.

— J'envisage de demander une mutation. J'aimerais passer davantage de temps avec ma famille.

Il se sent mieux maintenant qu'il l'a sorti. Il se sent plus fort. Comme s'il allait le faire. Il lève les yeux vers Gretchen. C'est une femme. Il s'attend à ce qu'elle l'encourage à choisir ses gosses plutôt que son boulot. C'est une des raisons qui l'ont poussé à venir. Mais non.

— Votre couple en souffre ? Que vous travailliez autant ?

Archie réfléchit. Il connaît la réponse. Seulement il ne sait pas trop jusqu'à quel point se dévoiler.

— Ma femme voudrait que je change de métier.

Gretchen se penche un peu plus et sa jupe remonte encore d'un cran.

— Mais vous êtes bon dans ce que vous faites.

Il rit :

— J'ai une mission à accomplir. Arrêter l'Artiste. Pour l'instant je n'ai pas réussi.

— Je pense que vous êtes tout près…

Gretchen tend le bras et pose la main sur l'accoudoir du fauteuil d'Archie. Elle ne le touche pas. Juste l'accoudoir.

— … n'abandonnez pas maintenant. Restez concentré sur votre enquête.

Archie secoue la tête.

— Il faut que je sois plus souvent à la maison. Je ne veux pas devenir un de ces types qui ratent l'anniversaire de leurs gosses.

Il a déjà raté tant de choses, il les a à peine vus grandir. C'est facile de justifier des heures sup' quand on arrive à se convaincre que des vies en dépendent.

— Vous êtes ensemble depuis combien de temps, votre femme et vous ?

— Depuis la fac.

— Vous avez couché avec combien de femmes ?

Archie se sent rougir. Il regarde par la fenêtre un groupe de cerisiers plantés dans le jardin.

— Une seule.

— Vraiment ?

Il se racle la gorge.

— J'avais une copine au lycée qui voulait attendre d'être mariée. J'ai respecté son choix. Ensuite j'ai rencontré Debbie. Et voilà.

— Et vous ne l'avez jamais trompée ?

— Non.

— C'est rare.

— Ah bon ? C'est rare de n'avoir qu'une seule personne dans sa vie ?

— Oui.

— Je l'aime, rétorque-t-il en haussant les épaules.

— Et votre vie sexuelle ? Ça se passe bien ?

Il a chaud. Il se frotte la nuque. Seul le tic-tac de la pendule brise le silence de la pièce.

— Ça me fait drôle de parler de ça avec vous.

— Si vous voulez que notre travail porte ses fruits, vous devez vous montrer honnête avec moi.

— Oui, ça se passe bien, répondit-il en détournant les yeux.

— Comment le savez-vous ?

Il sourit. Touché.

— Je le sais.

Gretchen pose de nouveau la main sur le fauteuil.

— C'est normal de fantasmer sur d'autres femmes. Ce n'est pas tromper.

La main de Gretchen ne quitte pas le fauteuil d'Archie. Elle a les doigts fins, fragiles, de l'albâtre. Les ongles manucurés.

— Vous êtes attiré par d'autres femmes.

Archie écarte les mains, il se rend.

— Je suis un homme.

— Êtes-vous attiré par moi ?

Elle se tait. Juste assez longtemps pour le laisser bafouiller une réponse maladroite, puis elle se rassied au fond de son fauteuil et lui sourit.

— C'est une question académique. Cette information peut s'avérer utile, d'un point de vue thérapeutique.

Archie cherche quelque chose à dire, quelque chose de sincère, mais pas trop. Il a soudain la bouche sèche. La pendule continue d'égrener son tic-tac.

— Je vous trouve très belle.

Son visage s'illumine et elle rit. Un rire sympathique, une plaisanterie partagée.

— Je vous ai mis mal à l'aise.

— Oui, admet-il.

— Je vous ai parlé de votre vie sexuelle uniquement parce que faire l'amour est un excellent moyen d'évacuer le stress. Je sais que vous êtes soumis à un stress important.

— Je n'aime pas faire l'amour avec Debbie en revenant d'une scène de crime. Je n'arrive pas à me sortir les images de la tête. Ce n'est pas bien.

— Ces images vous hantent ?

Il porte la main à son front, comme pour effacer les images.

— Ouais.

Il sent le poids de son attention.

— Une plus que les autres ?

— Heather Gerber. La première victime que nous avons trouvée. Dans le parc. Ce n'était pas la pire en termes de torture. Mais son visage. Ses yeux grand ouverts qui me fixaient. Ça paraît dingue, non ?

— Ces souvenirs vous empêchent-ils de dormir la nuit ?

Son portable vibre dans sa poche. Il le sort et l'ouvre. Un SMS d'Henry. Un autre tuyau.

— Merde ! lance-t-il avant de se reprendre, soudain gêné par son langage grossier. Excusez-moi. C'est Henry. Il faut que j'y aille.

Il se lève, ajuste son revolver sur sa hanche. Elle l'imite, contourne le bureau et vient poser la main sur son bras, juste au-dessus du coude.

— J'aimerais vous revoir. Je crois que je peux vous aider.

Elle sent bon le lilas.

Archie ne bouge pas. Il ne veut pas perdre le contact de ses doigts. Il éprouve une étrange connivence avec cette maison, avec elle. C'est ridicule. Il la connaît à peine. Elle est belle et s'intéresse à lui, et il réagit comme un gamin de dix-sept ans.

Il décide de ne pas fixer un nouveau rendez-vous tout de suite. Il attendra quelques jours, pour ne pas avoir l'air trop impatient.

Le tic-tac s'arrête. Il regarde la pendule. Elle est silencieuse, les aiguilles bloquées à trois heures trente. Il se racle la gorge.

— Votre pendule vient de s'arrêter.

Elle lâche son bras et lève les yeux.

— C'est amusant, commente-t-elle.

Il fait un pas pour partir et elle le suit. La lumière venant de la fenêtre éclaire sa silhouette. Une vision de la beauté. Il se dit qu'il n'y a rien de mal à le remarquer, simple observation.

— Si vous avez du mal à dormir, je peux vous donner un échantillon d'un produit susceptible de vous aider.

Il sourit. Peut-être n'attendra-t-il pas plusieurs jours avant de prendre son prochain rendez-vous. Peut-être pourrait-il la rappeler plus tard dans la journée. Rien que pour entendre sa voix.

— Merci. Mais je n'aime pas trop prendre de médicaments.

62

Henry fit hurler la sirène un moment, mais cela ne servit à rien, il n'y avait pas moyen de doubler. Ils étaient englués dans la circulation. La route était creusée dans la montagne et ils roulaient entre deux haies de sapins de Douglas hauts de trente mètres et plus. Parfois, ils voyaient à peine le ciel. Les zones de dépassement étaient rares et fort courtes. Alors Henry mettait la sirène et dépassait une douzaine de voitures à toute vitesse. Ils descendaient la montagne à une allure d'escargot. Le bon côté, c'est que Susan n'était plus malade. Big Charlie lui avait donné de la glace pour son nez et elle se sentait plutôt bien.

— Enlevez vos pieds du tableau de bord, bougonna Henry.

— Pardon, rétorqua Susan en calant ses pieds nus sous son siège.

Elle espérait qu'Henry ne remarquerait pas les empreintes de doigts de pied qu'elle avait laissées sur le pare-brise.

— Je ne sais toujours pas pourquoi on m'interdit de chercher Gretchen.

— J'ai lancé des avis de recherche sur la 20 et la 22, et sur tout l'est de l'Oregon. Vous avez entendu le type. C'était peut-être elle. Peut-être pas.

— Comment est-il possible qu'une voiture de police n'ait pas la clim ?

— En panne, répondit henry.

Susan avait acheté une bouteille d'eau à la station et, depuis, elle s'employait à en arracher consciencieusement l'étiquette. Elle venait de déchirer un minuscule confetti qu'elle roulait entre ses doigts. Elle se retourna pour voir si elle pourrait dénicher un magazine à l'arrière ou n'importe quoi susceptible de l'éventer. Dans sa voiture, la banquette arrière était couverte de journaux. Dans celle d'Henry, rien. À l'exception d'un carton. Elle reconnut l'écriture sur le côté.

— Mes notes sur l'affaire Castle.

— Ouais. Je les ai, disons, empruntées.

— Je les avais prêtées à Archie, expliqua-t-elle en se contorsionnant pour atteindre le carton. Vous n'avez pas intérêt à y avoir foutu la pagaille.

— Je ne les ai pas touchées.

Elle ouvrit le premier carnet d'une main, se servant de l'autre pour garder le sac de glaçons sur son nez.

— C'est vous qu'avez écrit ça ?

Dans le calepin, un nom était entouré. John Bannon.

— Je n'ai même pas ouvert ce carton.

C'était donc Archie qui s'en était chargé.

— Le nom John Bannon vous dit quelque chose ?

— C'était l'ancien coéquipier d'Amigo Anderson, à l'époque où il dirigeait la Brigade Spéciale.

— Molly prétendait qu'il s'agissait de son contact. Le type qu'elle appelait quand elle avait besoin d'argent. Le larbin de Castle.

— Ça fait dix ans que Bannon est mort.

Le mec dans la voiture derrière eux fit beugler ZZ Top. Il avait une bonne sono, ses basses faisaient vibrer la Crown Vic.

Encore une impasse.

Le fan de ZZ Top monta le son.

— Fait chier, dit Henry en se pinçant l'arrête du nez.

— Heather Gerber ! s'exclama soudain Susan.

— Quoi ?

— Tout tourne autour d'elle. Archie m'a dit qu'on n'oublie jamais sa première fois. Sa première cigarette. Son premier cadavre. J'ai cru qu'il parlait des deux corps que nous avions trouvés ce soir-là dans Forest Park. Mon premier cadavre. Alors qu'il parlait de son premier cadavre à lui. Sa première grosse affaire. Heather Gerber.

— Bon, et alors ?

— Alors peut-être que c'est sa piste qu'on devrait suivre. Si vous recherchiez quelqu'un, quelle est la première chose que vous feriez ?

Elle arracha un autre morceau d'étiquette et le jeta par terre.

— Ramassez ça, lui ordonna Henry.

— Oh, pardon.

Elle se baissa et ramassa le confetti sur le plancher.

— Tracer le signal de son portable. C'est ça que je ferais en premier.

La glace commençait à fondre et de l'eau froide dégoulinait le long du bras de Susan.

— Vous pouvez faire ça, n'est-ce pas ? Cerner une position en utilisant les impulsions émises par les antennes ?

— Je vous écoute, dit-il en lui glissant un regard surpris.

— J'ai fait un article sur ces randonneurs qu'on a retrouvés perdus dans les bois l'année dernière. Le temps était épouvantable et les recherches avaient été interrompues. On a découvert les corps le lendemain matin.

— On peut faire mieux. Les nouveaux téléphones ont des GPS incorporés. On arrive à localiser une position à cinquante ou cent mètres près.

— Il faudrait chercher un nouvel abonnement. Il l'aurait souscrit au nom de Gerber ces derniers jours.

— Vous pensez qu'Archie détient un portable au nom d'Heather Gerber ? Pourquoi ne nous appelle-t-il pas dans ce cas ?

— Je n'en sais rien.

Henry ouvrit son portable et composa un numéro d'urgence.

— Je veux savoir s'il existe un numéro au nom d'Heather Anne Gerber. L'opérateur d'Archie est Verizon. Commencez par là.

63

Henry tambourinait sur le volant brûlant. Susan avait remis les pieds sur le tableau de bord, mais il n'y prêtait plus attention. Ils n'avaient pas avancé de dix mètres quand le portable d'Henry sonna de nouveau. Il décrocha.

Au-dessus d'eux, une centaine de mètres sur la droite, un filet retenait une falaise. Une pancarte jaune annonçait : *ATTENTION. CHUTE DE PIERRES.*

— J'ai trouvé, s'écria Claire. Heather Anne Gerber. Archie l'a ajoutée à son abonnement familial. Il l'a présentée comme sa fille.

— Donne-moi le numéro, lança Henry en arrachant un Post-it du bloc fixé au tableau de bord. Localise-le et rappelle-moi.

Claire lui lut les dix chiffres ; il les nota.

— Alors ? s'enquit Susan.

Il ne répondit pas mais tapa le numéro qu'Archie avait fait attribuer à une morte. Il tomba directement sur une boîte vocale.

— C'est moi, dit la voix enregistrée d'Archie. Dépêchez-vous.

— Nom de Dieu de nom de Dieu ! jura Henry dans le téléphone. T'as intérêt à me filer une putain de bonne excuse.

Sa voix s'enroua et il déglutit avec peine, en tournant la tête pour cacher son trouble à Susan.

— J'arrive. C'était lui, ajouta-t-il à l'attention de la journaliste.

Son téléphone sonna et, avant même la deuxième sonnerie, il l'avait collé à son oreille.

— Tu trouveras un chemin forestier qui part de la 22 à hauteur de la borne 92, près de la Metolius River. On a détecté un signal à trois kilomètres sur cette route. Flannigan a vérifié. Il n'y a qu'une seule maison là-haut.

Ils venaient de dépasser la borne 38. Susan avait raison. C'était bien Gretchen, et Henry avait pris exactement la direction opposée. Pas le temps de s'en mordre les doigts.

— Bon, je fonce. Envoie tout ce que tu pourras à cette adresse.

— Tu sais que ça brûle là-bas ?

— Ouais.

Henry mit la sirène et fit demi-tour. Devant eux, à l'horizon, une fumée rose s'élevait dans le ciel tel un panache menaçant.

*
* *

Henry n'avait pas prononcé le moindre mot depuis le coup de téléphone de Claire. Il serrait le volant tellement fort qu'il en avait les doigts blancs et il prenait les virages à toute allure ; le bitume défilait dans ses Ray-Ban. La circulation ne les ralentissait plus à présent. Ils dépassèrent la station de Big Charlie et continuèrent à remonter la route en lacets au milieu des sapins de Douglas.

Les arbres devenaient plus grands, le ciel n'était plus qu'un ruisseau malingre au-dessus de leur tête. Des ombres noires marbraient la chaussée. La glace avait fondu. À la sortie d'un virage ils aperçurent un barrage des Eaux et Forêts.

C'est alors que Susan vit l'incendie. Un mur de flammes orange dessinait des gribouillis informes le long d'une des trois lignes de crête qui s'élevaient devant eux. Une fumée beigeasse obscurcissait tout le ciel vers l'est. Elle s'exclama :

— Mon Dieu !

Henry s'arrêta au barrage. Une voie demeurait ouverte en direction de l'ouest pour permettre aux traînards d'échapper au feu, mais les autres étaient obstruées par des chevaux de frise. Une grande pancarte annonçait : *ROUTE FERMÉE, FEU DE FORÊT.*

Un ranger s'approcha. Il portait le chapeau d'uniforme classique à larges bords et arborait une queue de cheval. Un foulard mouillé lui protégeait le nez et la bouche.

— Vous devez faire demi-tour, annonça-t-il à Henry.

Celui-ci lui montra la sirène sur le toit.

— Police de Portland.

— Vous êtes venu arrêter le feu ?

— Je dois rejoindre un chemin forestier près de la Metolius.

— Le feu est trop près de la route. On l'a fermée. Faites le tour.

— Impossible. Il faut que je passe. Je crois que Gretchen Lowell est là-haut. Avec Archie Sheridan.

Le ranger leva la tête et observa la colline en feu. L'espace d'un instant Susan se demanda si Henry n'allait pas forcer le barrage. Mais ce ne fut pas nécessaire.

— Si le feu vous rattrape, restez dans la voiture. Couchez-vous sur le plancher, couvrez-vous la tête et le visage, et respirez par le nez à petits coups.

Le ranger sortit un mouchoir et s'essuya la nuque. Il fit signe à l'un de ses collègues de déplacer les barrières pour leur ouvrir la route.

— Allez-y maintenant. Et si le feu dépasse le chemin, foutez le camp en vitesse.

Henry observa Susan. Elle devina ses pensées. Elle croisa les bras et le regarda droit dans les yeux.

— Non, je reste avec vous.

*
**

Des fleurs sauvages poussaient le long de la route. Des tapis roses et pourpres couvraient l'épaulement nord, là où l'escarpement rocailleux s'élevait à cent vingt degrés. Susan avait enfilé ses bottes et posé les pieds par terre pour pouvoir se pencher en avant et contempler la fumée. Un nuage énorme, semblable à une montagne. Un silence inquiétant régnait. Ils avaient parcouru plusieurs kilomètres et croisé seulement quelques camions jaunes des Eaux et Forêts. Henry avait mis la sirène et le gyrophare, mais aucun des routiers ne leur accordait la moindre attention. Ils avaient mieux à faire. Les pins Ponderosa remplaçaient les sapins de Douglas. Au-delà de la crête suivante, Susan aperçut deux avions qui déversaient des produits retardants rouge vif. On aurait dit du sang jaillissant du ventre béant des appareils.

Une biche morte était couchée sur le bas-côté.

Une pancarte criblée de balles annonçait l'entrée dans la zone de sports d'hiver.

La fumée devenait si épaisse qu'Henry alluma les phares.

Susan jeta un coup d'œil à son portable. Depuis quelques kilomètres il cherchait un réseau. Désormais elle n'avait plus de signal du tout.

— Mon téléphone ne passe plus, déclara-t-elle.

— Le mien non plus.

Elle ressentit une crampe à l'estomac. Un symptôme qui ressemblait beaucoup à de la peur. Il commença à pleuvoir. Henry mit les essuie-glaces et les gouttes laissèrent des traînées grises sur le pare-brise. Ce n'était pas la pluie.

— Qu'est-ce que c'est? demanda Susan.

— Est-ce que je vous ai raconté comment je me suis retrouvé marié à une princesse indienne Lummi?

— Ce n'est pas de la pluie, affirma-t-elle.

— C'est de la cendre.

Henry accéléra. Susan remonta la vitre aussi vite qu'elle le put. La cendre tombait comme de la neige, recouvrant la route et la voiture d'une fine poussière grise. Soudain, après un virage, la route s'élargit. Ils avaient franchi le sommet du col. Ils amorcèrent une descente dans la forêt qui s'étendait à perte de vue. Le feu qui l'embrasait faisait rougeoyer le ciel, leur offrant un coucher de soleil psychédélique.

— Encore combien de kilomètres ? s'enquit Susan.

La fumée de plus en plus épaisse lui brûlait les yeux et Henry dut ralentir pour ne pas quitter la route.

— Huit.

Le feu avait ravagé les bois au sud de la nationale. Le sol était noir. Les Ponderosa, leurs branches nues et tordues, n'étaient plus que des troncs blanchâtres. Vers le nord, là où les flammes n'avaient pas franchi la route, la forêt demeurait intacte. Pins et aulnes majestueux, herbages d'un incroyable vert-jaune. Puis, ici ou là, un arbre isolé s'enflammait comme une torche.

— L'incendie est en train de dévorer la route.

Il devenait de plus en plus difficile de respirer et elle ferma les aérateurs du tableau de bord. Cette précaution ne changea pas grand-chose.

— Je sais, rétorqua Henry.

Susan toussa et porta une main à sa bouche pour tenter de filtrer la cendre avec ses doigts.

— Le ranger a dit que si le feu franchissait la nationale, il faudrait faire demi-tour.

— Trop tard.

Henry pointa un doigt derrière eux et, en se retournant, elle réalisa que les deux côtés de la route étaient ravagés par les flammes.

Il y eut une explosion et Susan se cramponna, les deux mains sur le tableau de bord, croyant qu'un pneu avait éclaté. Mais la voiture resta sur la route. Elle fut désorientée un moment et se tourna vers Henry en quête d'une explication, mais il était couché sur le volant pour essayer de voir au travers de la fumée. Puis elle comprit : les arbres. Les arbres explosaient. Elle entendit Henry jurer et leva les yeux juste à temps pour apercevoir un orignal, immobile au milieu de la chaussée.

Henry écrasa les freins et la voiture fit une embardée.

Susan ferma les yeux quand la force centrifuge la plaqua contre la portière. Elle entendit le bruit métallique de la carosserie heurtant le rail de sécurité et ouvrit les paupières le temps d'entrevoir une gerbe d'étincelles orangées au moment de l'impact. La Crown Vic plongea dans le vide, se retourna, et Susan se retrouva la tête en bas, mains plaquées contre le toit du véhicule. Elle referma les yeux. La voiture glissa dans la pente, sa carcasse métallique fracassant les squelettes calcinés des arbres dans un bruit infernal, tel un animal hurlant à la mort. Et, soudain, elle songea à Parker. Le temps ralentit lors d'un accident, et il avait dû avoir la possibilité de penser, de comprendre ce qui lui arrivait, comme elle en cet instant.

Puis le silence se fit.

Elle était toujours en vie.

Susan numérota mentalement ses abattis. Pieds. Jambes. Bras. Mains. Elle était entière. Elle ouvrit les yeux. Un tourbillon de poussière entra dans la voiture, lui piqua les yeux et la fit tousser.

— Ça va ? demanda Henry.

— Je crois. On l'a touché ?

Elle ignorait pourquoi elle se sentait soudain si concernée par le sort de l'orignal.

— Vous pouvez sortir ?

S'extraire de la voiture fut un vrai combat. Elle défit la ceinture de sécurité et tomba sur le dos pour se retrouver couchée sur le côté en position fœtale. L'habitacle était rempli de débris de verre et de saletés, son épaule la faisait souffrir, mais Susan se força à bouger. Elle gagna le sol noirci en se glissant par le pare-brise éventré. La terre était encore chaude et, dans sa bouche, le charbon de bois avait un goût de toast brûlé.

Elle s'éloigna du véhicule à quatre pattes, essayant de fuir le nuage de poussière de suie que l'accident avait soulevé. La Crown Vic était venue s'échouer contre un arbre calciné. Elle avait fait un tour complet sur elle-même et avait atterri face à la route, le coffre coincé contre le tronc, le capot vers le haut. Les roues continuaient de tourner. Susan secoua les brindilles et les éclats de verre de ses cheveux avant de se redresser. Mais un vertige l'obligea à se rasseoir. Elle toussa. Son nez. Elle se toucha le visage. Le bandage n'avait pas bougé. Susan avait mal, mais pas plus qu'avant.

Elle leva les yeux. Ils étaient dix mètres en contrebas de la route, au-dessus d'un lac. La fumée aveuglante la força à cligner des yeux. Au-delà de l'étang les pentes environnantes étaient dévastées, ne subsistaient de la forêt que les restes calcinés des arbres. On aurait dit la fin du monde.

Susan entendit Henry se détacher, un bruit sourd, et une minute plus tard il sortait par le pare-brise.

— La radio est foutue.

Il fit le tour de la voiture.

— Merde, le coffre est bloqué.

Elle se laissa glisser dans la pente pour le rejoindre. Le coffre de la Crown Vic était enroulé autour de l'arbre.

— La trousse d'urgence est dedans, marmonna Henry. Fusées de détresse, lampe torche, tout. Bon, va falloir marcher.

Il se frotta le front un instant, puis entreprit de remonter.

— Allons, venez, lança-t-il en se retournant.

Susan ne bougea pas.

— Le ranger a dit de rester dans la voiture.

— La voiture est sur le toit.

— Je reste, dit Susan en croisant les bras.

— Je ne vous laisse pas, répondit Henry en lui tendant la main.

— Non, vraiment. Ça va bien. Laissez-moi ici.

— Allons, Susan. La nuit va bientôt tomber. On aura une meilleure chance sur la route.

Elle le regarda un moment, puis retourna à la voiture, se

mit à quatre pattes et passa la moitié du corps par la fenêtre côté passager.

— Susan ! grommela Henry.

Elle trouva ce qu'elle cherchait sur la banquette arrière et l'empoigna.

— Je récupère mon sac.

Après être ressortie à reculons, elle se redressa et secoua les débris de verre de son jean. Henry lui tendit la main et elle la prit.

— Je ne reviendrai jamais plus me promener dans les bois bougonna-t-elle tandis qu'il la tirait vers la route.

***

L'orignal avait disparu.

— On n'a pas dû le toucher.

— Je me contrefous de cet animal.

— Pourquoi vous avez braqué, alors ?

— Je ne voulais pas abîmer la voiture.

Susan fronça les sourcils et regarda l'épave de la Crown Vic en contrebas.

— Ah bon.

Quelque chose attira son attention de l'autre côté de la route. Elle courut la ramasser.

— Regardez, ma bouteille d'eau ! s'exclama-t-elle joyeusement.

— Formidable.

— Nous verrons si vous serez aussi sarcastique quand vous mourrez de soif.

Susan essuya la poussière et les saletés qui recouvraient la bouteille, sortit deux Advil de sa poche et les avala avec une gorgée d'eau.

— Nous n'allons pas mourir de soif, nous y sommes presque, l'informa-t-il en montrant la borne 90. Il nous reste plus que six kilomètres à faire.

— À pied ? s'écria Susan en contemplant ses bottes Frye.

Elle avait mal à la gorge et la fumée rosâtre s'épaississait.

— Le temps qu'on arrive, toute la cavalerie sera là. Si elle n'a pas déjà débarqué.

— Alors vous pouvez me raconter l'histoire.

— Quelle histoire ?

— Comment vous vous êtes retrouvé marié à une princesse Lummi.

64

Ils étaient sortis de la zone incendié et avaient gagné la forêt de pins Ponderosa. Une traînée noirâtre sur la route marquait la ligne de partage : d'un côté désolation fumante, de l'autre, aiguilles et pommes de pins, fleurs pourpres et herbes folles. L'air était encore chargé de fumée et le seul bruit provenait d'un avion ou d'un hélico des Eaux et Forêts au-dessus de leur tête. Pas de voitures de police. Pas de sirènes.

Susan remarqua que la peau et les vêtements d'Henry étaient couverts de cendre. Elle s'essuya le visage et découvrit sa main maculée de crasse.

La nuit tombait vite dans la montagne. Le soleil couchant faisait penser à un lampadaire enveloppé d'un brouillard orangé. Une moitié du ciel était constellée d'étoiles, l'autre cachée par la suie et la poussière. Ils ne disposaient pas de beaucoup de temps. À pied, sans lampe, ils évolueraient en aveugle d'ici une heure.

Susan avait les yeux irrités par la fumée, et plus elle les frottait, pire c'était. Elle regarda ses mains couvertes de cendre et les frotta sur son jean.

— Ce doit être là, lança Henry en s'arrêtant à hauteur de la borne 90 d'où une piste grimpait dans la colline.

Il ouvrit son portable, pâle lueur bleue dans le crépuscule violet.

— Pas de réseau. Les relais ont dû brûler.

Susan scruta la route. Tout paraissait ouaté et étrangement immobile dans la fumée.

— Où est la cavalerie?

Henry sortit son arme de son holster et balaya la route, puis la piste du regard.

— Ils ne sont pas encore arrivés.

— Et pourquoi?

Ils avaient appelé Claire depuis une heure déjà. Quelque chose clochait. Ils auraient dû être là.

— Le feu. Les collègues de Sisters doivent évacuer la ville. L'aéroport est peut-être fermé et les nôtres ne peuvent pas atterrir. Je ne sais pas. Vous devriez attendre ici. Une équipe de pompiers va certainement rappliquer.

Susan secoua la tête.

— Personne ne viendra. On les aurait vus depuis longtemps. Ils doivent combattre l'incendie ailleurs. Vous ne me laissez pas ici.

— Le feu se déplace vers le nord.

— Et si le vent tourne? répliqua Susan en regardant le ciel.

Il tourna la tête dans toutes les directions, puis s'engagea sur la piste, son revolver contre la cuisse.

— Bon, d'accord.

Elle lui emboîta le pas.

Il leur fallut une demi-heure pour atteindre la maison. En cherchant un peu, on la trouvait plutôt facilement. C'était la seule habitation sur la longue piste noire. Ils aperçurent tout d'abord la boîte à lettres. Puis la lumière entre les arbres. Le chalet n'était pas si vieux, un lodge dans le style du pays, des rondins et une façade en pierres encadrant une double porte d'entrée. La Jaguar était garée devant.

— Restez ici, ordonna Henry en levant son arme pour s'approcher de la maison.

Elle grimpa pour le suivre, écrasant pommes de pins et brindilles sous ses pas.

— Oh ! Pour l'amour du ciel, lâcha Henry en se retournant.

— Je ne reste pas dehors toute seule.

Vers l'ouest, le ciel avait pris une teinte pourpre. Henry l'empoigna par les épaules.

— Il faut que vous restiez ici. Si Archie est à l'intérieur et qu'il m'arrive quelque chose, vous pourrez aller chercher de l'aide.

Elle ne voyait pas comment. Rejoindre Sisters à pied ? Faire signe à un hélico ? Mais Henry paraissait tellement convaincu qu'elle hocha la tête. Il brandit son revolver et s'avança vers le chalet, se baissant en passant devant les fenêtres. Il arriva sur la terrasse et se dirigea vers la porte.

— Vous n'avez pas besoin d'un mandat ? chuchota Susan.

Henry ne sembla pas l'entendre. Il ouvrit la porte et entra. Elle resta seule. Quelques minutes s'écoulèrent. Un écureuil monta dans l'arbre à côté d'elle. En trois bonds il atteignit le sommet et ne bougea plus.

La porte d'entrée demeurait ouverte.

Susan chercha à tâtons le morceau de bois le plus pointu qu'elle trouva par terre. D'une main elle tenait son arme, de l'autre la bouteille d'eau. Elle pouvait rester dehors ou pénétrer dans la maison pour voir ce qui se passait. Chacun des deux choix était dangereux, mais au moins elle ne serait pas seule à l'intérieur. Parker y serait allé. Parker n'aurait même pas hésité.

Et puis merde ! Elle posa la bouteille et entra sur les traces d'Henry.

De la musique s'échappait de la maison. Elle l'entendait à peine, quasiment couverte par les battements de son cœur. Un concerto en sourdine provenant de la pièce principale au bout du couloir.

Une seconde Susan voulut croire qu'ils s'étaient trompés de baraque. Que peut-être Archie n'était pas là.

Elle se glissa contre le mur, avançant de quelques pas chaque fois, brandissant le bâton devant elle comme une épée. Il était sale et fourchu, et elle le serrait si fort qu'elle craignit de le briser entre ses mains. Henry se tenait à l'entrée du salon. Elle l'entendit demander :

— Que lui avez-vous fait ?

Susan continua de longer le mur, mue par une force indicible. Elle n'eut même pas conscience d'avancer avant de se retrouver à hauteur d'Henry.

Elle aperçut une énorme cheminée dans laquelle rougeoyaient les braises d'un feu déclinant. Puis elle se rendit compte que ce n'étaient pas les braises qui rougeoyaient, mais le feu de forêt. De chaque côté du manteau de pierre, par les grandes baies vitrées, elle voyait s'approcher un rideau de flammes rouge, spectacle d'une sinistre beauté dans l'obscurité, à moins d'un kilomètre de là.

Soudain, elle ne parvint plus à respirer ni à absorber assez d'oxygène, ni à se concentrer. Henry était à côté d'elle, revolver pointé sur Gretchen. Celle-ci portait un pantalon et un chemisier blanc. Des mèches blondes s'échappaient de son chignon à demi défait et lui tombaient sur les joues. Archie était mort, la tête sur les genoux de son bourreau. Susan tenta de respirer mais, avec son pansement sur le nez, elle avait l'impression qu'on lui plaquait une main sur le visage. Le sang d'Archie maculait le chemisier blanc. Susan émit un râle d'asthmatique, un râle humide, comme quelqu'un à l'agonie. Elle entendit Henry crier :

— Susan, fichez le camp.

Il ne quittait pas Gretchen des yeux.

— Éloignez-vous de lui, aboya-t-il.

Susan la vit lever un bras, dévoilant une paire de menottes qui maintenait son poignet attaché à la rampe.

— Impossible.

Un léger agacement teinta sa voix, comme si la réponse coulait de source.

Henry s'approcha d'elle, revolver au poing. Susan sentit une vague de panique lui enserrer la poitrine. Mille scénarios lui traversèrent l'esprit. Que ferait-elle s'il arrivait quelque chose à Henry et qu'elle se retrouvait seule face à

Gretchen, Archie étendu sur le sol? Elle considéra le bâton, puis chercha autour d'elle une arme plus efficace, un couteau, un marteau, n'importe quoi. Susan remarqua le sac blanc sur le bar, la clé, le morceau de papier, les flacons de médicaments, mais aucun objet contondant. Soudain elle aperçut un épluche-légumes sur le bar. Elle laissa tomber le morceau de bois et s'empara du couteau qu'elle cala dans sa main.

Henry avait rejoint Archie et s'était agenouillé à ses côtés, le pistolet toujours pointé vers la tête de Gretchen. Il posa la main sur le cou de son ami pour lui tâter le pouls.

— Que lui avez-vous fait? demanda-t-il de nouveau.

— Vous n'avez qu'à deviner.

Susan sortit son portable. Toujours pas de réseau. Si elle survivait à cette aventure, elle se jura de changer d'opérateur. Ensuite, elle chercha en vain une ligne fixe.

— Mettez vos deux mains bien en évidence, ordonna Henry.

Il parlait les dents serrées et sa voix parut dure et sèche. Gretchen leva l'autre main.

— Il fait une défaillance hépatique. Je peux le sauver. J'ai de la Naloxone. Il y a une clé sur le bar. Détachez-moi.

Susan jeta un rapide coup d'œil à la petite clé. Puis de nouveau à Gretchen, et la vérité lui creva les yeux : le sang sur le chemisier blanc n'était pas celui d'Archie, mais celui de Gretchen. Elle s'était entaillé la peau du poignet en luttant pour se libérer.

Peut-être respirait-il encore.

— Allez vous faire foutre! cracha Henry.

— Il va mourir. Détachez-moi et je le sauverai.

Elle s'exprimait calmement, avec une totale conviction. Le regard de Susan allait de l'un à l'autre. Que quelqu'un fasse quelque chose.

— Vous allez l'aider, rétorqua Henry avec la même conviction, ou je vous colle une balle dans la tête.

Archie était encore en vie. Susan avait la tête qui tournait.

Son nez coulait au travers du pansement et elle l'essuya. La morve, mélange de cendre et de sang, était noirâtre. Archie était en train de mourir.

Gretchen regarda Susan.

— Détachez-moi.

L'autorité de Gretchen était si absolue que Susan hésita. De nouveau, elle jeta un coup d'œil à la clé.

— Susan, restez où vous êtes ! ordonna Henry.

Archie allait mourir. Comme Parker. Comme son père. Il était en train de mourir sous leurs yeux.

À cet instant, le dos d'Archie se tendit et il fut pris de convulsions. Susan ne distinguait pas très bien la scène, ne savait pas ce qui se passait, mais elle voyait ses jambes s'agiter et sa poitrine se soulever. Son père avait déjà fait des attaques comme celle-là.

— Aidez-le, implora-t-elle.

La journaliste pleurait, sans pouvoir s'en empêcher. Sa place n'était pas là. Prise de tremblements incoercibles, elle n'arrivait plus à réfléchir correctement. Son univers s'effondrait.

— Susan, mon sac.

Elle ne laisserait pas Archie mourir. Rien d'autre ne comptait. Gretchen paraissait tellement sûre d'elle. Elle avait été infirmière. Elle savait comment le soigner. Elle pouvait le sauver. Elle l'avait déjà fait. Susan aperçut le sac blanc sur le bar, le saisit et le lança à Gretchen. Il avait à peine quitté sa main qu'elle regrettait son geste. Trop tard. Il atterrit sur le genou de Gretchen.

Henry fut distrait par le mouvement et quitta Gretchen des yeux le temps de crier :

— Non !

En un éclair elle avait ouvert le sac et appuyait un revolver contre la tempe d'Henry. À genoux tous les deux ils se faisaient face. Gretchen sourit, les yeux luisants, un peu de salive brillante au coin des lèvres. Le corps inerte d'Archie gisait entre eux, l'attaque terminée. Susan se dit qu'il était probablement mort. Elle porta la main à sa gorge, horrifiée par ce qu'elle avait fait. Gretchen esquissa un nouveau sourire.

— Vous ne devriez pas travailler avec des amateurs, Henry.

65

— Susan, dit Henry doucement. Sortez d'ici.

Trop tard. Elle était incapable de bouger. Non qu'elle fût paralysée par la peur, mais parce qu'elle s'en voulait trop de ce qu'elle avait fait pour penser avec discernement.

— N'y pense pas, ma cocotte. Tu veux sauver Archie, n'est-ce pas ? La seringue est dans mon sac. Approche.

Susan n'était pas en mesure de réagir, pétrifiée.

— Tu peux lui sauver la vie, à condition de bouger ton cul. Amène-toi par ici, et vite.

Susan essuya un peu de morve sanguinolente au coin de sa bouche et trouva enfin la force de bouger. Elle glissa le couteau à éplucher dans la poche arrière de son jean et fit un pas hésitant en direction de Gretchen.

— Foutez le camp d'ici ! lui cria Henry. Regagnez la route et essayez de rejoindre la ville.

Mais elle continuait d'avancer. Elle sentait la pointe acérée du couteau au travers du tissu, et c'était la seule chose qui la faisait bouger. Elle passa en revue dans sa tête les cibles potentielles : les yeux bleus si parfaits de Gretchen, son cou racé. Planter la lame et tourner. Il n'en faudrait pas plus à Henry pour écarter le pistolet de Gretchen. Ou lui loger une balle entre les deux yeux.

En s'approchant, elle distingua mieux Archie. Ses yeux n'étaient plus que des fentes blanches et sa peau avait pris une teinte bleutée. Elle refoula des larmes brûlantes de colère. Henry avait laissé sa main sur le pouls d'Archie. Elle se dit que c'était bon signe, il y avait encore un pouls à surveiller.

Susan s'arrêta et tomba à genoux devant Gretchen. Elle décida de viser le cou. Ça valait mieux, moins de chances de la rater.

— Bien, ma fille. Maintenant, fouille dans la poche extérieure de mon sac. Il y a une seringue et un garrot en caoutchouc. Prends-les. Tout de suite.

Susan obéit.

— Je ne sais pas m'en servir.

— Tu vas apprendre. Et si tu te plantes, Archie mourra. Et ensuite je tuerai Henry. Et toi. Maintenant, noue le garrot autour du bras et cherche une veine. Tu en vois une ?

Susan remonta la manche d'Archie, noua le garrot autour de son biceps et lui releva le bras. La peau était fraîche et bleuâtre, mais elle repéra une veine saillante au creux du coude.

— Je crois que j'en ai une.

Gretchen parlait d'une voix parfaitement calme et maîtrisée.

— Mets le biseau de l'aiguille vers le haut et enfonce. Tu sentiras un petit *pop* quand tu perceras la veine.

Susan plaça la seringue et enfonça l'aiguille dans le bras d'Archie. Elle sentit le *pop*.

— Je crois que j'y suis.

— Bien. Y a-t-il du sang dans la seringue ?

— Non.

— C'est normal. Tire un peu sur le piston.

Susan s'exécuta. Une petite goutte rouge entra dans la seringue.

— Je vois du sang.

— Bien. Ça veut dire que tu es dans la veine. Assure-toi que le biseau est bien dirigé vers le haut et enfonce le piston.

Susan vérifia la position du biseau et poussa le piston à fond. Elle avait réussi. Elle lui avait administré le médicament.

Elle aurait voulu rire, crier, danser dans la pièce. Mais elle vit le visage grave d'Henry, son arme toujours pointée vers la tête de Gretchen. Elle retira l'aiguille du bras d'Archie. Comme elle n'avait rien pour arrêter le sang, elle lui replia le coude. Archie reprit aussitôt des couleurs.

— Maintenant, donne-moi la clé des menottes.

Susan se leva et alla chercher la clé. Elle estimait qu'elle devait obéir à Gretchen. Celle-ci tenait toujours le pistolet contre la tempe d'Henry. Susan introduisit la petite clé dans la serrure des menottes et tourna. Le bracelet s'ouvrit d'un coup et libéra le poignet de Gretchen. À cet instant même, Susan plongea la main dans sa poche arrière et, d'un geste plus rapide qu'elle ne l'aurait cru possible, planta le couteau dans le ventre de Gretchen, sous les côtes. C'était plus facile qu'elle l'aurait pensé. La lame glissa sur les tendons avec une succession de petits bruits secs, rebondit sur l'os, et s'insinua sous les côtes comme dans un fromage dur. Susan retira sa main tremblante, laissant le couteau enfoncé jusqu'à la garde dans le chemisier de soie au milieu d'une tache de sang rouge foncé. Elle ne s'était même pas approchée du cou.

Mais c'était suffisant. Gretchen ouvrit grand les yeux et poussa un *oh* de surprise accompagné d'un léger soupir lorsque la lame la pénétra. Henry profita de l'occasion et plongea en avant, écartant le bras de Gretchen, lui arrachant le pistolet, et l'envoyant valser sur la moquette.

Tandis qu'il rampait pour ramasser le revolver, Susan vit la main de Gretchen descendre le long de son corps et se refermer sur le manche de l'arme. La journaliste cria :

— Le couteau.

Trop tard. Gretchen l'avait arraché de sa blessure, la lame luisante de sang, et empoigné Archie par les cheveux avant de lui appliquer le tranchant sur le cou.

— De toute façon, je préfère les couteaux, dit-elle.

Il y avait de la fumée dans la maison, juste assez pour baigner la pièce dans une lumière diffuse. Susan n'était même pas certaine que Gretchen et Henry l'avaient remarqué.

Le vent avait tourné.

Gretchen glissa en arrière, un bras autour de la poitrine d'Archie, l'autre maintenant le couteau contre son cou. Elle progressait sur les coudes et les fesses en le tirant vers la porte-fenêtre, comme un fauve entraînant sa proie.

— Stop, cria Henry, allongé par terre, bras tendu, revolver pointé sur elle.

— Avez-vous déjà tué un poulet, Henry? demanda Gretchen en appuyant doucement le couteau sur la chair d'Archie. Certains se servent d'un billot, mais on peut aussi utiliser un cône métallique. On attache les pattes de la bête et on étire le cou pour le faire passer dans le trou au bout du cône. Ensuite on n'a plus qu'à trancher.Elle déplaça le couteau sur le cou d'Archie, lame à plat, afin de ne pas lui couper la gorge.

— L'important, c'est de sectionner la jugulaire pour saigner le poulet. Mais il faut éviter la trachée. Il paraît que ça stresse les volailles.

— Ne bougez plus. Vous ne partirez pas d'ici.

— Son corps a beaucoup souffert. Quelle quantité de sang pensez-vous qu'il puisse encore se permettre de perdre?

Henry s'assit, le revolver toujours pointé sur la tête de Gretchen.

— Vous ne le ferez pas. Il compte beaucoup trop pour vous.

Susan crut voir Gretchen hésiter. Elle cilla et tint Archie plus serré, refermant ses genoux sur son torse. Henry avait raison. Elle venait de le sauver. Une deuxième fois. Elle avait besoin de lui vivant. Henry s'avança, revolver brandi.

Gretchen trancha la gorge d'Archie. Elle appuya la lame contre la chair et la peau s'ouvrit comme une aubergine. Le sang jaillit de la blessure, maculant le cou et la poitrine d'Archie.

Susan se sentit chanceler; l'adrénaline, le choc, la peur. Elle regretta de s'être débarrassée du bâton, elle l'aurait planté dans l'œil de Gretchen. Ça ne l'aurait peut-être pas tuée, mais ça se serait sûrement infecté. Elle crut percevoir au loin le hurlement des sirènes. Les yeux de Gretchen lançaient des éclairs.

— Ne vous avisez plus de prétendre savoir ce que je vais faire, cracha-t-elle à Henry.

Sa main et le couteau étaient couverts de sang, on aurait dit qu'elle portait un gant rouge. Elle lécha la lame et sourit.

— J'aime les hommes avec un foie malade. Leur sang est si suave.

Susan vit saillir toutes les veines sur la tête d'Henry. Elle crut distinguer l'accélération de son pouls, menacer de faire éclater la peau de son crâne. Ses mains serraient son arme comme s'il s'était agi du cou de Gretchen.

— Pas encore, le prévint la tueuse.

Archie était toujours vivant. Il saignait, mais le sang ne giclait pas, elle n'avait pas touché d'artère. Il était pâle, pourtant il transpirait. Les morts ne transpirent pas, non ?

— Comprimez la blessure. Dites-leur qu'il a le foie saturé. Il a pris quarante cachets il y a une heure environ.

Ses lèvres étaient maculées de sang. Elle murmura quelque chose à l'oreille d'Archie, l'embrassa, lui laissant une empreinte carmin sur la joue, posa délicatement sa tête par terre, et fila par la terrasse. Henry tira dans sa direction et se lança à sa poursuite. Susan entendit encore trois coups de feu. Elle se précipita au bar, empoigna un torchon à carreaux et courut comprimer la blessure d'Archie.

— Ne meurs pas. T'as pas intérêt à mourir.

Elle se servit de la manche de son chemisier pour lui essuyer doucement le baiser sanginolent.

Dehors le hurlement des sirènes s'intensifia.

66

— T'es toujours vivant, dit Henry. Et elle s'est échappée.

Il y avait un sprinkler au plafond. Ce fut la première chose qu'il vit. Puis Henry, penché au-dessus de son lit d'hôpital. Ensuite Debbie, assise sur une chaise de l'autre côté du lit, un magazine ouvert sur les genoux.

Mon Dieu, Debbie.

— Elle s'est enfuie et a disparu dans la forêt en feu. Il y avait beaucoup de fumée. On continue à ratisser la zone. Elle a pu être prise dans l'incendie. Mais je n'y croirai que lorsque j'aurai vu son cadavre.

Archie referma les yeux et se replia sur le côté. Il avait la peau brûlante de sueur et tout son corps lui faisait mal. Il remua dans son lit, essayant de trouver une meilleure position. Le mouvement lui déchira le ventre. Ses mains commencèrent à trembler si fort qu'il les coinça entre ses genoux. Il ouvrit les yeux. Même la lumière le torturait.

— Qu'est-ce que j'ai ? demanda-t-il d'une voix faible.

— Le manque, expliqua Henry. Tu es sous Naloxone, un anti-morphinique. Tu as fait une overdose. Le Naloxone bloque les récepteurs des opiacés. T'es en manque, mon vieux.

Archie fouilla dans sa mémoire pour trouver des traces de ce qui s'était passé. En vain. Les draps étaient froids et trempés de transpiration. Sa dernière image était celle de

Gretchen le tenant dans ses bras. Une onde de douleur le parcourut, telle une décharge électrique, et il se recroquevilla en fœtus. On l'avait trouvé trop tôt. Mais il ne comprenait pas comment elle avait réussi à s'échapper. Puis il ressentit un violent élancement dans la gorge et porta une main tremblante à son cou. Ses doigts trouvèrent le pansement, ignorant ce qui lui était arrivé. Il savait une chose : elle s'était enfuie. Il avait fait cela pour rien.

Archie éclata de rire.

— Elle s'est servie de toi comme otage, expliqua Henry. Elle s'est servie du Naloxone pour te sauver la vie, puis elle t'a tranché la gorge.

— J'ai couché avec elle, dit Archie.

C'était à moitié vrai. Le magazine glissa des genoux de Debbie et vint claquer sur le lino. Henry se pencha au-dessus de lui et lui posa la main sur l'épaule.

— Ne répète jamais ça à haute voix.

— J'ai pensé que vous deviez le savoir.

Il déglutit violemment, faisant palpiter son cou.

— J'imagine que je ne peux pas prendre d'antalgique pour mon cou.

Debbie serrait les poings, les jointures blanches, comme si elle se retenait de l'étrangler à mains nues. Il ne pouvait pas lui en vouloir. Il aurait aimé qu'elle essaie. Qu'elle lui mette un oreiller sur la tête pour l'étouffer. Ça l'aurait soulagé, un geste de compassion.

— Ce n'est pas réel, dit Debbie. Toutes ces histoires que tu t'imagines avoir avec elle.

Il devait se concentrer pour parler. Chacun des muscles de son corps semblait manquer d'oxygène, tordu de crampes. Ces dernières années, il s'était demandé à quoi pouvait bien ressembler le manque.

La réalité s'avérait pire.

— Je pensais réussir à l'arrêter.

Une infirmière apparut, vêtue d'une blouse couleur pêche. Elle régla la perfusion.

— Ça va vous aider à dormir.

— La prochaine fois, tu pourras peut-être nous mettre dans le coup, suggéra Henry en se pinçant l'arête du nez.

Ils savaient tous les deux qu'Henry aurait pu la coffrer.

— Tu m'as laissé partir et aller aux toilettes seul. Ça ne te ressemble pas.

Debbie tourna son regard vers Henry. Celui-ci l'observa, puis revint vers Archie.

— Jamais je ne te laisserais jouer les appâts. Tu as de la chance d'être encore en vie.

De la chance ? Pour quoi faire ? À quoi tout cela avait-il servi ?

— Tu as trouvé la confession ?

— Ouais.

Il y avait au moins cela. Il avait réussi.

— Tu peux fermer le dossier, grogna Henry. Celui-là est classé. Une fugueuse sans la moindre famille. Une affaire vieille de quatorze ans. Tu l'as résolue. Tu crois que ça en valait la peine ?

Archie ferma les yeux et sourit. Il commençait à ressentir l'effet des somnifères. Un petit soulagement.

— Oui, dit-il.

***

Il avait dû sombrer car, quand il reprit conscience, Archie découvrit Henry incliné au-dessus de lui de l'autre côté du lit. Debbie était partie. Il se pencha et eut un haut-le-cœur. Henry attrapa un bassin en plastique rose et Archie vomit dedans, le corps secoué de tremblements. Quand il eut fini, il se recoucha, le souffle court.

Henry s'éclipsa dans la salle de bains avec le bassin. Archie entendit le bruit d'une chasse d'eau, puis d'un robinet, et Henry revint poser l'ustensile à côté du lit.

— Tu as bientôt fini ? demanda Henry.

Archie ne comprenait pas de quoi il parlait.

— Ça fait une heure que tu vomis, tu ne t'en rappelles pas ?

Archie se recroquevilla sur le côté.

— Non.

— Rosenberg est venue te voir. Et Fergus. Tu te souviens ?

Il secoua la tête. Il était enfoui sous les couvertures et pourtant il avait froid alors il les remonta sur ses épaules. Il tremblait de tous ses membres. Il avait l'impression que tous ses os lui faisaient mal.

— Il a dit qu'au bout de douze heures sous Naloxone, ils pourraient te donner davantage d'antalgiques. Ça devrait te calmer.

— J'en suis à combien ?

Henry jeta un coup d'œil à sa montre et fronça les sourcils.

— Il te reste sept heures à tenir.

Archie sentit une nouvelle montée d'acide dans sa gorge. Il se retourna et remonta ses genoux sur sa poitrine.

— Continue de me parler.

— Susan était avec moi quand je t'ai trouvé.

Archie grimaça. Jamais il n'avait voulu mettre Susan en danger. Mais, quand il lui avait donné l'indice Heather Gerber, il savait que si elle comprenait, elle irait jusqu'au bout. Elle n'aurait pas laissé Henry suivre la piste tout seul. Si elle avait été tuée à cause de lui, il n'aurait pas pu supporter de lui survivre.

— Elle va bien ?

— Elle voudra sûrement te parler. Je lui ai dit qu'elle pouvait tout publier. À quelques détails près.

Ensuite Henry lui raconta comment elle avait failli mourir d'un empoisonnement au monoxyde de carbone à cause de Bennett, toujours dans le coma à l'étage au-dessus. Et comment elle avait identifié les deux autres cadavres du parc.

Archie pensa à John Bannon et à Amigo Anderson.

— Il faut que je lui parle, mais d'abord, je vais avoir besoin de ce foutu bassin.

*
* *

Les médecins et les infirmières allaient et venaient. Il avait trente-cinq points de suture au cou. Gretchen avait manqué la jugulaire et la trachée. On continuait de le gaver de Naloxone. Debbie était revenue, sans les enfants. Il ne les avait pas demandés, il valait mieux qu'ils ne le voient pas dans cet état. Ils en avaient déjà trop vu.

— Tu as évacué le poison ?

— Non, répondit-il en fermant les yeux.

— Qu'est-ce que tu veux, Archie ?

Que voulait-il ? Mourir. C'était ça son plan. Il détourna la tête.

— Dormir.

*
* *

Il aperçut une silhouette dans l'encadrement de la porte. Il lui fallut un moment pour se rendre compte qu'il s'agissait d'un gamin. Tout d'abord il pensa que c'était peut-être Ben. Il sourit et essaya de s'asseoir. Il voulait que ce soit Ben.

Mais ce n'était pas lui. C'était le gamin du parc. Il lui fit signe d'entrer. Le garçon portait les mêmes vêtements que dans le parc. Un T-shirt des Ducks[1] et un short.

— Bonjour, lança le môme en levant une main maladroite.

— Tu te souviens de moi ? demanda Archie. Dans le bois ?

Le gamin ne savait que faire de ses bras maigrichons ; il les croisa, les décroisa, et finit par fourrer les mains dans ses poches.

— Puis-je récupérer mon nid ? demanda-t-il.

— C'est un élément de preuve, expliqua Archie.

— Oh !

La coïncidence énorme de la présence du gamin commençait à apparaître à Archie dans son brouillard. Était-il venu le voir ?

1. Club sportif de l'université de l'Oregon. *(N.d.T.)*

— Qu'est-ce que tu fais ici? demanda-t-il.

— Ma mère travaille ici, répondit le gamin en haussant les épaules.

Archie réfléchit. L'explication semblait plausible.

— Il faut que mon équipier te rencontre.

Le garçon recula.

— Excusez-moi, il faut que j'y aille. Vous devriez partir aussi, ajouta-t-il en baissant la voix. Ma mère dit que les hôpitaux sont dangereux. On y attrape des tas de maladies.

*
* *

— Bonjour, dit Susan.

Archie sortait d'un rêve. Il jeta un coup d'œil à la pendule. Il avait passé la nuit et la matinée entre conscience et inconscience. Fergus avait fini par venir à midi et lui avait donné de la morphine. Il l'avait injectée dans la perfusion, comme Gretchen pendant les derniers jours de sa captivité.

— Vous êtes réveillé?

Dans son semi-brouillard, il chercha le garçon du parc.

— Où est le gamin?

Susan regarda autour d'elle, perplexe.

— Il n'y a pas de gamin.

Archie se frotta le visage et la regarda. Henry lui avait dit qu'elle s'était cassé le nez, mais il n'était pas préparé à ce qu'il découvrit. Elle avait un pansement et deux yeux au beurre noir.

— Comment ça va? demanda-t-il.

— Il faut que je vous parle. De Davies et Nixon. Et de Molly Palmer aussi.

— Davies et Nixon?

— Les cadavres dans le parc. Henry m'a dit qu'il vous en avait touché un mot.

— Ah oui, c'est vrai.

— On en discutera plus tard; il y a quelque chose qu'il faut que vous sachiez d'abord. Ça a été annoncé ce matin.

Un nouveau sénateur a été désigné pour terminer le mandat de Castle. Le maire, Amigo Anderson.

— Amigo?

— Je suis allé lui parler. Je l'ai informé que le *Herald* allait publier l'histoire de Castle et que je révélerais qu'il avait menti dans ses déclarations publiques concernant le détournement de mineur. Il y a entrave à la justice. J'ai ajouté qu'Henry rouvrait l'enquête sur la mort de Nixon et Davies et que toute la vérité serait faite.

Archie avait l'esprit embrumé. Il s'efforçait de suivre.

— Le *Herald* va publier l'histoire Castle?

— Non, j'ai menti.

— Pourquoi me racontez-vous tout ça?

— Parce qu'Amigo va faire une déclaration. Tout révéler. Ce qu'il savait et quand...

Elle marqua une pause, ménageant ses effets.

— ... Mais il veut d'abord s'entretenir avec vous.

67

Amigo était dans la chambre d'Archie ; il écartait les stores pour regarder par la fenêtre. Il était là depuis peut-être cinq minutes.

— Bonjour, sénateur, lança Archie.

— Pas encore.

Archie connaissait Amigo depuis près de quinze ans. Il avait assisté à ses deux mariages. Amigo était venu voir Debbie à la clinique après ses accouchements, il avait tenu les bébés dans ses bras. Ils avaient dîné les uns chez les autres et travaillé ensemble douze heures par jour pendant l'enquête sur l'Artiste. Amigo faisaient partie des rares personnes à comprendre ce qu'avaient été ces nuits interminables, composées d'obsession, de violence, de douleur. Après l'enlèvement d'Archie, Amigo s'était chargé d'organiser sa mise en congé de maladie, puis de cautionner le projet d'identification des victimes. Archie lui devait plus qu'il ne pourrait jamais lui donner.

Et voilà qu'il allait l'accuser de meurtre.

— C'était toi le contact de Molly Palmer quand elle avait besoin d'argent. Tu t'es servi du nom de Bannon, mais c'était toi.

Amigo se gratta le visage et hocha la tête d'un air absent.

— J'ai bossé au noir pour le service de sécurité de Castle pendant quelques années en sortant de l'École de police. Tu ne l'as jamais su. Je l'ai toujours beaucoup admiré. Il a fait beaucoup pour améliorer l'ordre public.

— As-tu tué Nixon et Davies?

Amigo vint s'asseoir sur une chaise à côté du lit et ramassa un gobelet de café en provenance de la cafèt qui traînait par terre. Il enleva le fin couvercle en plastique blanc, but une gorgée, et cala le gobelet entre ses genoux.

— J'ai fait le ménage. C'était un meurtre et un suicide à la fois. Le gosse a laissé une note. Il avait été…

Amigo remua les doigts pour figurer des guillemets.

— « trahi par la politique ». Il faisait clairement allusion à l'affaire Molly Palmer. Il n'en savait foutre rien. Il avait entendu des rumeurs. Mais c'était un gamin sensible.

Il but une autre gorgée de café et remit le gobelet entre ses genoux avant de poursuivre.

— Il lui a tiré une balle dans la tête, puis s'est suicidé. Sur la pelouse, en bas du parc Macleay. Excuse-moi, tu voulais du café?

— Je ne suis pas sûr d'y avoir droit.

— Si tu changes d'avis, pas de problème, dis-le-moi… Avant le gosse avait appelé le sénateur pour lui dire « adieu, va te faire foutre ». Je suis allé sur place faire le ménage. J'ai emmené Bennett avec moi. Il a travaillé deux ans pour Castle en sortant de la fac, avant que je l'encourage à entrer dans la police. On n'était que deux, alors on n'a pas pu emporter les corps bien loin. Je me suis souvenu d'Heather Gerber.

Il sourit et secoua la tête.

— C'est drôle comme ces histoires vous reviennent. On a traîné les corps là-haut. Il y avait une baraque sur la colline. Ils faisaient faire des travaux. Ils étaient envahis par le lierre et avaient engagé une entreprise pour venir nettoyer. Les gars avaient une déchiqueteuse. Un chien a aboyé comme un malade, mais le propriétaire devait être sourd parce que personne n'est sorti. J'ai collé le gamin dans le broyeur, mais l'engin s'est coincé. Alors j'ai enterré la fille, détruit la note, nettoyé la machine au jet, et je suis parti.

— Et Molly Palmer?

— Un jour elle m'a contacté. Elle réclamait dix mille dollars pour disparaître. Je l'ai retrouvée dans le parc. Je lui ai donné du fric, de l'héroïne, et j'ai laissé la nature s'occuper du reste.

— L'héroïne était frelatée?

— Ce n'est pas moi qui lui ai enfoncé l'aiguille dans le bras, Archie. Elle s'en est chargée toute seule. Junkie un jour, junkie toujours. La poisse à quatorze ans. La poisse jusqu'au bout.

— Où est l'argent?

— Bennett l'a récupéré quand il a répondu à l'appel.

Donc il n'avait pas glissé. Il était arrivé le premier, avait pris le fric et était tombé exprès. Pour brouiller la scène de crime.

— Tu as dû te sentir frustré quand Castle est mort, d'avoir fait tout ça pour rien.

Amigo se frotta les tempes comme s'il souffrait d'un vague début de migraine.

— Je savais que Susan Ward ne lâcherait pas le morceau, même une fois Molly disparue. Castle voulait tout déballer. C'était un faible. Il avait prévu de tout avouer à Parker. Il fallait que je le tue. J'ai demandé à Bennett de s'en charger. Je ne suis pas sûr que j'en aurais eu le courage. Il a suivi Parker et Castle et a tiré dans le pneu avant avec un pistolet à air comprimé. Le pneu a été déchiqueté en défonçant la barrière, si bien que personne n'a repéré le trou. Peut-être que si Parker n'avait pas bu il aurait évité de tomber du pont. Il aurait pu au moins freiner. J'en étais malade de faire ça, mais il fallait que quelqu'un protège son héritage. Castle est le meilleur sénateur que cet État ait jamais eu.

— Tu l'as éliminé pour le protéger?

— Il aurait été publiquement humilié. Je ne pouvais pas accepter ça. Tu me comprends, non? Quand on consacre sa vie au service public, on ne veut pas la voir se terminer dans le déshonneur.

Il but une gorgée de café et son regard se perdit au loin

— Je t'ai protégé aussi, tu sais. Je t'ai vu une fois... Avec elle.

Archie eut soudain la bouche sèche. Amigo connaissait sa liaison avec Gretchen, et il n'en avait jamais rien dit. Il l'avait laissé aller la voir en prison semaine après semaine, pendant deux ans. Mais pourquoi ?

— Ne t'en fais pas, lança Amigo avec un clin d'œil. Je ne dirai rien.

Il se pencha en avant et reposa soigneusement son gobelet par terre. Puis il porta la main à sa hanche, sortit un semi-automatique, et se tira une balle dans la mâchoire. Le coup de feu résonna dans la pièce, le corps d'Amigo partit en arrière et s'effondra sur la chaise. Il resta en équilibre un moment avant de basculer et de s'écrouler sur le lino.

Susan sortit de la salle de bains, une main sur la bouche. De l'autre elle tenait son enregistreur.

— Bon Dieu de bon Dieu !

68

Archie avait été transféré dans une autre chambre pendant que les spécialistes de scène de crime ramassaient les morceaux de cervelle du maire collés aux murs.

Henry avait réussi à dormir six heures. Il s'était rasé le crâne et portait des vêtements propres. Archie était toujours vivant. Les meurtres du parc étaient résolus. D'après les médecins, Bennett ne tarderait pas à sortir du coma et pourrait bientôt aller goûter la cuisine du pénitencier.

Les choses s'amélioraient.

Fergus était avec Archie et donc Henry attendait dans le couloir. Il vit Debbie descendre de l'ascenseur et s'approcher de lui. Elle semblait accablée.

— J'ai appris ce qui s'est passé. Mon Dieu, Henry.

— Archie va mieux. On pourra entrer dans une minute.

Les yeux de Debbie se remplirent de larmes.

— Je n'irai pas. Je ne peux plus le voir. Tu comprends cela, non ? Je l'aime. Je l'aime vraiment. Mais je ne peux pas l'aider. Il ne veut pas que je l'aide. J'arrête.

— Il a besoin de toi.

Elle sourit, les yeux toujours humides, et toucha le visage d'Henry.

— C'est de toi qu'il a besoin.

Il la regarda s'éloigner et monter dans l'ascenseur. Elle lui adressa un dernier signe de la main au moment où les portes se refermaient.

*
* *

Fergus quitta la chambre d'Archie les mains dans les poches et les yeux baissés. Il percuta Henry de plein fouet.

— Excusez-moi.

— Comment va-t-il ?

— Pas encore tiré d'affaire, répondit Fergus en tripotant son lobe d'oreille gras et duveteux. Il faut le sevrer et veiller à ce qu'il ne replonge pas.

— Il est prêt.

Le médecin posa une main sur l'epaule d'Henry en un geste maladroit.

— On ne peut pas forcer quelqu'un à vivre s'il n'en a pas envie.

*
* *

Henry regardait Archie dormir. Il l'avait veillé ainsi après sa première mésaventure avec Gretchen. Archie avait passé trois semaines en coma artificiel. Les médecins pensaient l'avoir libéré. Mais Henry se rendait compte désormais que son ami n'avait jamais cessé d'être prisonnier de Gretchen.

— Tu vas répondre, dit Archie sans ouvrir les yeux.

Henry sortit le portable de sa poche, regarda le cadran et le remit en place.

— Appel masqué.

— Décroche, dit Archie en ouvrant les yeux.

Henry s'exécuta et porta l'appareil à son oreille.

— Allô ?

— Allô, mon chou, dit la voix de Gretchen.

Henry pensa raccrocher. Simplement raccrocher. Faux numéro et basta. Et raconter n'importe quoi à Archie. Mais il en était incapable. Parce que si Archie souhaitait la retrouver, lui le voulait encore davantage.

— Comment avez-vous eu ce numéro ?

Archie se redressa sur ses coudes.

— Passez-le-moi, rétorqua Gretchen.

Henry la haïssait. Il se détestait de ne pas l'avoir tuée quand il en avait eu l'occasion. Il maudissait Archie de lui avoir cédé. Tout autant que le système qui ne l'avait pas condamnée à mort et exécutée.

— Va te faire foutre, espèce de garce !

— Il va se tuer, répliqua Gretchen d'une voix calme et maîtrisée. Lentement, avec les cachets. Ou en collant un revolver dans sa bouche. Je suis la seule à pouvoir l'en empêcher. Vous savez que j'ai raison.

Il savait bien qu'elle avait raison. Il regarda Archie. Celui-ci tendait la main pour prendre le téléphone. Il avait repris des couleurs. Il semblait avoir l'esprit clair. Il n'avait jamais paru en aussi bonne forme depuis son admission à l'hôpital. Il semblait prêt à revivre.

Henry lui passa son portable.

69

— Pardonne-moi pour le cou, mon chéri.

— Je ne suis plus à une cicatrice près, rétorqua Archie en touchant son pansement.

— Je me fais du souci pour toi.

— Oui. Tu as toujours été très soucieuse de mon bien-être.

— Est-ce que Debbie t'a plaqué ?

— Oui.

— Je ne veux pas que tu meures.

Il se passa la main sur le visage et soupira.

— Ce n'est peut-être pas quelque chose que tu peux contrôler.

Les médecins avaient prévu de le désintoxiquer progressivement des antalgiques et de voir si sa santé s'améliorait. Dans le cas contraire, il aurait besoin d'une greffe du foie.

— Si j'apprends que tu es mort, je tuerai la première personne que je croiserai. La première personne qui te ressemblera. Puis les premiers enfants qui ressembleront aux tiens.

Elle savait exactement comment le manipuler, quels mots employer. Cette aptitude l'émerveilla. Elle le connaissait mieux que quiconque.

— Tu as une façon intéressante de réagir au chagrin.

— Je suis sérieuse, Archie.

Lui aussi, il la connaissait bien.

— Ça marche dans les deux sens, mon ange. Si j'entends parler d'un meurtre, n'importe où, portant ta signature, le marché ne tient plus. Je me servirai d'un revolver la prochaine fois.

— Abstinence, alors ?

— Abstinence.

Henry s'approcha pour ne pas manquer le moindre mot.

— J'aime penser que tu ne seras pas capable de mettre un terme à tes souffrances, dit-elle.

— J'aime penser que tu seras capable de résister à ton goût du sang.

Elle rit. Il aimait son rire. Il lui rappelait les stars du cinéma des années 1940.

— J'ai adoré notre escapade amoureuse, lança-t-elle d'un ton aguicheur.

Archie jeta un coup d'œil à Henry qui fronça ses épais sourcils.

— Si tu te livres, je viendrai te voir tous les jours.

— C'est tentant, mais le prix est trop élevé. À plus tard, mon chéri.

— À plus tard.

Il raccrocha et rendit l'appareil à Henry.

— Tu as le bonjour de Gretchen.

*
* *

Un des stagiaires avait été installé dans l'ancien bureau de Parker. Sa femme était venue récupérer ses affaires. Les fleurs avaient disparu. Susan avait volé sa chope Hooter qui trônait à présent sur son bureau, pleine de stylos. Elle avait fini par convaincre sa mère de rentrer à la maison. Felicity lui avait annoncé qu'elle postulait pour devenir membre de l'Arlington, mais Susan n'était pas sûre que sa mère passerait l'obstacle du comité de sélection.

Elle n'avait toujours pas récupéré son Bouddha.

Derek apparut et s'assit sur le coin de la table. Ils étaient tous les deux candidats pour le poste de Parker.

— Je viens d'apprendre qu'on allait publier l'affaire Molly Palmer.

— La confession du maire a vaguement modifié le climat, dit-elle en souriant.

— Parker serait fier, déclara-t-il en lui tendant la main.

Elle la serra et le remercia. Derek resta un instant immobile, les yeux baissés.

— Tu t'es jamais demandé ce que Parker faisait avec Castle ce matin-là ?

— Je suppose que Castle voulait lui donner sa version de l'histoire. Qu'il lui avait proposé l'exclusivité.

— Il voulait te doubler, commenta Derek.

Susan déplaça la chope Hooter de sorte que la chouette soit tournée vers l'avant.

— Je sais, dit-elle.

— Ça ne te fait pas chier ?

— Il était journaliste.

Derek regarda sa montre.

— Tu veux un verre ?

— Non.

— Du café ?

— Non.

— De l'eau minérale ?

— Non.

Elle inclina la tête vers Derek. Elle s'était vue dans la glace le matin même. Le pansement. Les yeux pochés. Ce n'était pas bien joli.

— Je veux bien coucher avec toi, commença-t-elle, mais pas question d'engagement affectif.

— D'accord.

— Tu as un lit ? demanda-t-elle en pensant au hamac.

— Oui, et la clim.

— Waouh !

*
* *

C'était l'été, Forest Park resplendissait. Une brise légère chatouillait les feuilles. Le ruisseau fredonnait et bouillonnait. Les oiseaux gazouillaient.

Archie était assis par terre près de l'endroit où ils avaient découvert le corps d'Heather Gerber. Il avait travaillé sans relâche sur cette enquête. Ses efforts avaient conduit à l'identification de la signature de l'Artiste et à la formation de la Brigade Spéciale. Henry avait cru que c'était parce qu'Heather constituait le premier homicide d'Archie, mais il s'était trompé. Et ce n'était pas non plus parce qu'il s'agissait d'une prostituée doublée d'une fugueuse dont tout le monde se moquait, tout le monde sauf Archie.

C'était sa bague, incrustée dans la chair gonflée de sa main brisée. Une bague irlandaise de Claddagh[1] en argent, portée à la main droite, le cœur vers l'extérieur, pour montrer qu'elle cherchait toujours l'amour.

Il se leva, brossa la poussière de son pantalon et se dirigea vers la voiture. Henry l'attendait en écoutant la radio.

— Prêt?

Archie boucla sa ceinture tandis qu'Henry quittait le parking. Son foie hypertrophié lui faisait toujours mal et il était tout le temps épuisé. Mais Fergus avait réduit les cachets à cinq par jour.

— Ouais.

— Alors, demanda Henry, tu t'es suffisamment puni pour tes péchés?

Archie dévisagea son ami qui fronça les sourcils.

— Que sais-tu de mes péchés?

— Je t'ai laissé partir l'autre nuit à l'Arlington. J'ai pensé que tu allais tenter un coup tordu pour l'arrêter, et je t'ai laissé faire parce que je pensais que c'était notre meilleure chance.

Henry attendit. Archie garda le silence.

1. Bague traditionnelle irlandaise offerte en gage d'amitié ou d'amour. Deux mains tenant un cœur surmonté d'une couronne. *(N.d.T.)*

— Tu veux me dire quelque chose? demanda Henry.

— Non.

— Sérieusement?

— Je ne te crois pas. Tu ne m'aurais jamais laissé jouer les appâts.

— Bien sûr que si.

— Bien sûr que non.

— Et c'est un mec qui a sauté une tueuse en série qui dit ça.

— Je croyais que nous ne devions pas parler de cela.

— Alors, commença Henry en changeant de sujet, vingt-huit jours. C'est long.

— Tu viendras me voir?

— Ouais. Debbie aussi. Elle m'a promis de t'amener les gosses.

Archie chercha les mots pour exprimer ce qu'il voulait ajouter.

— Tu sais, tu peux proposer à Debbie de sortir avec toi. Si tu veux.

Henry rejeta la tête en arrière et toisa Archie comme s'il avait perdu la tête.

— Pourquoi je ferais ça?

— Vous vous entendez bien tous les deux.

— Je sors avec Claire depuis plusieurs mois. On voulait t'en parler. Comme c'est contre les règles, on savait pas comment tu réagirais.

— Je la croyais lesbienne.

— Parce qu'elle a les cheveux courts?

— Sans doute.

— Quelle ouverture d'esprit!

— Je me réjouis pour vous. Tu ne vas pas l'épouser, dis? s'enquit Archie en pensant aux cinq mariages d'Henry.

— Je ne crois pas que mon dernier divorce ait été prononcé.

Archie se pencha et mit la clim. Elle démarra aussitôt.

— T'as fait réparer l'air conditionné?

Henry se racla la gorge

— C'est une autre bagnole.

Ils ne mentionnèrent pas Gretchen. Archie regarda par la fenêtre. Ils franchissaient le Fremont Bridge. Il apercevait le mont Hood et le mont St. Helens qui se détachaient au loin, énormes. La ville était verdoyante et superbe.

Gretchen était intelligente, elle était loin.

Mais Archie ne s'en faisait pas.

Il toucha la poche de son pantalon où était rangé son nouveau portable. Le numéro n'avait pas changé.

Il savait que ce n'était plus qu'une question de temps : elle finirait forcément par l'appeler.

REMERCIEMENTS

Merci à mon mari, Marc Mohan, et à notre fille, la Formidable Eliza Mohan ; vous êtes mes amours. Merci aussi à mon agent, Joy Harris, la super-héroïne de l'Agence Joy Harris, et à son cerveau gauche, Adam Reed ; à Nick Harris de l'Agence Rabineau Wachter Sanford et Harris ; à mon éditrice, Kelley Ragland, et à son assistant, Matt Martz. Merci à Andrew Martin, George White, Sally Richardson, Matt Baldacci, Matthew Shear et Steve Troha, ainsi qu'à toute l'équipe bourrée de talent du marketing et de la force de vente de SMP. À mes éditeurs étrangers, particulièrement Maria Rejt et Katie James de chez Pan Macmillan. Merci aussi à Freddy et Pilar DeMann de chez DeMann Entertainment ; à Karen Munday de la société Audubon de Portland. Je remercie également Patricia Cain et Philip Miller dont les compétences médicales m'ont éclairée, ainsi que Chuck Palahniuk, Suzy Vitello et Diana Jordan qui m'ont aidée à mettre à nu mon côté dépravé. Merci à Lisa Freeman qui m'a appris comment se servir d'une seringue hypodermique (ça pourra m'être utile un jour ou l'autre, je le sais) ; à Barry Johnson et à mes copains de l'Oregonian ; à la bibliothécaire de mon école primaire, la regrettée Betti McCormick, grand fournisseur de Nancy Drew[1]. Merci à

1. Auteur de la série des *Hardy Boys*. *(N.d.T.)*

Amy Frye et à Eli Lewis, nos entrepreneurs, qui au bout de neuf mois ont enfin terminé et qui me manquent. Je n'oublie pas tous les lecteurs qui m'ont écrit ou mailé, surtout ceux auxquels je n'ai jamais répondu (j'en avais pourtant la ferme intention, je vous le jure). Un grand merci enfin à vous, mes amis, qui m'avez supportée, même si je ne réponds pas au téléphone, ni aux mails, et si je ne quitte presque jamais la maison. Mes prochains cadavres porteront vos noms.

Cet ouvrage a été imprimé en France par

CPI
Bussière

à Saint-Amand-Montrond (Cher)
en février 2009

FLEUVE NOIR
12, avenue d'Italie
75627 Paris Cedex 13

— N° d'imp. : 090587/1. —
Dépôt légal : mars 2009.